Mort d'un colporteur

ISBN : 2-86930-200-2
ISSN : 0764-7786

Titre original : *Death of a hawker*

5-7, rue Paul-Louis Courier - 75007 Paris
10, rue Fortia - 13001 Marseille

Janwillem Van de Wetering

Mort d'un colporteur

Traduit de l'anglais
par Yves Malartic

Collection dirigée par
François Guérif

rivages/noir

Du même auteur dans la même collection :

Comme un rat mort (n° 5)
Sale temps (n° 30)
L'Autre Fils de Dieu (n° 33)
Le Babouin blond (n° 34)
Inspecteur Saito (n° 42)
Le Massacre du Maine (n° 43)
Un vautour dans la ville (n° 53)

A Leonora Straus

CHAPITRE PREMIER

— Oui, madame, dit l'agent d'un ton apaisant. Voudriez-vous me dire qui vous êtes et où vous vous trouvez ?

— Il est mort, répondit la voix faible et voilée. Mort. Il est allongé sur le plancher, la tête couverte de sang. Quand je suis entrée dans la pièce, il respirait encore, mais, maintenant, il est mort.

Elle avait déjà dit cela trois fois.

— Oui, madame, répéta de nouveau l'agent.

Sa voix dénotait la patience, la compréhension, peut-être même l'amour de son prochain. Mais il jouait un rôle. Il avait parfaitement appris son métier. Ce qui lui importait c'était de savoir qui lui parlait, et d'où. Depuis des années qu'il travaillait au central radio du quartier général de la police d'Amsterdam, il avait reçu bien des appels. Quiconque forme six fois le numéro 2 entre en contact avec le central. Quiconque... c'est-à-dire bien des gens. Les uns sont des citoyens sérieux ; d'autres sont fous. Quelques-uns ne le sont que momentanément : ils ont vu quelque chose, ils ont éprouvé une émotion, qui les a peut-être arrachés à la routine habituelle de leur existence au point de leur faire perdre la raison. Les poivrots, aussi, appellent. Ou bien — cela arrive — des gens qui ont simplement besoin de parler, de se faire confirmer qu'ils ne sont pas seuls au monde, qu'il existe, parmi le million d'habitants de la capitale hollandaise, quelqu'un qui prend la peine de les écouter : une personne vivante, et non une voix enregistrée répétant à tout venant : « Dieu est bon et tout va bien. »

— Vous me dites qu'il est mort, reprit l'agent toujours aussi patiemment. J'en suis désolé. Mais je ne puis aller vous voir si je ne sais où vous êtes. Je peux vous être utile, madame, mais dites-moi où je dois aller ; où je puis vous trouver. Où êtes-vous, madame ?

En réalité, l'agent ne se proposait nullement d'aller voir la dame. L'horloge indiquait 17 heures et il devait quitter son service à 17 h 15. Il avait l'intention de rentrer chez lui, de prendre un repas et de se coucher. Il avait travaillé beaucoup plus longtemps qu'à l'ordinaire ce jour-là, car le personnel était réduit au central radio : il manquait trois agents qualifiés et un sergent. En pensant à ses collègues il sourit, agacé ; le matin, il les avait vus quitter la vaste cour intérieure du quartier général, coiffés de casques blancs, munis de boucliers d'osier et armés de longues matraques en cuir. Avec eux, de nombreuses autres patrouilles étaient parties en trombe à bord de voitures blindées. Le temps des émeutes était revenu à Amsterdam. Cela faisait plusieurs années qu'on n'avait pas entendu hurler la foule et vociférer des meneurs fanatiques balançant des pavés et des cocktails Molotov. On avait perdu l'habitude de voir des visages en sang, d'entendre les sirènes d'ambulances et de cars de police. Et voici que tout recommençait. Notre agent s'était porté volontaire pour le service d'ordre affronté à l'émeute, mais il fallait bien que quelqu'un restât au téléphone. Alors le voilà en train d'écouter cette dame. Elle espère qu'il va aller la voir. Il n'en fera rien mais, dès qu'il saura d'où elle appelle, un car emmènera rapidement des policiers vers elle. Cette dame s'adresse à la police. La police fera le nécessaire.

L'agent considérait le formulaire posé devant lui sur son bureau. *Nom* et une ligne de petits points. *Adresse* et une ligne de petits points. *Sujet :* mort d'un homme.

Heure : 17 heures. Elle était probablement montée chercher cet homme pour qu'ils prennent le thé ou pour qu'ils dînent de bonne heure. Elle avait dû l'appeler du corridor ou de la salle à manger. Il n'avait pas répondu. Alors, elle était montée dans sa chambre.

— Votre nom, s'il vous plaît, madame, dit une fois de plus l'agent. Sa voix n'avait pas changé. Il se gardait de bousculer son interlocutrice.

— Esther Rogge.

— Votre adresse, madame ?

— 4, quai de l'Arbre-Droit.

— Qui est cet homme mort, madame ?

— Mon frère Abe.

— Vous êtes sûre de sa mort, madame ?

— Oui. Il est allongé sur le plancher. Sa tête est couverte de sang. (Elle avait déjà dit cela auparavant.)

— Bien, dit vivement l'agent. Nous arrivons immédiatement, madame. Ne vous inquiétez plus de rien. Nous serons là dans un instant.

Il glissa le petit formulaire dans le guichet de la vitre qui le séparait de l'opérateur radio, fit signe à ce dernier qui acquiesça d'un hochement de tête et écarta deux autres feuillets pour prendre celui qu'on lui tendait.

— J'appelle 31, dit-il.

— Ici 31, répondit le sergent-détective De Gier.

— 4, quai de l'Arbre-Droit. Un mort. Tête sanglante. Nom : Abe Rogge. Demander sa sœur : Esther Rogge. Terminé.

Le sergent De Gier regarda le petit haut-parleur fixé sous le tableau de bord de la VW grise qu'il conduisait.

— Quai de l'Arbre-Droit, répéta-t-il d'une voix aiguë. Comment veux-tu que j'y arrive ? Mon secteur est plein de manifestants qui courent en tous sens. Tu n'as donc pas entendu parler des émeutes ?

Sans répondre, l'opérateur haussa les épaules.

— Tu m'écoutes, oui ? demanda De Gier.

— Certainement. Vas-y. Cette mort n'a aucun rapport avec les émeutes, je crois.

— Très bien, dit De Gier, toujours de la même voix aiguë.

— Bonne chance ! Terminé.

De Gier appuya sur l'accélérateur et l'adjudant-détective Grijpstra se redressa sur son siège.

— Doucement, conseilla Grijpstra. Nous sommes dans une voiture banalisée et le feu du carrefour est au rouge. On aurait dû envoyer un car avec sirène.

— Je crois qu'il n'en reste plus au quartier général, dit De Gier, en s'arrêtant. Tout le monde est dans la rue, tous ceux que nous connaissons. Il y a aussi des hommes de la prévôté. Je n'ai pas vu un seul car de police aujourd'hui. Dès qu'elle nous verra passer la barricade, la foule va nous tomber dessus, ajouta-t-il en soupirant.

Le feu passa au vert et la voiture démarra en trombe.

— Doucement, répéta à nouveau Grijpstra.

— Non, dit De Gier. Retournons d'où nous venons. La journée est mal choisie pour jouer aux détectives.

Grijpstra ricana et prit une position plus confortable en se tenant d'une main au toit et de l'autre au tableau de bord.

— Tu ne risques rien, lança-t-il. Tu n'as pas l'air d'un flic. C'est à moi que s'en prendra la foule. Ma tête ne revient jamais aux manifestants.

De Gier bifurqua à un carrefour et évita de jutesse un camion à l'arrêt en montant à moitié sur le trottoir. Ils se trouvaient alors dans une allée étroite conduisant au Nouveau Marché, le point central des désordres. La rue était déserte, l'émeute avait aspiré comme une tornade tous ceux qui se trouvaient dehors. Quant aux autres, ils étaient restés à l'abri dans les petites pièces de leurs maisons du XVIIe siècle, peu soucieux d'affronter les dangers que présentent toujours les crises d'hystérie collective qui transforment des gens apparemment normaux en robots aux poings brandis, portant des armes primitives, décidés à attaquer tout et n'importe quoi pour détruire l'Etat. A leurs yeux exorbités et injectés de sang, cet Etat s'incarne dans des rangées de policiers en uniforme bleu, coiffés de casques blancs : guerriers inhumains, machines d'oppression.

Nos deux détectives virent le cordon de policiers qui barraient l'entrée de l'allée. Une main gantée se leva d'un geste impérieux pour arrêter leur voiture. De Gier abaissa sa vitre et tendit sa carte.

Le visage de l'homme casqué lui était inconnu ; un badge était épinglé sur la vareuse : *La Haye.*

— Vous venez de La Haye ? demanda-t-il étonné.

— Oui, sergent. Nous sommes à peu près une cinquantaine. On nous a dépêchés d'urgence ce matin.

— La police de La Haye, souffla De Gier, surpris. Après La Haye, à qui le tour ?

— A ceux de Rotterdam, je suppose, dit l'agent. Nous avons bien des villes en Hollande. Toutes viendront à votre secours par une belle journée comme celle-ci. Où allez-vous ? Vous voulez franchir le barrage ?

— Oui, dit De Gier. Nous sommes censés enquêter sur un homicide, de l'autre côté de cette place.

L'agent secoua la tête.

— Je vous laisse passer mais vous n'irez pas loin. Un canon à eau vient d'arroser la foule. Loin de la calmer, ça l'a exaspérée. Un des mes collègues a reçu un pavé en pleine figure. Il est tombé et la cohue s'est précipitée sur lui. Nous avons tout juste eu le temps de l'embarquer dans une ambulance. Vous feriez peut-être bien de continuer votre trajet à pied.

De Gier se tourna vers Grijpstra, qui sourit d'un air rassurant. Sensible au calme de son supérieur, le sergent hocha la tête.

— Nous garons notre voiture ici, dit-il.

— Très bien.

L'agent pivota sur lui-même.

La foule envahissait la place et venait vers eux, probablement poussée en avant par une charge de policiers qu'on ne voyait pas encore. Le garde éleva son bouclier, que frappa aussitôt une pierre. Un solide gaillard fonça sur lui. L'agent lui donna un coup de matraque sur l'épaule. Le choc fit un bruit sourd et l'homme tituba. Une douzaine de policiers séparaient encore la foule des détectives. Grijpstra tira De Gier dans l'encoignure d'une porte cochère.

— Attendons ici que le tourbillon s'éloigne.

Ils virent un pavé tomber sur le toit de leur voiture et le cabosser.

— Un cigare ? offrit Grijpstra.

De Gier secoua la tête et se mit à rouler une cigarette. Ses mains tremblaient. Qu'est-ce qu'il leur prenait donc à tous ces hurluberlus ? Comme tout le monde, il connaissait le prétexte officiel des émeutes : le tunnel du métro en construction était arrivé jusqu'à ce vieux site classé et on avait dû abattre quelques immeubles pour ouvrir le passage au monstre qui creusait son terrier sous leurs pieds. On construirait une station à la place de ces maisons. La plupart des habitants d'Amsterdam avaient peu à peu admis la construction du métro. Il fallait bien s'y résoudre, car la circulation devenait impossible dans les rues étroites. Et les gaz des voitures rendaient l'air irrespirable. Mais les riverains du Nouveau Marché avaient protesté. Ils demandaient que cette station soit construite ailleurs. Ils avaient écrit au maire, défilé dans les rues de la ville, imprimé des dizaines de milliers d'affiches qu'ils avaient apposées partout. Ils avaient envahi à plusieurs reprises les bureaux du service des travaux publics. Le maire et les conseillers municipaux s'étaient efforcés de les apaiser. Mais leurs réponses étaient des réponses de Normands... jusqu'au jour où les démolisseurs, qui avaient décroché le contrat de la municipalité, arrivèrent et commencèrent à abattre les maisons. Les habitants du quartier les avaient chassés puis s'étaient battus contre la police. Après quelque temps, les démolisseurs étaient revenus et les policiers étaient sortis en force. Les citoyens perdraient la partie, cela ne faisait pas de doute. Mais en attendant, ils s'étaient organisés. Ils avaient coordonné leur défense, acheté des talkies-walkies, installé des postes de guet, et bâti des barricades. La plupart portaient des casques de motocyclistes et s'étaient armés de gourdins. On parlait même de camions qu'ils auraient blindés. Mais à quoi bon tout cela, puisque, de toute façon, ils devaient perdre.

Grijpstra tendait l'oreille aux bruits de la cohue en tétant son mince cigare. Les manifestants étaient tout proches désormais ; à trois ou quatre mètres seulement, pour les premiers. Pour l'instant les policiers étaient maîtres du terrain, des escouades de renfort arrivaient par l'autre extrémité de l'allée. Trois agents s'étaient arrêtés net en voyant deux civils dissimulés dans une encoignure de porte ; Grijpstra avait tendu sa carte de police, et ils s'étaient éloignés.

Pourquoi tout cela ? se demandait Grijpstra. Mais il connaissait la réponse. Ce n'était pas seulement la construction d'une station de métro qui agitait la population. La violence était toujours latente dans les rues d'Amsterdam. La tolérance de cette ville à l'égard des comportements non conformistes attirait les originaux, voire les dingues. La Hollande tout entière était un pays non conformiste. Il fallait bien que les agités trouvassent une place quelque part. Ils convergeaient donc vers la capitale, ses ravissants canaux, ses milliers de maisons à pignons, ses centaines de ponts qui présentent toutes les formes imaginables, ses rangées de vieux arbres, ses innombrables cafés et bars hors des sentiers battus, des douzaines de petits cinémas et théâtres. Tout cela encourageait les marginaux et leur assurait l'impunité.

D'ailleurs, les fous sont des gens à part. Ils sont porteurs du génie de leur pays, ils incarnent son besoin de créer, de découvrir des voies nouvelles. L'Etat est fier de ses fous et les regarde avec bienveillance.

Mais il réprouve l'anarchie. Il faut bien veiller au grain.

Les non-conformistes étaient nombreux dans le quartier du Nouveau-Marché.

Après avoir fait l'effort de discuter avec l'Etat au sujet de l'emplacement de la station de métro, et avoir perdu la partie, ils avaient recouru à la violence.

L'Etat avait perdu son sourire et exhibé sa force, celle des uniformes bleus de la police municipale et des uniformes noirs de la prévôté, chamarrés de galons blanc et argent, rendus plus impressionnants par les casques d'acier et les longues matraques. L'Etat avait aussi aligné ses voitures blindées, ses pelles mécaniques, devant lesquelles les barricades ne résistent pas. Ses canons avaient craché des milliers de litres d'eau à la minute sur des voyous barbus qui, le matin encore, étaient des artistes ou des artisans, des poètes ou des intellectuels au chômage, des inoffensifs laissés pour compte ou d'innocents rêveurs.

De Gier soupira. Un sac de papier rempli de talc vola à travers l'allée et éclata sur le pavé devant lui. Le côté droit de son complet chic, taillé à peu de frais dans du coutil bleu par un tailleur turc, se couvrit de poudre blanche et collante. De Gier avait des soucis d'élégance. C'était un bel homme, et sentir cette poudre gluante dans sa moustache lui déplaisait. Il devait y en avoir aussi sur ses cheveux frisés. Et, comble de malheur, il finirait la journée dans cet état. Grijpstra éclata de rire.

— Tu en as aussi sur toi, dit De Gier.

Grijpstra tendit la jambe et examina son pantalon. Peu lui importait. Tous ses complets étaient taillés sur le même modèle, mal fichus. Il s'en tenait au tissu anglais à mince rayures gris clair sur fond bleu marine. Ce jour-là, il portait de vieux vêtements, aussi anciens que sa cravate grise. Il ne pleurerait pas leur perte. Sa chemise était neuve, mais la police la lui remplacerait s'il déposait une demande. Grijpstra s'adossa à la porte au fond de l'encoignure et croisa les mains sur son ventre. Il paraissait extrêmement placide.

— Nous devrions tenter de passer, dit De Gier. Une dame nous attend.

— Dans un instant, acquiesça Grijpstra. Si nous forçons le passage maintenant, nous finirons le trajet en ambulance. Nous aurons droit aux coups des émeutiers ou à ceux de nos confrères. Ils sont tous à cran et ne prendront pas la peine de regarder nos cartes.

De Gier fumait en tendant l'oreille. La bagarre s'était éloignée, semblait-il. Cris et détonations venaient de plus loin à présent.

— C'est le moment, dit Grijpstra en avançant sur le trottoir.

Les agents laissèrent passer les deux détectives qui traversèrent la place au pas de course et esquivèrent de justesse une motocyclette équipée d'un side-car, qui fonçait droit sur eux. Le sergent assis dans le side-car frappait le flanc de sa nacelle à coups de matraque. Des ongles de femme lui avaient labouré le visage, sa tunique était tachée de sang. L'agent qui conduisait la moto était couvert de poussière grise et des ruisselets de sueur coulaient sur son visage.

— Police ! hurla Grijpstra.

La motocyclette vira brusquement et piqua droit sur la foule qui commençait à se reformer à l'extrémité de la place.

Gripjstra tomba. Deux jeunes gens, qui n'avaient pas vingt ans, l'avaient entendu crier « police ! ». Ils l'attaquèrent aussitôt à coups de pied dans les tibias. De Gier se précipita à la rescousse, pas tout à fait assez vite cependant. Son poing s'écrasa sur le menton du premier assaillant, qui poussa un grand soupir et se cassa en deux. Du même coup, il envoya son coude au visage de l'autre agresseur, qui s'enfuit en hurlant de douleur.

— Ça va ? demanda De Gier en aidant Grijpstra à se relever.

Ils prirent leurs jambes à leur cou mais un camion arroseur leur barra la route. Heurté de plein fouet par le jet d'eau, De Gier tomba ; la lance changea de position pour se pointer sur la large masse de Grijpstra. A cet instant, le canonnier repéra la carte de police barrée de rouge que brandissait l'adjudant.

— Foutez le camp ! vociféra un officier de la prévôté. Qu'est-ce qui vous prend de traîner par ici ? Nous ne voulons pas de policiers en bourgeois dans les parages.

— Excusez-moi, dit Grijpstra. On a appelé police secours du quai de l'Arbre-Droit. Il n'y pas d'autre chemin pour y arriver.

— Qu'ils vous attendent ! hurla le jeune officier, livide de peur.

— Impossible. Il s'agit d'un meurtre.

— Bon, alors je vous donne une escorte. J'ai pourtant besoin de tous mes hommes ! Hé ! toi, et toi. Conduisez ces deux messieurs. Ils sont des nôtres.

Deux prévôts — des malabars — obéirent. Leurs épaulettes pendaient en loques sur leur poitrine.

— Merde ! dit le plus proche des deux. Nous avons tout subi aujourd'hui, sauf les coups de feu. Mais on y viendra si ça continue.

— Personne n'a encore dégainé ? demanda Grijpstra.

— Si, un de nos jeunots. Son compagnon avait pris un pavé en pleine figure et il était bouleversé. Nous avons dû lui arracher son arme des mains : il voulait abattre l'agresseur de son copain.

Grijpstra allait répondre par une formule bien sentie mais un sac de talc l'atteignit à l'épaule. Il resta aveuglé pendant un bon moment.

— Déguelasse, hein ? dit le prévôt. Ils doivent avoir des tonnes de cette saloperie. Nous avons surpris un bonhomme qui en lançait du haut d'un toit avec une catapulte ; ce fut notre premier prisonnier. Je suis curieux de savoir quel motif d'inculpation on lui trouvera. Avant peu, ces gens-là tireront à l'arc ou bien imagineront des frondes mécaniques. Est-ce que vous avez vu leurs camions blindés ?

— Non, répondit De Gier. Où sont-ils ?

— Nous en avons immobilisé deux dès le début,

heureusement : quand on est surpris par ces machines, on ne peut rien faire. Un de mes amis a plongé dans le canal pour leur échapper. La foule hurlait de joie.

— Vous avez arrêté le chauffeur ?

— Bien sûr. Je l'ai arraché moi-même de sa cabine. Il a fallu que je brise la vitre parce qu'il s'était enfermé à clef. Voilà un rapport que j'écrirai en personne, il en prendra au moins pour trois mois.

— Belle journée, en vérité, dit Grijpstra. Allons-y. Une dame nous attend.

Ils arrivèrent dix minutes plus tard, après une seule bagarre : une femme avait mordu Grijpstra à la main ; De Gier l'avait tirée par les cheveux. Quand les deux prevôts l'avaient arrêtée et jetée dans un panier à salade, les dents de la femme étaient tombées sur le pavé. Les policiers ramassèrent l'appareil et le jetèrent dans la voiture avec leur propriétaire.

CHAPITRE II

Le quai de l'Arbre-Droit longe un étroit canal ombragé par des rangées d'ormes qui, par cet après-midi de printemps, filtraient la lumière à travers la brume de leur feuillage gris clair. Les maisons ravissantes, très vieilles, se soutiennent les unes les autres et se mirent dans l'eau. Le touriste qui a quitté les rues conventionnelles, et se trouve soudain dans cette ambiance de paix séculaire, doit convenir qu'Amsterdam a le droit d'être fière de sa beauté.

Mais nos détectives n'étaient pas d'humeur à l'apprécier. Grijpstra souffrait des tibias et la blessure de sa main avait un vilain aspect. La poudre de talc couvrait ses cheveux ras et un agresseur, qu'il n'avait même pas remarqué, avait déchiré son veston. De Gier trottinait en boitant à ses côtés et répondit par un grognement au policier qui leur enjoignait de circuler. Il n'y avait aucun civil dans les parages, car l'étroitesse des quais ne convenait pas aux mouvements de foule. Toutefois la police en avait fermé l'entrée de crainte que les manifestants ne passent par là pour gagner la place du Nouveau-Marché. Des barrières de bois rouge et blanc avaient été posées à la hâte et des policiers casqués y montaient la garde. Agents et curieux se regardaient en chiens de faïence. Il n'y avait d'ailleurs rien à voir. Les maisons à pignon masquaient la place sur laquelle avait lieu la bagarre. Sur le canal l'atmosphère était lourde de violence et de soupçons. Immobilisés par la consigne, les policiers rompaient le silence en frappant leurs bottes du bout de leur matraque. Au loin, on entendait le tintamarre des motocyclettes et des camions. On percevait aussi le sifflement des canons à eau, les cris des combattants, qui par moments, couvraient tous les autres bruits. Et, pendant ce temps, la démolition se poursuivait, car il fallait abattre les maisons, et le plus tôt serait le mieux! Grues, bulldozers, marteaux piqueurs ajoutaient au tohu-bohu général.

— Nous sommes de la police, mon pote, lança De Gier à un agent en lui montrant sa carte qui s'était pliée en deux lors de sa chute.

— Excusez-moi, sergent, répondit l'autre, mais nous ne nous fions à personne aujourd'hui. Comment cela se passe-t-il là-bas?

— Nous avons le dessus, annonça Grijpstra.

— Nous avons toujours le dessus, reprit l'agent. Ça devient fastidieux. J'aime mieux assister à un match de football. Numéro 4, dit De Gier. Nous y voilà.

L'agent s'éloigna en frappant le garde-fou du canal de sa trique. Grijpstra leva les yeux vers le sommet de la maison de trois étages. C'était bien le 4, comme l'annonçait un numéro peint à côté de la porte. « Rogge », indiquait une plaque.

— Il nous a fallu trois quarts d'heure pour arriver là, dit De Gier. Les contribuables d'Amsterdam ont le droit de se plaindre de leur police. Et dire qu'il y a un mort au visage ensanglanté dans cette maison.

— Peut-être, répondit Grijpstra et peut-être pas. Bien des gens exagèrent, tu le sais. L'adjudant Geurts m'a raconté qu'appelé hier soir pour enquêter sur un suicide il avait trouvé en arrivant à l'adresse indiquée une vieille dame qui mangeait un toast avec du hareng cru et des rondelles d'oignon. Elle avait changé d'avis et réalisé que la vie n'est pas si désagréable, après tout.

— Un homme dont la tête est couverte de sang ne change pas d'avis, rétorqua De Gier.

— En effet, convint Grijpstra. Et ce ne sera pas un suicide.

Il appuya sur le bouton de la sonnette. Pas de réponse. Il appuya de nouveau. On ouvrit. Le couloir était obscur et ils ne virent la femme que lorsque la porte se fut refermée derrière eux.

— C'est en haut, dit-elle, je passe la première.

Ils prirent un autre corridor, au premier étage. La femme ouvrit la porte d'une chambre donnant sur le canal. La victime était allongée sur le dos, le visage écrasé.

— Il est mort, dit la femme. C'était mon frère, Abe Rogge.

Grijpstra l'écarta doucement et s'accroupit pour observer de plus près le visage du mort.

— Savez-vous ce qui s'est passé ? demanda-t-il.

La femme se couvrit le visage de ses mains. Grijpstra se releva et lui posa le bras sur l'épaule.

— Vous ne savez rien du tout, mademoiselle ? demanda-t-il.

— Non, non. Quand je suis entrée dans la chambre, il était là.

Grijpstra tourna la tête vers De Gier et montra de sa main libre un appareil téléphonique. De Gier décrocha et forma un numéro. Retirant son bras de l'épaule de la femme, Grijpstra prit le combiné que lui tendait son acolyte.

— Fais-la sortir d'ici, chuchota-t-il. J'ai vu une cuisine en bas, prenez du café. Je vous rejoins dans un instant.

De Gier était livide. Lorsqu'il emmena la femme, il dut s'appuyer au montant de la porte. Grijpstra sourit. Il avait déjà remarqué combien le sergent était allergique au sang. Mais ses faiblesses ne duraient pas.

— Le visage de l'homme a été défoncé, dit-il à son interlocuteur. Faites ce que vous avez à faire et passez-moi le commissaire.

— Vous êtes dans la zone des émeutes, n'est-ce pas ?

répondit l'opérateur du central radio. Une voiture ne pourra jamais arriver.

— Prenez une des vedettes de la police fluviale, suggéra Grijpstra. C'est ce que nous aurions dû faire nous-mêmes. N'oubliez pas d'appeler le commissaire. Il doit être chez lui.

Il raccrocha et plongea les mains dans ses poches. Les fenêtres de la chambre étaient grandes ouvertes ; la ramure des ormes masquait le bleu du ciel. Il contempla le vert tendre des jeunes feuilles, admira un merle qui chantait imperturbablement malgré l'émeute. Un moineau atterrit sur le rebord de la fenêtre et regarda le cadavre en inclinant sa petite tête. Grijpstra s'approcha de lui. Le merle et le moineau s'envolèrent mais des mouettes continuèrent à tournoyer au-dessus du canal, en quête de déchets et de poissons morts. C'était là une soirée de printemps dont ne jouirait pas celui qui avait vécu dans cette chambre.

La figure du cadavre n'était plus qu'une masse informe d'os brisés, couverte d'une épaisse couche de sang noir à demi coagulé. Vigoureux, dans les trente ans sans doute, vêtu d'un pantalon de toile bleue et d'une veste de brousse de la même couleur, l'homme avait dû être beau. Il portait un gros collier d'or autour de son cou musclé. Il avait la peau hâlée. Il est revenu de vacances depuis peu, pensa le policier. D'Espagne, d'Afrique du Nord, peut-être, ou bien d'une île quelconque. Il a dû vivre au soleil pendant des semaines. Le printemps des Pays-Bas n'a jamais fait bronzer personne.

Il remarqua les cheveux courts et bouclés, décolorés comme la barbe par le soleil. La chevelure coiffait la tête comme un casque. Solide gaillard, pensa Grijpstra. Il devait être capable de soulever un cheval. Poignets lourds, biceps saillants...

Il s'accroupit pour regarder le visage de l'homme, jeta un coup d'œil circulaire mais ne trouva pas ce qu'il cherchait, se releva et parcourut la chambre lentement, les mains dans les poches. Pas de pavé, pas de pierre. Rien. A première vue l'affaire était simple : un homme regarde par la fenêtre. Il y a une émeute dehors. Quelqu'un lance un pavé. L'homme le reçoit en plein visage. Il tombe à la renverse. Le pavé tombe aussi dans la pièce. Mais où est-il, ce pavé ? Grijpstra alla jusqu'à la fenêtre et regarda dans la rue. Rien en vue. Le policier casqué qui les avait arrêtés à leur arrivée s'appuyait à un arbre et regardait la surface du canal.

— Hé ! toi, là-bas ! brailla Grijpstra. (Le policier se retourna et leva la tête.) S'est-on battu par là ? Les pavés ont-ils volé cet après-midi ?

— Non, répondit l'agent. Pourquoi ?

— Un type ici a le visage écrasé. Il aurait pu recevoir un pavé.

L'agent se gratta la nuque.

— Je vais demander aux autres, cria-t-il. Je n'ai pas été de service ici tout l'après-midi.

— Le pavé pourrait avoir rebondi sur la tête de la victime avant de retomber dans la rue. Rassemble quelques-uns de tes collègues et cherchez s'il vous plaît.

Le policier acquiesça d'un signe. Grijpstra pivota sur lui-même. On aurait pu se servir d'une arme, évidemment. D'un marteau ? Oui, peut-être d'un marteau ; sûrement pas d'un couteau. Ou alors, l'homme avait simplement reçu un coup de poing, voire plusieurs. Grijpstra s'assit sur le seul siège de la chambre : un grand fauteuil d'osier au dossier droit. Il en avait vu un semblable quelques jours plus tôt dans une vitrine et se rappelait le prix. Elevé. La table aussi avait dû coûter pas mal d'argent — un guéridon ancien, très lourd. Il y avait un livre posé dessus ; Grijpstra lut le titre : *Zazie dans le métro,* dans l'édition française. L'illustration de la couverture montrait une petite fille. Sans doute vivait-elle une drôle d'aventure dans le métro. Grijpstra ne lisait pas le français. Rien d'autre d'intéressant dans cette chambre. Une table basse portait un appareil téléphonique et un annuaire. Il y avait d'autres livres en français, en tas sur le plancher. Les murs étaient ornés d'une seule toile sans cadre. Grijpstra considéra le tableau avec intérêt. Il lui fallut un moment pour distinguer ce qu'il représentait. Il ne vit d'abord qu'une grosse tache noire, ou bien une constellation de petits points sur un fond bleu. Mais il devait sans doute s'agir d'un bateau, d'un canoë ou d'un youyou flottant sur une mer phosphorescente. Il y avait deux hommes à bord. Ce tableau n'était pas aussi triste qu'il lui avait semblé à première vue. La phosphorescence de la mer indiquée par des traits blancs le long de la coque du bateau et dans son sillage suggérait, au contraire, une idée de gaieté. Cette toile impressionna Grijpstra et retint son attention. De nouveau il parcourut la chambre des yeux et enregistra dans sa mémoire tous les objets qu'il voyait. Mais son regard revint vers le tableau. Si la présence incongrue et même grotesque du cadavre n'avait pas dominé l'atmosphère, la chambre aurait offert un cadre parfait pour cette toile. Grijpstra avait quelque talent et il se proposait de peindre sérieusement... un jour ou l'autre. Il avait déjà manié le pinceau dans sa jeunesse. Mais le mariage, la famille qui s'était étendue autour de lui, dans leur petite maison confortable de la Lijnbaansgracht située juste en face du quartier général de la police, le tintamarre d'une télévision que son épouse — sourde — faisait brailler du matin au soir, la présence continuelle des enfants et de cette grosse femme flasque qui ne lui parlait jamais qu'en criant l'avaient frustré et avait presque tué son ambition. Comment peindrait-il un petit bateau flottant sur une mer immense ? Lui aurait probablement davantage joué avec les couleurs. Mais une trop grande diversité de couleurs n'aurait-elle pas gâché le songe ? Car cette peinture représentait bien un rêve, probablement fait en commun par deux amis : deux hommes suspendus dans l'espace et traités par l'auteur du tableau sous l'aspect d'un ensemble de lignes entremêlées.

L'inspecteur étendit les jambes devant lui et se cala

dans le fauteuil en respirant lourdement. Voilà une pièce dans laquelle il aurait volontiers vécu. La vie serait un plaisir, une dure journée ne serait pas tout à fait pénible s'il savait qu'il pourrait revenir dans cette pièce. Le mort y avait vécu. Grijpstra soupira de nouveau et son soupir se transforma en un sourd grognement. Il considéra le lit bas, proche de la fenêtre, les trois sacs de couchage étalés sur le matelas : l'un était fermé et les deux autres ouverts. L'homme devait dormir dans le premier et conserver auprès de lui les deux autres pour se couvrir en cas de besoin. Très bonne idée. Pas de souci à se faire pour les draps. Si un homme veut des draps, il a besoin d'une femme. La femme doit faire le lit, changer les draps et prendre soin de cent, de mille autres choses, dont un homme croit avoir besoin.

Grijpstra pensa qu'il aurait volontiers dormi dans un hamac, couvert par un sac de couchage. Le matin, il laisserait sa couche telle quelle. Pas besoin d'aspirateur. Le ménage une seule fois par semaine. Pas de télévision, pas de journaux. Rien que quelques livres et peut-être quelques disques, mais pas trop nombreux. Ne rien acheter. Tout ce que nous attirons autour de nous paralyse notre existence. Il pourrait inviter une femme dans cette chambre, évidemment, mais seulement s'il était absolument sûr qu'elle s'en irait ensuite et qu'elle ne piquerait pas des bigoudis dans sa chevelure avant de se coucher. Il passa sa main sur sa figure et toucha une égratignure antérieure à la traversée de l'émeute. Mme Grijpstra lui avait égratigné le visage avec un de ses bigoudis. Il avait poussé un cri de douleur. Ça ne l'avait pas réveillée. Mais son cri avait quand même interrompu son ronflement. Elle avait claqué la langue à plusieurs reprises, puis s'était remise à ronfler. Il lui avait secoué l'épaule. Elle avait ouvert des yeux vagues et lui avait demandé de se taire. Et surtout pas d'enfants ! Il y a bien assez d'enfants aux Pays-Bas.

Pourquoi diable..., dit-il tout haut. Il ne prit pas la peine de terminer la question. Il s'était laissé glisser dans son pétrin si progressivement qu'il n'avait pas saisi le moment où il aurait pu s'échapper. Elle avait l'air très bien quand leurs chemins s'étaient croisés. Ses parents aussi. Quant à lui, il commençait à faire une carrière dans la police. Tout allait bien. Petit à petit, son fils aîné était devenu un sacripant aux cheveux longs et sales, aux dents saillantes, qui faisait pétarader sa moto rutilante. Les deux plus jeunes étaient encore gentils. Il les aimait, sans doute ; il ne les abandonnerait pas. Donc, il ne pouvait pas avoir une chambre comme celle-là. Tout cela s'enchaînait très logiquement. Il regarda de nouveau le cadavre. Quelqu'un était-il entré dans cette pièce pour frapper ce géant avec un marteau, en plein visage ? Et le géant serait resté là sans bouger, en voyant entrer l'homme au marteau ? Il aurait reçu le choc en plein sur le nez sans chercher à esquiver ni à se défendre ? Peut-être était-il ivre... Grijpstra retourna à la fenêtre. Trois agents semblaient compter les pavés du bout de leurs matraques.

— Rien.

— Savez-vous maintenant si on s'est battu, si des pavés ont volé sur ce quai ?

— Non, rien à signaler depuis le début de la journée. Nous ne sommes restés de garde ici que pour empêcher les gens de se joindre à l'émeute.

— Avez-vous laissé passer quelqu'un ?

Les agents s'interrogèrent du regard. Puis, celui qui avait parlé le premier releva la tête vers Grijpstra.

— Bien des gens. Tous ceux qui avaient affaire par ici.

— Un homme a été tué dans cette chambre, cria Grijpstra. Auriez-vous remarqué quelqu'un qui courait, qui se conduisait d'une manière anormale ?

Les trois agents firent « non » de la tête.

— Merci, cria Grijpstra.

Il retourna s'asseoir et ferma les yeux pour s'efforcer de reconstituer mentalement l'ambiance habituelle de cette pièce. Petit à petit, il s'assoupit. Le bruit d'un moteur de bateau l'éveilla. Par la fenêtre il vit la vedette de la police fluviale accoster devant l'immeuble, son pont affleurant la surface de l'eau. Six hommes débarquèrent, le commissaire en tête : de petite taille, âgé mais sémillant. Grijpstra agita la main. Tous se dirigèrent du même pas vers la porte.

— Voilà du bon café, disait au même moment De Gier. Je vous remercie beaucoup. Buvez-en, vous aussi. Vous en avez besoin. Soyez gentille, dites-moi tout ce que vous savez. Et d'abord, vous sentez-vous mieux ?

La femme assise en face de lui à la table de la cuisine s'efforça de sourire. Svelte, la chevelure foncée, ramassée en chignon, elle portait un pantalon de toile noire et un chemisier de la même couleur, avec un collier de petits coquillages rouges. De Gier remarqua qu'elle n'avait pas de bagues.

— Je suis sa sœur, dit-elle. Esther Rogge. Appelez-moi Esther, s'il vous plaît, faites comme tout le monde. Nous vivons ici depuis cinq ans. Auparavant j'avais un appartement mais Abe a acheté cette maison et il a tenu à ce que je vienne avec lui.

— Vous vous occupiez donc de votre frère. Je vois.

— Non. Abe n'avait besoin de personne. Nous partagions la maison, c'est tout. Je vis au rez-de-chaussée et lui, à l'étage. Il ne nous arrivait que rarement de manger ensemble.

— Pourquoi donc ? demanda De Gier en tendant son briquet vers la cigarette de la jeune femme.

Elle avait les doigts longs et fuselés, pas de rouge aux ongles (l'un d'eux était brisé).

— Nous avions le souci de ne pas nous encombrer réciproquement. Abe veillait à ce que le réfrigérateur fût toujours bien garni et mangeait quand ça lui plaisait. Si nous nous trouvions tous les deux en même temps à la maison, je lui préparais quelque chose, mais il ne me le demandait jamais. D'ailleurs il prenait souvent ses repas dehors. Chacun vivait sa propre vie.

— De quoi vivait-il ? demanda De Gier.

Esther s'efforça de sourire de nouveau. Elle était encore livide et les ombres sous ses yeux apparaissaient comme des taches violettes. Pourtant la vie revenait autour de sa bouche qui ne ressemblait plus à la fente d'un masque.

— Il était colporteur. Il vendait toutes sortes de choses dans la rue. Au marché Albert Cuyp. Vous connaissez le marché Albert Cuyp, évidemment ?

— Oui, mademoiselle.

— Appelez-moi donc Esther. Parfois j'allais le voir à l'Albert Cuyp. Je l'aidais aussi quand j'avais une journée de liberté. Il vendait surtout des perles de fantaisie, toute sorte de tissus, de la laine, des ficelles de couleur, des tresses. Ses clients étaient de ces gens qui aiment à faire des tas de choses eux-mêmes.

— Des créateurs, dit De Gier.

— Oui. Créer est à la mode, actuellement.

— Vous dites que votre frère a acheté cette maison. Elle a dû lui coûter cher. A-t-il contracté un gros emprunt hypothécaire ?

— Non, elle lui appartient entièrement. Il gagnait beaucoup d'argent. Il traitait aussi de grosses affaires. Il allait souvent en Tchécoslovaquie avec son camion. Il y achetait des perles, par tonnes, directement à l'usine et les revendait à d'autres camelots ainsi qu'à des grands magasins. Il achetait et vendait bien d'autres choses aussi. Le marché en plein vent était surtout une distraction pour lui. Il n'y allait que le lundi.

— Et vous, que faites-vous ?

— Je travaille à l'université. J'ai un diplôme de littérature.

De Gier fut visiblement impressionné.

— Comment vous appelez-vous ? demanda Esther.

— De Gier. Sergent-détective De Gier. Rinus de Gier.

— Permettez-moi de vous appeler Rinus.

— Certainement, dit De Gier, qui se versa une tasse de café. Avez-vous la moindre idée de ce qui s'est passé ? La mort de votre frère a-t-elle un rapport quelconque avec les émeutes ?

— Non.

Ses yeux s'emplirent de larmes. De Gier lui prit la main et la serra doucement.

— On lui a lancé un objet, dit le commissaire en considérant le cadavre. Lancé avec une force considérable. D'après l'impact, il pourrait s'agir du projectile d'une arme à feu... ou peut-être simplement d'un pavé, mais, dans ce cas, où est-il ?

Grijpstra lui exposa ce que ses propres investigations lui avaient permis de déduire.

— Je vois, dit le commissaire, l'air pensif. Pas de projectile ; pas de débris de brique non plus. On a lancé beaucoup de briques sur la place du Nouveau-Marché, m'a-t-on dit. Des briques rouges qui se brisent et se pulvérisent lorsqu'elles atteignent leur but. Or, je ne vois pas de poudre rouge sur le plancher. Un solide pavé, mais alors quelqu'un l'aurait trouvé et jeté dans le canal ?

— Il aurait fait du bruit en tombant dans l'eau, monsieur, et on a patrouillé dans la rue toute la journée.

Le commissaire éclata de rire.

— Oui, un assassinat a eu lieu et la police patrouillait devant cette maison. Personne n'a rien remarqué. C'est tout de même bizarre, non ?

— En effet, monsieur.

— Il n'y a pas longtemps que cet homme est mort. Quelques heures, tout au plus. Le médecin nous le dira dans un instant. La vedette est partie le chercher. Où est De Gier ?

— En bas, monsieur. Il interroge la sœur de la victime.

— Il n'a pas pu supporter la vue du sang, n'est-ce pas ? Croyez-vous qu'il finira par s'y habituer ?

— Non, monsieur, pas s'il est obligé de le regarder

longuement. Nous nous sommes trouvés au milieu d'une bagarre. Il s'est battu courageusement et le sang sur ma main ne l'a pas impressionné. Mais si le sang s'associe à la mort, il ne peut pas s'y faire. Ça lui donne la nausée. Je l'ai fait sortir juste à temps.

— A chacun sa peur ! dit le commissaire à mi-voix. Mais comment cet homme est-il mort ? Je me le demande. Il ne peut pas s'agir d'une balle, car il n'y a pas d'orifice d'entrée. Tous les os du visage semblent avoir été brisés... Hé ! Qui êtes-vous ?

Il venait d'apercevoir un jeune homme dans le corridor. Ce dernier entra dans la pièce.

— Je suis Zilver.

— Qu'est-ce que vous faites ici ?

— J'y habite. J'ai une chambre à l'étage au-dessus.

— Nous sommes des policiers, nous enquêtons sur la mort de M. Rogge. Pourrions-nous aller dans votre chambre ? Les photographes et les gens de l'identité judiciaire auront besoin de celle-ci et nous pourrions profiter de l'occasion pour vous poser quelques questions.

— Certainement, dit le jeune homme.

Ils le suivirent dans un escalier raide et étroit ; il les introduisit dans une vaste chambre. Le commissaire prit l'unique fauteuil, Grijpstra s'assit sur le bord du lit et le jeune homme sur le plancher, en face d'eux.

— Je suis un ami d'Abe et d'Esther, dit Louis. Je vis dans cette maison depuis près d'un an.

— Continuez, dit le commissaire. Dites-nous tout ce que vous savez de cette maison, de ce qui s'y passait, au sujet de ce que faisait chacun de ses habitants. Nous ignorons tout. Nous venons d'arriver. Mais d'abord dites-nous si vous avez une idée de la façon dont Abe est mort et où vous vous trouviez au moment du crime.

— J'étais ici, dit Louis. Je suis resté à la maison toute la journée. Abe était encore vivant à 4 heures, cet après-midi. Il était ici, dans cette chambre. Je ne sais pas du tout comment il est mort.

— Poursuivez, dit le commissaire en souriant avec aménité.

CHAPITRE III

La chambre de Louis Zilver était presque aussi nue que celle du mort, mais elle offrait un aspect différent. Le commissaire, qui n'était pas resté aussi longtemps que Grijpstra auprès du cadavre d'Abe Rogge, ne le remarqua pas. Il vit seulement une autre pièce de la même maison, au plancher nu, meublée d'un lit soigneusement fait, d'un grand bureau à tambour couvert de classeurs bourrés de feuillets, protégés par du plastique transparent. Des rayonnages occupaient tout un mur. Quant à Grijpstra, il sut immédiatement en quoi les pièces différaient. L'une était en ordre, l'autre en désordre. Zilver devait être un homme organisé ou plutôt un jeune homme, car il n'avait sûrement guère plus de vingt ans. L'adjudant observa Louis assis par terre, l'air patient, en face de ses interrogateurs. Il remarqua les grands yeux foncés au regard presque liquide, le nez délicatement incurvé, la teinte légèrement olive de la peau tendue sur de hautes pommettes et les longs cheveux d'un noir tirant sur le bleu. Louis attendait sans faire grand-chose. Il avait croisé les jambes et allumé une cigarette après avoir posé un cendrier à un endroit propice pour que le commissaire et l'adjudant y secouent la cendre de leur cigare. Ce cendrier attira le regard de Grijpstra : c'était un crâne d'homme moulé en matière plastique, avec un grand trou à la place des fontanelles dans lequel s'ajustait une coupe d'argent.

— Brrr ! dit le détective. En voilà un cendrier !

Louis sourit avec une condescendance insolente.

— C'est l'œuvre d'un sculpteur de mes amis. En réalité, je trouve cela ridicule, mais il est utile et je l'ai gardé. Sa signification s'impose à l'évidence : *Memento mori*.

— Pourquoi le gardez-vous si vous le trouvez ridicule ? demanda le commissaire. Vous auriez pu le jeter et utiliser une soucoupe ?

Le commissaire avait passé la journée au lit pour apaiser la douleur de ses jambes qui le rendait presque infirme depuis plusieurs semaines. Il se frottait la jambe droite. Les aiguilles brûlantes du rhumatisme chronique firent se tordre ses lèvres pâles. Il paraissait inoffensif. Son complet en chantoung, avec gilet et chaîne de montre, donnait l'impression d'être trop grand pour son petit corps sec. Ses fins cheveux blancs étaient soigneusement peignés. Son visage marqué par l'âge respirait la droiture et la bienveillance.

— Celui qui a fait ce cendrier est un de mes amis. Il vient souvent ici et je craindrais de le peiner en dédaignant son œuvre d'art. D'ailleurs, il ne me gêne pas. La signification de ce crâne est banale mais véridique. La vie est courte, il faut profiter du jour qui passe... et ainsi de suite.

— En effet, dit le commissaire. Le cadavre qui se trouve dans cette maison nous le prouve.

Il se tut pour écouter le bruit qui montait de l'étage inférieur. Des pas retentissaient sur les marches nues. Sans doute les photographes mettaient-ils leur matériel en place et le médecin s'apprêtait-il à commencer son examen. Un inspecteur-chef en uniforme, sa vareuse couverte de talc gluant, entra brusquement dans la pièce. Le commissaire se leva.

— Monsieur, dit le nouveau venu. Pouvons-nous faire quoi que ce soit pour vous ?

— Vous en avez assez fait pour aujourd'hui, répondit le commissaire avec bienveillance.

— Nous n'avons pas de cadavre dehors, dit l'inspecteur-chef. Tout au moins jusqu'à présent.

— Nous en avons un ici, à l'étage au-dessous, le visage écrasé, frappé par une pierre ou par Dieu sait quoi. Nous ne trouvons ni le projectile ni l'arme dans sa chambre.

— C'est ce que m'ont dit mes agents. Votre homme était peut-être un réactionnaire et il aura déplu à un des manifestants dans la foule.

— L'était-il ? demanda le commissaire à Louis Zilver.

Louis sourit.

— L'était-il ?

— Non, répondit Louis en écrasant méticuleusement sa cigarette dans la coupe d'argent du cendrier. Abe ignorait tout de la politique. C'était un aventurier.

— Bien des aventuriers périssent de mort violente pour bien des raisons, dit l'inspecteur-chef en frappant sa botte du bout de sa matraque. Avez-vous besoin de moi, monsieur le commissaire ?

— Non. Non, vous pouvez disposer. J'espère que la situation s'améliore sur la place.

— Pas du tout. Elle s'aggrave au contraire. Nous avons maintenant affaire à une nouvelle foule : de jeunes idiots arrivent en dansant et en braillant. Il est temps que j'y retourne.

Grijpstra observa le visage de Louis au moment où l'inspecteur-chef quitta la chambre. Le jeune homme montrait les dents comme le fait un babouin lorsqu'il se croit menacé.

— Il me semble que ça vous amuse, dit l'adjudant.

— On est toujours content d'apprendre que la police prend une raclée, répondit Louis à voix basse.

Le détective se hérissa. Le commissaire l'apaisa d'un geste.

— Oublions le Nouveau Marché pour un moment.

Parlez-nous plutôt des incidents dans cette maison. Que savez-vous à leur sujet ?

Louis alluma une nouvelle cigarette et tira lentement une bouffée.

— Esther a trouvé le corps vers 5 heures, cet après-midi. Elle a poussé un cri. J'étais chez moi. J'ai dévalé l'escalier. Je lui ai dit de téléphoner à la police. Abe se trouvait ici même, une heure auparavant. Oui, il était dans ma chambre et il me parlait. Je n'ai rien remarqué d'anormal en lui.

— Quels sont vos rapports avec Abe et Esther ?

— Des rapports d'amitié. J'ai fait connaissance avec Abe sur le marché Albert Cuyp. Dès la première fois, je lui ai acheté une bonne quantité de perles ; puis je suis retourné en chercher d'autres. A ce moment-là j'essayais de fabriquer une espèce de mobile en perles que j'aurais accroché à mon plafond. Abe s'est intéressé à ce que je faisais et il est venu voir mon œuvre chez moi. J'étais alors logé fort inconfortablement : une petite chambre minable, mal éclairée. Il était en train d'acheter cette maison-ci et m'a suggéré de venir y habiter. Nous avons aussi fait de la voile ensemble. Son bateau est là, dehors, amarré à côté de ce gros houseboat ; on peut le voir de la fenêtre. Un joli petit yacht. Par bon vent, Abe gagnait l'Ijselmeer mais il lui était difficile de manœuvrer à lui tout seul.

Le commissaire et Grijpstra allèrent à la fenêtre. Ils virent en effet un bateau de seize pieds de long.

— Il est à moitié empli d'eau, dit le détective.

— L'eau de pluie, oui. Abe ne s'en souciait jamais. Il le vidait quand il lui prenait envie de naviguer. Les voiles sont en bas. Il ne faut que quelques minutes pour le gréer.

— Et le houseboat ?

— Abandonné, dit Louis. Il est à vendre depuis très longtemps mais on en demande trop cher. D'ailleurs il est pourri.

— Quelqu'un aurait pu grimper sur la cabine et

catapulter le projectile qui a tué Abe. Descendez donc, Grijpstra. Les policiers de garde dans cette rue ont peut-être vu quelqu'un sur le toit du bateau.

Resté seul avec Louis, le commissaire lui demanda :

— Que signifie la réflexion désagréable que vous avez faite au sujet de la police ? Vous avez conseillé à Esther de nous appeler quand elle a découvert le corps. Nous ne sommes donc pas inutiles. Pourquoi médire de nous ?

— Il fallait se débarrasser du cadavre, n'est-ce pas ? répondit Louis, les yeux brillants. Nous ne pouvions pas le jeter dans le canal. Il aurait pollué l'eau.

— Je vois. Vous nous avez appelés en qualité d'éboueurs, n'est-ce pas ?

Louis baissa les yeux.

— Votre ami est mort. On lui a écrasé la face. Vous souhaitez sans doute que le meurtrier soit arrêté ?

Quand Louis releva la tête, son visage avait changé. Sa vivacité était éteinte, il paraissait las, épuisé. Seul, son regard démentait la tristesse de son expression.

— Oui, dit-il à mi-voix. Il est mort et nous restons seuls.

— Nous ?

— Esther, moi, les autres, tous les gens qu'il inspirait.

— Avait-il des ennemis ?

— Non. Rien que des amis et des admirateurs. Bien des gens venaient ici pour le voir. Il recevait. J'en connais qui auraient fait n'importe quoi pour être invités. Il avait beaucoup d'amis.

— Et dans les affaires ? Etait-il aussi populaire en affaires ?

— Oui, dit Louis le regard fixé sur le crâne en plastique posé en face de lui. Abe était le roi du marché Albert Cuyp. Très populaire. Tous les autres marchands le connaissaient bien. Nombre d'entre eux étaient ses clients. Abe faisait de grosses affaires. Il nous arrivait de rapporter des cargaisons d'Europe orientale et il écoulait une grande partie de sa marchandise sur le marché. Ces temps derniers nous vendions de la laine, des tonnes de laine. De la laine à tricoter, de la laine pour tisser des tapis. C'est une matière coûteuse en ce moment.

— Nous ? demanda le commissaire.

— Ma foi, c'était surtout Abe mais je l'aidais.

— Parlez-moi de vous.

— Pourquoi ?

— Ça pourrait m'aider à saisir la situation.

Louis esquissa un mauvais sourire.

— Oui, vous êtes flic. J'avais failli l'oublier. Pourquoi devrais-je vous rendre service ?

Grijpstra était remonté dans la chambre et avait repris discrètement sa place au bord du lit. Sa voix retentit tout à coup.

— Vous devez vous rendre utile à la police parce que vous êtes citoyen, un membre de la société. Or la société ne peut fonctionner que si l'ordre public est respecté. Quand l'ordre est troublé, il faut le rétablir et, pour ce faire, les citoyens doivent assister la police. La tâche de la police consiste à protéger les citoyens contre eux-mêmes.

Louis redressa vivement la tête et éclata de rire.

— Vous trouvez ça drôle ? demanda Grijpstra indigné.

— Oui. Très drôle. Vous parlez comme un livre d'instruction civique. D'ailleurs, ce que vous dites est faux. Quel profit tirerais-je de ce que vous appelez l'ordre public, auquel vous croyez par stupidité, par refus de réfléchir ? Après tout, cet ordre public n'est peut-être qu'une chose qui accable et étouffe les citoyens ?

— Votre ami est mort à l'étage au-dessous, la tête écrasée. Est-ce que ça vous amuse ?

Louis cessa de rire.

— Vous êtes étudiant, n'est-ce pas ? demanda le commissaire.

— Oui. Je l'étais, plutôt. J'étudiais le droit mais j'ai

tout abandonné quand j'ai constaté combien nos lois sont écœurantes. J'ai passé l'examen probatoire, et je ne suis pas allé plus loin. On ne m'a pas revu depuis à l'université.

— Quel dommage ! dit le commissaire. J'ai étudié le droit, moi aussi. Une discipline passionnante. Il ne vous reste plus que deux ou trois années d'études. Pourquoi vous arrêter ?

Le jeune homme haussa les épaules.

— Pourquoi terminerais-je ? Supposons que je sois licencié en droit. Je me retrouverais probablement dans quelque immeuble de béton, en train de bosser pour une grosse entreprise, peut-être pour l'Etat. Je n'ai pas tellement envie de me ranger. Brailler sur un marché en plein vent m'amuse davantage. J'aime aussi conduire un camion dans la neige en Tchécoslovaquie. Je ne tiens pas tellement à l'argent.

— Si quelqu'un vous piquait votre portefeuille, que feriez-vous ? demanda Grijpstra.

— Je n'irais sûrement pas porter plainte à la police, si c'est à cela que vous voulez en venir.

— Et si quelqu'un assassinait votre ami ? N'avez-vous pas conseillé à Esther de nous téléphoner ?

Louis se redressa.

— Ecoutez, dit-il d'une voix forte. Ne faites pas de philosophie, je vous prie. Je ne suis pas habitué à discuter. Ça ne m'intéresse pas. J'admets votre pouvoir et les efforts que vous faites pour maintenir l'ordre dans une maison de fous. Je répondrai donc à vos questions pouvu qu'elles aient un rapport avec le meurtre.

— Si je vous comprends bien, l'humanité serait constituée par des corps sans âme et sans esprit ? dit le commissaire d'un ton rêveur, comme s'il n'avait pas suivi la conversation qu'il dirigeait jusqu'alors. (Il regardait le feuillage des arbres au-delà de la fenêtre.)

— Oui, c'est bien ça, dit Louis. Nous sommes des corps, nous existons mais nous n'avons aucun libre arbitre. Nous ne faisons rien. Il nous arrive des choses.

Abe vient de mourir comme quelques millions de Noirs sont morts en Afrique centrale, faute d'eau. Personne n'y peut rien. Pendant la guerre on a arrêté mes grands-parents, on les a entassés dans un wagon à bestiaux et on les a jetés dans un camp, où ils ont été gazés. Il se pourrait aussi qu'ils soient morts de faim ou qu'un S.S. leur ait cassé la tête pour s'amuser. La famille d'Abe et d'Esther a connu le même sort. Ces deux Rogge ont survécu tout simplement parce qu'il leur est arrivé de survivre. Leur survie n'était pas prévue, pas plus que ne l'était la mort des autres Rogge. Sur l'échiquier de ce jeu, les policiers ne sont que des pions. Mes grands-parents ont été arrêtés par la police — parce qu'ils étaient juifs — et il s'agissait bien de la police municipale d'Amsterdam, pas de la police allemande. Ces braves fonctionnaires de chez nous entendaient maintenir l'ordre parce qu'on leur en avait donné la consigne. L'officier qui était là, il y a quelques minutes, est tout simplement en train de casser des têtes sur la place du Nouveau-Marché, à cinq cents mètres d'ici.

— Vraiment ? dit Grijpstra.

— Comment ça « vraiment » ? hurla Louis. Allez-vous oser prétendre qu'une partie seulement de la police a collaboré avec les Allemands pendant la guerre et que la plupart de vos collègues étaient du côté de la reine ? Et parlons de cette reine, justement. N'a-t-elle pas envoyé des troupes en Indonésie pour tuer des paysans, là-bas ? Que ferez-vous, vous-même, s'il éclate une autre guerre ? Ou en cas de famine ? Ça peut arriver du jour au lendemain.

Louis toussa et fixa sur le détective un regard autoritaire comme s'il entendait lui arracher un aveu.

— Les Russes pourraient envahir notre pays et nous imposer le communisme, reprit-il. Ils installeraient un gouvernement à La Haye et quelque ministre vous enjoindrait d'arrêter tous les dissidents. Ce serait pour maintenir l'ordre et vous maintiendriez l'ordre. Vous enverriez des agents en uniforme bleu, casqués peut-être, armés de matraques, de pistolets automatiques ou de fusils. Vous organiseriez des rafles avec des voitures blindées, qui barreraient la rue à chaque extrémité. Ça n'a rien d'invraisemblable, vous savez. Il vous suffit de sortir et de regarder ce qui se passe sur la place du Nouveau-Marché à l'instant même pour vous en convaincre.

— Et qui rendez-vous responsable de cet état de choses ? demanda le commissaire en secouant la cendre de son cigare au-dessus du crâne en plastique.

— Personne, répondit tranquillement Louis. En outre, je ne reproche rien aux Allemands ou aux policiers hollandais qui ont arrêté mes grands-parents. Les choses arrivent, comme je vous l'ai dit. Je ne m'insurge même pas contre les choses. Voir la vie autrement, c'est l'idéaliser, et ce genre de raisonnement m'écœure. Si vous tenez à faire votre métier, si vous considérez votre activité comme un métier, faites-le, mais ne me demandez pas d'applaudir quand vous arrêtez quelqu'un. Ça ne m'intéresse pas.

— Il me semble que votre propre existence contredit votre doctrine, dit le commissaire. Vous refusez d'agir d'une façon conventionnelle, n'est-ce pas ? Vous refusez de vous ranger. Peut-être devriez-vous terminer vos études afin de trouver votre place dans la société au niveau qui vous convient. Mais vous préférez travailler sur un marché en plein vent, ou conduire un camion dans des pays lointains. Vous faites donc quelque chose, vous travaillez, vous avez un but. Pour vous conformer à vos opinions vous devriez ne rien faire du tout, être le jouet passif des circonstances à tout moment.

— C'est exact, et c'est bien ce que je fais.

— Non, pas du tout. Vous disposez d'une certaine marge de libre arbitre, me semble-t-il, et vous vous en servez. Vous agissez à votre gré, selon votre choix.

— J'essaie, plutôt, répondit Louis, désarmé par le calme du commissaire. Vous avez peut-être raison, je suis peut-être libre. Il se pourrait que je sois plus ou moins libre et que j'essaie de me servir de ma liberté. Mais je m'y prends plutôt mal. Je n'aurais rien fait de mon propre chef ; avant de connaître Abe je pourrissais dans une chambre obscure où je dormais jusqu'à 2 heures de l'après-midi, tous les jours ; puis je passais mes nuits dans des bars débiles... Je me suis accroché à Abe, c'est tout. Voilà une chose qui m'est arrivée. On pourrait presque dire qu'il m'a pris par la peau du cou et qu'il m'a entraîné avec lui.

— Vous n'étiez pas tellement oisif lorsque vous avez fait sa connaissance, puisque vous étiez en train de travailler à une structure en perles. Vous faisiez donc quelque chose avant de rencontrer Abe.

— Oui, mais il n'en est rien résulté. J'ai fini par tout jeter à la poubelle. Je voulais créer quelque chose de vraiment original, en fil de cuivre, avec des perles enfilées sur du nylon : une forme humaine qui se serait déplacée au gré du vent et des courants d'air. Ce mobile aurait brillé et il aurait paru doué de vie lorsqu'il aurait remué. Mais il n'aurait pas remué de lui-même, évidemment. Il aurait obéi à des forces supérieures à lui. Malheureusement, je ne suis pas un artiste. L'idée était bonne mais la réalisation piteuse. Je suis tout juste parvenu à emmêler des colliers de perles. J'y ai perdu un an.

— Bien, dit Grijpstra. Ainsi Abe vous a tiré du pétrin. Peut-être a-t-il rendu le même service à d'autres. Pourtant on l'a tué. L'assassin a peut-être envie de tuer d'autres gens ?

— Quelle connerie !

— Comment ?

— Vous m'avez bien entendu, confirma Louis suavement. Connerie. Sottise. Abe a été tué parce qu'une force quelconque a mis le bras de quelqu'un en mouvement. Cette force dépend du hasard, comme le vent. On ne peut pas attraper le vent.

— Quand un courant d'air se produit on peut repérer la faille et la boucher.

— Vous pouvez aussi emprisonner l'instrument du meurtre, rétorqua Louis avec obstination, mais vous ne pouvez rien contre la force qui s'est servie de cet instrument. Elle est hors de votre portée, et votre effort devient futile. Pourquoi devrais-je vous aider à perdre votre temps ? Libre à vous de le gâcher vous-même.

— Je vois, dit le commissaire, qui tourna de nouveau son regard vers les arbres au-delà de la fenêtre.

Il n'y avait pas de vent. Les derniers rayons du soleil se réfléchissaient sur les petits miroirs oblongs des feuilles nouvelles.

— Comprenez-vous vraiment ? Vous êtes pourtant fonctionnaire ? Vous êtes un des chefs de la police ?

— Je suis commissaire (1). Si votre théorie est exacte, je ne dirige rien du tout, mais je fais semblant d'animer des ombres chinoises, qui en réalité n'existent pas. Votre doctrine n'a rien d'original et vous le savez sans doute. D'autres gens ont pensé comme vous. Je pourrais citer Platon, par exemple, et bien d'autres avant lui.

— Il y a eu, en effet, des zombies pleins de sagesse sur notre planète, dit Louis en souriant.

— C'est ça. Quoi que vous en pensiez, vous nous avez été utile. Nous avons appris quelque chose sur la victime et aussi à votre sujet. Nous sommes des gens simples, probablement pleins d'illusions, comme vous nous l'avez fait remarquer. Nous agissons en vertu d'un postulat : l'Etat a raison et l'ordre public doit être maintenu.

« Nous travaillons d'une manière systématique. Quelqu'un, un être humain, voulait du mal à Abe Rogge, et l'a tué. Il a eu l'occasion de lui écraser la figure et il croyait avoir un mobile. Si nous trouvons quelqu'un qui avait à la fois l'occasion et le mobile, nou le soupçon-

(1) Tels sont, en ordre croissant, les grades de la police municipale hollandaise : agent, agent de première classe, sergent, adjudant, inspecteur, inspecteur-chef, commissaire, agent-chef.

nons de ce crime et nous l'arrêtons. Vous, Louis Zilver, vous aviez l'occasion. Vous étiez dans la maison au moment précis du crime. Mais, d'après ce que vous nous avez dit, il nous est permis de supposer que vous n'aviez pas de mobile. »

— Si j'ai dit la vérité, rétorqua Louis.

— Effectivement. Vous nous avez dit qu'il était votre ami et même votre sauveur, en un certain sens. Il vous a tiré du pétrin. Vous passiez vos matinées à dormir et vos nuits à boire. Vous vous efforciez aussi d'accomplir une œuvre pendant l'après-midi. Vous n'étiez pas heureux. Abe a donné de l'intérêt à votre existence.

— C'est exact. Il m'a sauvé. Mais peut-être certains hommes ne désirent-ils pas être sauvés ? Le Christ était un sauveur : on lui a planté des clous à coups de marteau à travers les mains et les pieds.

— Marteau ! s'exclama Grijpstra. Je continue à croire qu'Abe a été tué à coups de marteau. Pourtant un marteau aurait fait un trou bien délimité, n'est-ce pas ? Or, son visage est écrasé en quasi-totalité.

— Nous découvrirons avec quoi il a été tué, dit le commissaire. Continuez, Monsieur Zilver. Vous m'intéressez. Qu'est-ce que vous pourriez nous dire d'autre ?

— Dites-moi pourquoi on a tué votre frère ? demanda De Gier, qui tenait encore la main d'Esther. Avait-il des ennemis ?

Esther ne pleurait plus et caressait la surface de la table de sa main libre.

— Oui, il avait des ennemis. Bien des gens le détestaient. Il réussissait trop bien, voyez-vous, et il était trop sûr de lui. La vie bouillonnait en lui. Il rencontrait des gens déprimés, nerveux, inquiets, et lui, il éclatait de rire et partait pour la Tunisie. Là-bas, il passait quelques semaines sur une plage ou se rendait à dos de chameau dans quelque petit village lointain. Il lui arrivait aussi de naviguer sur le grand lac. A d'autres moments, il partait vers l'Est, où il achetait de la marchandise qu'il revendait ici avec de gros bénéfices. Abe était un homme redoutable. Il lui arrivait d'humilier son prochain, qui souffrait de se sentir sot auprès de lui.

— Est-ce que vous-même vous vous sentiez sotte ?

— Mais je *suis* sotte, répondit Esther.

— Pourquoi ?

— Parce que tout le monde l'est. Vous aussi, sergent, vous l'êtes, que vous en soyez conscient ou non.

— Pourquoi ne m'appelez-vous pas Rinus ? D'accord, je suis un sot. Est-ce là ce que vous vouliez me faire dire ?

— Je ne veux rien vous faire dire du tout. Abe ne pouvait atteindre ceux qui se savaient sots. Il lui arrivait d'organiser des dîners ; avant de manger, chacun devait se lever, faire face aux autres invités et déclarer fermement : je suis un sot.

— Comment ? demanda De Gier étonné. A quoi bon ?

— Ça l'amusait. Ne croyez pas que le convive prononçait cette phrase comme une simple formalité. Il fallait que chacun exposât pourquoi il était sot. Abe y voyait peut-être une espèce d'exercice pour améliorer la sensibilité du sujet. Par exemple, si l'un d'eux disait : « Mes amis, je suis un sot. Je me prends pour quelqu'un d'important et je ne le suis pas », ça ne suffisait pas à mon frère. Il ne laissait pas l'homme manger ou boire avant qu'il eût expliqué, en détail, en quoi exactement il était sot. Il devait avouer qu'il était fier d'avoir réussi quelque affaire ou passé un examen, ou séduit une femme. Et chacun devait convenir qu'il était un sot de s'enorgueillir de pareils exploits, parce que notre mérite n'y intervient jamais pour rien, ce sont des choses tout à fait fortuites. Nul n'en est coupable et nul ne peut s'en prévaloir non plus, voyez-vous. Abe prétendait que chaque individu est poussé par les circonstances, car l'homme n'est qu'un mécanisme sans âme, et rien de plus.

— Et les gens devaient constamment lui avouer des choses pareilles ?

— Oui. C'était la seule manière d'entrer en contact avec lui.

— Donc, ils étaient bien libres de *faire* quelque chose ?

— Oui, mais leur liberté était limitée. Il fallait d'abord qu'ils avouent être des sots.

De Gier alluma une cigarette et se carra sur sa chaise.

— Merde, dit-il à mi-voix.

— Comment ?

— Peu importe ; votre frère a dû agacer bien des gens. Lui est-il jamais arrivé d'avouer qu'il était lui-même un sot ?

— Oh oui !

— Il était convaincu de l'être ?

— Oui. Peu lui importait d'ailleurs. Il ne vivait que l'instant présent, et chaque journée comprenait à ses yeux bien des instants. Je crois que peu lui importait de mourir.

— Et ses amis ? Quelle sorte de gens étaient-ils ? Des relations d'affaires rencontrées sur les marchés ?

Esther ajusta sa coiffure et se mit à tripoter la cafetière.

— En voulez-vous encore une tasse, Rinus ?

— Volontiers.

En remplissant le petit percolateur, elle renversa de la poudre de café sur le plancher.

— Laissez-moi faire, dit De Gier en s'emparant d'une pelle et d'un petit balai.

— Merci. Vous êtes marié ?

— Non. Je vis seul avec mon chat et j'ai pris l'habitude de toujours réparer immédiatement les conséquences de mes maladresses.

— Vous me parliez des amis de mon frère. Eh bien oui, il recevait souvent des gens dont il avait fait la connaissance sur les marchés, et aussi des étudiants, des artistes. Il invitait également des journalistes et des femmes. Abe plaisait aux femmes. Louis aussi était un de ses amis. Vous l'avez vu tout à l'heure dans le couloir, n'est-ce pas ? Où est-il passé d'ailleurs ?

— Il est en haut avec mes collègues : l'adjudant Grijpstra et le commissaire.

— Ce vieux petit bonhomme est votre chef ?

— Oui. Pourriez-vous me décrire quelques-uns de ses amis ? Il faudrait que j'en dresse la liste. Etait-il particulièrement lié avec certains d'entre eux ?

— Tous l'intéressaient. Il lui arrivait d'être très intime avec l'un ou l'autre, puis de le laisser tomber. Il aimait à dire qu'il n'avait pas du tout le culte de l'amitié. D'après lui, l'amitié n'est qu'un phénomène temporaire qui, selon les circonstances, naît et meurt de la même manière que le vent se lève et retombe. Ça agaçait souvent ses amis, parce que chacun cherchait à être en relation avec lui.

— Votre frère me semble avoir été un homme hors du commun, dit De Gier.

Esther esquissa un pâle sourire, qui exprimait surtout la lassitude.

— Vous me rappelez les agents qui sont venus par ici il y a quelques jours, dit-elle. Ils s'étaient trompés d'adresse. Un vieux monsieur qui se trouvait en visite chez nos voisins avait eu un malaise et s'était évanoui. Ces gens téléphonèrent donc pour appeler une ambulance. Des policiers vinrent également, sans doute pour vérifier qu'il s'agissait bien d'un malaise naturel et qu'il n'y avait pas eu de violences. Ma voisine était bouleversée et je suis allée lui proposer mon aide. Le vieillard était en train de mourir, m'a-t-il semblé. Je crois qu'il avait eu une crise cardiaque. J'ai surpris une conversation entre les agents.

— Que disaient-ils ?

— L'un a dit à l'autre : « Merde, j'espère que le vieux zigue ne va pas crever. Nous serions obligés de déposer un rapport. » L'autre lui a répondu : « T'en fais pas. Il va claquer dans l'ambulance et c'est l'officier de santé qui s'en occupera. »

— Ah oui ?

— Ce bref échange de propos donne une idée précise de votre mentalité, non ?

— Non, vraiment pas, dit De Gier avec patience. Vous avez cette impression parce que vous êtes en cause aujourd'hui : le défunt est votre frère. Si un de mes amis meurt ou si mon chat se fait écraser ou encore si ma mère tombe malade, je serai bouleversé. Je vous assure que je serai profondément bouleversé.

— Et quand vous trouvez mon frère allongé dans une mare de sang ?...

— Ça me bouleverse, mais je m'en défends. Si je me laissais aller à mes sentiments, je ne servirais pas à grand-chose. La mort de votre frère est un cas exceptionnel. Je n'arrive pas à m'imaginer comment on l'a tué. Grijpstra a peut-être repéré quelque chose. Et vous, vous étiez ici tout l'après-midi, n'est-ce pas ? Avez-vous vu quelqu'un monter dans sa chambre ?

— Non. Lorsque Louis est rentré, je l'ai entendu passer devant la porte de mon frère, puis monter le second escalier pour gagner sa chambre.

— Il ne circule pas grand monde sur le quai de l'Arbre-Droit, dit De Gier. Pourtant, des gens doivent aller et venir. Il serait possible de s'introduire dans la chambre par la fenêtre, mais ce serait risqué. Personne n'a rien signalé aux agents qui se trouvent dans la rue, sinon ils seraient venus nous le dire.

— Peut-être quelqu'un a-t-il visé Abe de l'extérieur, suggéra Esther. Il lui arrivait souvent de se mettre à la fenêtre et de regarder le canal. Il a contracté cette manie depuis que nous habitons ici. Parfois, il avait l'air d'être en transe et j'étais obligée de crier pour le réveiller. On lui a peut-être jeté un pavé.

— Ce pavé serait tombé dans la chambre, ou aurait rebondi dans la rue, où nous l'aurions trouvé. Pour lui défoncer la face il aurait fallu une bien grosse pierre.

Une grosse pierre pleine de sang n'échappe pas aux regards. Je vais demander aux agents s'ils l'ont vue.

De Gier revint au bout d'une minute.

— Rien. J'ai interrogé aussi les hommes qui sont en haut. Le fonctionnaire de l'identité judiciaire qui relève les empreintes digitales m'a assuré qu'il n'y avait rien dans la chambre, ni arme, ni projectile.

— Abe était un homme étrange et il est mort d'une manière étrange, dit Esther. Des mystères de ce genre ne durent pas longtemps. Tout finit par s'expliquer.

— On n'a rien volé dans sa chambre ?

— Non, il n'y avait jamais beaucoup d'argent chez nous, sauf ce qu'Abe gardait dans son portefeuille. Or ce portefeuille est toujours là. Il gonflait son blouson de brousse, à la hauteur de la poche. Je l'ai vu. Cette poche est boutonnée. Abe avait toujours quelques milliers de florins sur lui.

— Pourquoi tant d'argent dans sa poche ?

— Parce qu'il en possédait beaucoup. Il le gagnait plus vite qu'il ne pouvait le dépenser. Il était aussi propriétaire de l'entrepôt voisin ; la marchandise n'y restait jamais longtemps. Actuellement il s'y trouve du tissu de coton, acheté avant la hausse, et tout un étage plein de cartons contenant de la laine qu'il vendait sur les marchés.

— Peut-on passer de cette maison-ci à l'entrepôt ?

— Non.

— Pas de porte dérobée ?

— Non, sergent. On ne passe d'une maison à l'autre que par la rue. Les arrière-cours sont séparées par un mur de brique trop haut pour être escaladé.

Grijpstra et le commissaire descendaient l'escalier. De Gier les appela et présenta Esther au commissaire. Deux brancardiers, débarqués de la vedette de la police fluviale, faisaient circuler une civière dans l'escalier.

— Je monte, dit De Gier. Il faut faire l'inventaire de ce que contiennent les poches du cadavre avant qu'on l'emporte. Nous vous donnerons un reçu, mademoiselle Rogge.

— D'accord, dit le commissaire. Nous partons, mademoiselle, mais nous reviendrons peut-être. J'espère que vous nous pardonnez d'envahir votre maison. Toutefois...

— Vous êtes tout excusé, commissaire. Revenez quand vous voudrez.

La rue n'avait pas recouvré son aspect habituel. Une sirène retentit sur la place proche. Une nouvelle compagnie de policiers casqués défilait au pas le long du quai. Deux vedettes de la police fluviale, dont le pont était couvert d'agents en manteau de cuir, prêts à débarquer, se frayaient prudemment un passage entre le houseboat ancré dans le canal et le bateau qui attendait le corps d'Abe Rogge.

De l'autre côté du canal, un jeune homme fuyait sur le quai, poursuivi par plusieurs policiers. Epuisé, il tomba. Des mains gantées se saisirent de ses poignets. Le commissaire et ses deux détectives entendirent claquer les menottes ; le manifestant capturé haletait et sanglotait.

— Où allons-nous, monsieur? demanda Grijpstra.

Le commissaire considérait la scène qui se déroulait sur l'autre rive.

— Alors, monsieur, que faisons-nous, maintenant?

— Allez n'importe où, dans un endroit tranquille, un bistrot, un café. Tâchez de nous trouver quelque chose à proximité. Je retourne à la maison pour une minute. Quand vous serez installé, téléphonez chez les Rogge. Vous trouverez le numéro dans l'annuaire. C'est terrible, n'est-ce pas?

— Qu'est-ce qui est terrible, monsieur?

— Cette chasse à l'homme, sous nos yeux. Ces émeutes font surgir le pire qui se trouve dans tout homme.

— Mais nos collègues ne le malmènent pas, monsieur. Ils l'ont arrêté, c'est tout. Probablement a-t-il blessé un policier sur la place, sinon ils ne se seraient pas donné tant de mal pour l'attraper.

— Oui, vous avez sans doute raison, dit le commissaire. Mais c'est quand même dégradant. J'ai déjà vu de semblables chasses à l'homme dans les rues, pendant la guerre.

Grijpstra avait assisté au même spectacle autrefois, mais il n'en dit rien.

— Bon, ça va, vous pouvez partir.

— A vos ordres, monsieur.

Grijpstra tapota l'épaule de De Gier.

— Où allons-nous ? demanda De Gier. Vous connaissez le quartier. Tous les cafés seront fermés. D'ailleurs, ce serait dangereux pour des flics de faire une conférence dans un bistro en ce moment.

Grijpstra regardait les deux policiers emmener leur prisonnier. Ils le conduisaient vers l'une des vedettes. L'homme ne résistait pas. On aurait cru qu'ils se promenaient tous les trois.

— Tu m'entends ? insista De Gier.

— Oui, dit Grijpstra. Le seul endroit possible ce serait le bar Nellie. Il sera fermé mais elle ouvrira si elle est là.

— Je ne la connais pas.

— Evidemment.

Ils lurent l'écriteau.

SI JE NE RÉPONDS PAS A LA SONNETTE, NE FRAPPEZ PAS À LA PORTE PARCE QUE JE NE SERAI PAS LÀ.

Ils le relurent trois fois de suite.

— Quelle bêtise ! dit enfin De Gier. Si elle n'est pas là, peu lui importe qu'on frappe ou non.

Grijpstra sonna. Pas de réponse. Il frappa. Une fenêtre s'ouvrit au premier étage.

— Foutez-moi le camp, ou je vous balance un seau d'eau de vaisselle sur la tête.

— Nellie ! cria Grijpstra. C'est moi.

La fenêtre se referma. On entendit un bruit de pas.
— C'est toi, dit Nellie. Comme c'est gentil. Et tu es avec un ami. C'est encore plus gentil. Entrez.
Elle alluma les lumières et ils découvrirent un petit bar rose. Rideaux roses, tapisserie rose, abat-jour rose. Nellie aussi était toute rose. Ses seins, roses également, fascinèrent aussitôt De Gier.
— Ils te plaisent, chéri ?
— Beaucoup.
— Asseyez-vous et prenez quelque chose. Si vous achetez une bouteille de champagne je ferai le service les seins nus.
— Combien la bouteille de champagne ?
— 175 florins.
— Je suis policier, dit De Gier.
— Je m'en doute bien, mon chéri, mais les policiers paient 175 florins, comme tout le monde. J'ai horreur de la corruption.
— Vous recevez donc parfois des flics ici ?
Nellie sourit d'un air rusé et considéra Grijpstra.
— Toi ? demanda De Gier à son supérieur.
— Quelquefois, répondit Grijpstra, mais je ne paie pas. Nellie est une vieille amie.
— Et elle te sert les seins nus.
— Mais évidemment, répondit Nellie. Qu'est-ce que vous prenez ? Il est un peu tôt. Des cocktails. Je ne sers rien d'autre.
— Non, Nellie, dit Grijpstra. Nous voudrions utiliser ton bar pour une heure ou deux. Le commissaire cherche un endroit tranquille. Il ne sera pas seul. Ça ne te fait rien ?
— Evidemment pas, mon chéri. (Nellie sourit et se pencha par-dessus le bar pour ébouriffer les cheveux de Grijpstra. Les mains de De Gier furent parcourues de démangeaisons tant les seins étaient proches.)
— D'ailleurs, mon bar est fermé ce soir, roucoula Nellie. Ces maudites émeutes sont mauvaises pour les affaires. Je n'ai pas vu un seul client depuis deux jours :

mes rabatteurs n'arrivent pas à leur faire franchir les barrages.

Elle sourit d'un air dégoûté et poursuivit :

— Bah ! après tout, je n'ai pas envie de recevoir des clients. L'atmosphère ne s'y prête pas. Il y a trop de tension.

— Et pourtant vous vous habillez ainsi ? releva De Gier étonné.

— Non. Je portais un pantalon avec un pull-over, comme tout le monde. Mais je n'aurais pas voulu me présenter à Grijpstra dans une pareille tenue. Il a l'habitude de me voir comme je suis maintenant.

— Bigre ! dit De Gier.

Nellie se caressa les seins.

— Ils m'ont fait disqualifier pour un concours de beauté. Il paraît que j'en ai trop. Mais ils ne nuisent pas aux affaires !

— Vous avez une licence pour votre bar ? demanda De Gier.

Le visage de Nellie s'assombrit.

— Je vous prenais pour un ami.

— Je suis curieux, c'est tout.

— Non. Je n'ai pas de licence. Ce n'est pas un vrai bar mais un club privé. Je n'y reçois qu'un ou deux clients à la fois. Mes rabatteurs les conduisent ici.

De la prostitution pure et simple ! pensa De Gier. Il avait entendu parler de bars comme celui-là mais n'en avait jamais localisé aucun. Grijpstra connaissait celui de Nellie et ne lui en avait pas parlé... Il l'interrogea du regard.

— Nellie a eu des ennuis autrefois, dit Grijpstra. C'est moi qui ai répondu à l'appel.

— Il y a longtemps de cela, précisa Nellie en faisant la moue. Tu étais encore en uniforme en ce temps-là. Voilà plus d'un an que je ne t'ai pas vu. Tu as de la chance de me trouver encore ici.

Elle poussa un petit grognement.

— Voilà comment ça se passe : les gens agréables ont

trop à faire et quand ils viennent, ils ne paient pas. Les caves me prennent tout mon temps, mais ils paient.

De Gier se représenta aisément qui étaient ces caves : des touristes égarés, des hommes d'affaires esseulés.

— Vous avez envie de rencontrer une jolie femme, monsieur ? quelqu'un de vraiment exceptionnel ? Un endroit tranquille ? Vous y serez tout seul ! Un peu de champagne ? Pas trop cher ? Je vais vous conduire, monsieur !

Une heure plus tard, deux heures peut-être, trois heures au maximum, le cave se retrouvait sur le trottoir l'estomac plein de bulles, la tête lourde et le portefeuille léger... Elle devait les pressurer progressivement. Une araignée rose dans une toile rose. Quand le client n'avait plus un sou, elle le mettait à la porte. Le rabatteur qui attendait à proximité, revenait pour toucher sa commission et se mettait aussitôt en quête d'un autre miché.

— Comment vont les affaires, Nellie ?

Elle se mordit la lèvre inférieure.

— Pas tellement bien. Le florin est trop haut et le dollar trop bas. Je me débrouille moins bien qu'avant. C'est les Japonais qui ont la cote maintenant, et qui me font travailler.

C'était une femme majestueuse, de haute taille, aux épaules arrondies et larges, aux cheveux roux, aux yeux verts en amande ; De Gier devinait sa force : celle d'un reptile voluptueux.

— Qui est ton ami, Grijpstra ?

— Le sergent De Gier.

— Il est sympathique, très sympathique. Je reçois rarement de beaux hommes ces temps-ci. Ils se font rares.

Les yeux verts eurent un regard innocent.

— Attention, dit Grijpstra. Il a beaucoup de succès avec les dames.

Elle ricana.

— Ne t'en fais pas, Grijpstra. Je préfère les types de

ton genre, chaleureux, solides, paternels. Les beaux gars me rendent nerveuse. En réalité, ils n'ont pas besoin de moi et, quand je m'en rends compte, ça me coupe mes moyens. Alors, messieurs, que puis-je faire pour vous ?

— Permets-moi de téléphoner, dit Grijpstra.

Elle fit glisser l'appareil d'un bout à l'autre du comptoir et se pencha soudain pour baiser les lèvres de son vieil ami policier. Grijpstra lui rendit son baiser et tendit la main par-dessus le comptoir pour lui caresser les fesses. De Gier détourna la tête.

CHAPITRE IV

La sonnette retentit. De Gier alla ouvrir. Le commissaire entra, suivi du médecin légiste et de l'homme de l'identité judiciaire.

— Bonsoir, claironna le commissaire.

Grijpstra s'essuyait les lèvres avec son mouchoir froissé.

— Le bar de Nellie, monsieur, le seul endroit tranquille que j'aie trouvé dans les parages.

— Tu as les oreilles rouges, chuchota De Gier.

Grijpstra bredouilla quelque chose dans son mouchoir.

— Présentez-moi à la dame de céans, dit le commissaire en se hissant sur un des tabourets du bar.

Nellie sourit et tendit la main.

— Un verre, commissaire ?

— Un petit genièvre si vous en avez.

Nellie remplit six verres.

— Tiens, je croyais que vous n'aviez que des cocktails ou du champagne, ironisa De Gier, dont le regard se fixait de nouveau sur les seins de l'hôtesse.

Le commissaire paraissait aussi fasciné que lui, de même que le médecin et l'homme des empreintes digitales.

— La gorge ! dit le docteur. Voilà un mot ravissant et qui convient parfaitement. La gorge !

Les autres témoignèrent leur approbation par un grognement.

— En effet, dit le commissaire en élevant son verre. Mais il n'est pas convenable de parler de l'anatomie d'une dame en sa présence. A votre santé, Nellie.

Tous levèrent leur verre, le vidèrent d'un trait et le posèrent sur le comptoir. Nellie les remplit de nouveau.

— Ravissant ! s'entêta le docteur. Ma profession devrait sans doute m'avoir immunisé, mais il n'en est rien. Quoi de plus beau au monde ? Il y a les couchers de soleil, évidemment, le voilier couché sous le vent, le chevreuil qui traverse une clairière au galop, les fleurs qui s'épanouissent sur un vieux mur en ruine, le vol du héron bleu. C'est beau tout ça, mais rien ne vaut les seins d'une femme. Rien au monde !

— C'est vrai, dit l'homme de l'identité judiciaire.

Nellie sourit et un léger frémissement parcourut ses seins, des vaguelettes délicates, une onde presque imperceptible qui enfla avant de s'apaiser lentement.

De Gier soupira. Le commissaire tourna la tête pour le regarder.

— Elle fait payer la bouteille de champagne, 175 florins, dit De Gier.

Le commissaire inclina sa petite tête.

— Elle retire le haut de sa robe, monsieur. Elle a une fermeture Eclair à la ceinture.

De Gier désignait la fermeture du bout du doigt. Grijpstra avait enfoncé son mouchoir dans sa poche et tripotait un long cigare noir qu'il avait pris dans une boîte sur le comptoir.

— Qu'est-ce que tu espères ? demanda-t-il. Que le commissaire commandera une bouteille de champagne ?

Le commissaire sourit et frotta une allumette.

— Tenez, dit-il en tendant la flamme à Grijpstra. Cette nuit ne convient pas au champagne.

L'adjudant alluma son cigare en considérant De Gier d'un œil malveillant. La fumée lui brûla la gorge et il se mit à tousser. Il s'écarta du bar, renversa son tabouret. La fumée restait dans ses poumons et paralysait sa respiration. Il tapait du pied si vigoureusement que les bouteilles et les verres alignés sur d'étroites étagères derrière le comptoir se mirent à tinter.

— Doucement, doucement, dit le médecin en lui donnant des claques dans le dos, doucement et jetez ce cigare.

— Non, ça va mieux.

— Du sirop? proposa Nellie. J'ai un sirop, mon cher...

Elle versa un liquide épais dans un verre à liqueur. Grijpstra en but docilement une gorgée.

— Videz le verre, ordonna-t-elle.

Grijpstra obéit encore et se remit à tousser. Le cigare fumait au bout de ses doigts.

— Cesse de tousser, commanda De Gier. Tu as bu ton sirop, ça suffit. Cesse de tousser, j'ai dit.

Un hoquet secoua Grijpstra, qui put enfin parler :

— Ça va mieux.

Ils sifflèrent leur second verre de genièvre, et Grijpstra s'apaisa.

— Il faut que nous parlions de nos affaires, dit le commissaire à Nellie. J'espère que ça ne vous dérange pas, ma chère ?

— Je peux m'en aller si vous le désirez ?

— Non, à moins que vous n'en ayez envie. Alors docteur, qu'est-ce que vous pensez ? Vous avez eu le temps d'examiner le corps, n'est-ce pas ?

Le regard du médecin restait fixé sur les seins de Nellie.

— Oui, dit-il lentement. Oui, j'ai eu le temps. Pourtant il faudra encore procéder aux tests habituels. Je n'ai encore jamais rien vu de ce genre-là. Il a dû être tué vers 16 heures, ou peut-être 16 h 30. Le sang était encore frais. Il me semble que la face a été frappée par un objet rond, petit et rond comme une balle de mousquet d'autrefois. Mais cette balle l'aurait heurté à plusieurs reprises. Il y a des marques sur tout le visage — ou ce qu'il en reste ! Chaque os est brisé : mâchoires, pommettes, front, nez. C'est le nez qui a le plus souffert. On pourrait en conclure que le projectile, disons plutôt l'objet inconnu, a frappé le nez d'abord et a rebondi autour.

— Un mousquet, dit le commissaire. Humm ! Quelqu'un aurait pu grimper sur le toit du vieil houseboat ancré en face de la maison et tirer de là. Mais c'est peu vraisemblable. La police a patrouillé tout l'après-midi sur le quai de l'Arbre-Droit, à cause des émeutes. Les agents auraient remarqué quelque chose. Qu'en dites-vous ?

— Je n'en dis rien, parce que ça ne me regarde pas, dit le docteur. Moi, j'ai trouvé un cadavre au visage écrasé. Peut-être quelqu'un a-t-il tapé sur la victime à coups de marteau en sautant autour d'elle comme un fou. C'est une hypothèse.

Le médecin interrogea du regard l'homme des empreintes digitales, qui secoua la tête.

— Non... dit le commissaire, mais d'un ton plus interrogateur qu'affirmatif.

— Je n'en sais rien, dit l'homme de l'identité judiciaire. J'ai relevé de curieuses empreintes. Il y avait du sang sur le rebord de la fenêtre. Pas beaucoup, certes, mais une trace nettement perceptible. Il y en avait aussi sur le mur *au-dessus* de la fenêtre. De petites marques : celles d'un objet rond, comme le dit le docteur. Alors le fou aurait frappé la victime, le mur, et, aussi, le rebord de la fenêtre ? Serait-ce avec un marteau rond ? Il y avait les mêmes empreintes sur les lames du plancher.

— Pfou ! dit De Gier.

— Comment ? demanda le commissaire.

— Non, dit De Gier. Je suis sûr qu'il ne s'agit pas d'un marteau, mais je ne saurais dire de quoi...

— Une balle, dit Grijpstra. Une petite balle qui a rebondi. Une balle élastique. Une balle de caoutchouc, quoi.

— Eh bien oui, c'est possible, dit l'homme de l'identité judiciaire. Une balle de caoutchouc garnie de pointes. Ça expliquerait les empreintes. Je les ai photographiées et nous ferons agrandir les épreuves demain. Il y avait des marques, des groupes de points rouges. Voilà. Admettons qu'on enfonce à coups de marteau de nombreuses pointes dans une balle de caoutchouc plein. Les pointes émergent légèrement. (Nous pouvons faire un essai). Il y a assez d'espace entre l'extrémité de chaque pointe pour que le caoutchouc touche l'objectif et que la balle rebondisse.

— Mais il aurait fallu plusieurs balles, n'est-ce pas? demanda le commissaire. Une seule n'aurait pas fait autant de dégâts! Il faudrait donc admettre que quelqu'un les ait lancées du toit du houseboat l'une après l'autre ; admettre également qu'Abe Rogge soit resté à la fenêtre sous cette averse de projectiles, les recevant tous en pleine figure. Or, nous n'avons rien trouvé dans la chambre. Ou bien quelque chose nous aura échappé.

— Non, monsieur, dit Grijpstra. Il n'y avait pas de balles dans la chambre.

— Absurde! reprit De Gier. Je ne crois absolument pas à l'hypothèse de balles élastiques garnies de pointes. L'assassin se trouvait sur place, dans la chambre. Il a frappé sa victime. Le premier choc a abattu Abe Rogge. Le meurtrier s'est acharné. Il devait être furieux. De quelle arme se servait-il? Je verrais assez un fléau d'armes, par exemple.

— Un fléau d'armes... répéta le commissaire, l'air songeur. Une arme du Moyen Age : une boule de métal à l'extrémité d'une chaîne fixée au bout d'un manche. Voilà une hypothèse qui expliquerait les empreintes sur le mur et sur le rebord de la fenêtre. Une arme comme celle-là couvre une assez grande surface. L'assassin aurait manié son fléau vigoureusement et frappé le mur en prenant son élan. Qu'en pensez-vous docteur?

Le médecin hocha la tête.

— Dans ce cas, notre meurtrier aurait emporté son arme en s'en allant. Mais personne ne l'a vu, personne ne l'a entendu. Le bruit de l'émeute sur la place du Nouveau-Marché étouffait peut-être tous les bruits?

— La sœur de la victime n'a rien entendu, dit De Gier. Cet après-midi, elle s'est tenue tantôt à la cuisine, au rez-de-chaussée, tantôt au premier étage. Il y avait aussi le jeune homme à l'étage au-dessus.

— Ils peuvent avoir fait le coup, l'un ou l'autre, ou les deux, dit Grijpstra.

— Ce crime leur profite à l'un comme à l'autre, dit le commissaire. La sœur hérite de son frère, et le jeune homme peut se figurer qu'il réussira à prendre la succession du mort. Il nous est permis de supposer qu'il s'agit d'un assassinat, car il semble y avoir eu préméditation : les émeutes peuvent avoir servi de couverture ; quant à l'arme, elle a un caractère tout à fait exceptionnel.

— Pas nécessairement, dit Grijpstra. Le fléau d'armes aurait pu être accroché à un mur, comme objet décoratif. Quelqu'un perd son sang-froid, s'en empare et...

— Oui, en effet, dit le commissaire. Il faudra nous renseigner à ce sujet. Mais je ne veux pas retourner immédiatement chez les Rogge. Nous irons demain. Vous, ou De Gier, ou vous deux ensemble. Nous ne manquons pas de suspects. Ces camelots vivent en marge de la loi. Ils ne paient guère d'impôts, ni sur le chiffre d'affaires ni sur le revenu. Ils ont toujours plus d'argent qu'ils ne peuvent en justifier. Alors ils le cachent dans un matelas, dans une boîte en fer blanc, sous une lame de plancher. Nous avons peut-être affaire à un vol à main armée.

— Ou bien un de ses amis lui aura fait la peau, suggéra De Gier. Sa sœur m'a laissé entendre qu'il avait beaucoup d'amis : des artistes ou des gens prétentieux. Il les invitait à dîner, à boire, à bavarder. Il leur imposait des espèces de jeux psychologiques et les obligeait à avouer leur sottise.

— Comment ? demanda le commissaire.

De Gier répéta ce que Esther lui avait raconté au sujet de ces jeux.

— Je vois, je vois, dit le commissaire, qui sourit ensuite à Nellie.

— Encore un verre ? demanda celle-ci.

— Non. Je préférerais une tasse de café, si ça ne vous dérange pas trop.

— Du café, d'accord, dit-elle. Ce sera la première fois que j'en servirai ici. Je peux le faire en haut, dans mon appartement et le descendre.

Le commissaire parut alléché et interrogea :

— Vous voulez tous du café, n'est-ce pas ?

Les cinq hommes acquiescèrent avec l'enthousiasme de gamins demandant un bonbon. L'attitude de Nellie avait changé. Elle souriait d'un air maternel, indiquant qu'elle tenait à leur être agréable. L'ambiance de son bistrot de putain avait changé aussi. Les lumières doucement tamisées, les fauteuils tapissés de chintz, les deux tables basses au plateau en matière plastique couvertes de napperons, l'ensemble discordant des teintes roses, mauves, rouge sang ou chair n'excitait plus le désir mais suggérait une intimité paisible à laquelle on ne se serait pas attendu. On y voyait cinq mâles adorant une déesse prête à vider en leur faveur une corne d'abondance et montant à l'étage supérieur pour leur faire du café. Grijpstra tendit le bras par-dessus le bar, saisit la cruche de genièvre et emplit les cinq verres.

Le commissaire but une gorgée :

— Oui, dit-il.

Il regarda son verre un moment.

— Quel étrange bistrot... En fin de compte nous n'avons que des points d'interrogation. Ce que vous m'avez raconté, sergent, me paraît intéressant.

De Gier leva brusquement la tête. Le fil de ses idées s'était égaré.

— Comment, monsieur ?

— Au sujet d'Abe Rogge qui ridiculisait ses amis. Une forte personnalité, à coup sûr. D'ailleurs le cadavre lui-même donnait une impression de puissance. Ainsi, il humiliait son entourage. Je vois. Le roi et sa cour. Et puis un des courtisans tue le roi.

— Nous n'en connaissons qu'un : le jeune anarchiste, dit Grijpstra. Encore une personnalité exceptionnelle.

— Un jeune homme intelligent, convint le commissaire. Il nourrit une forte rancune. Mais c'est à nous, à la police, à l'Etat, qu'il en veut.

— Au pouvoir, ajouta Grijpstra, sans conviction.

— Abe aurait-il pu représenter le pouvoir à ses yeux ? demanda le commissaire. Non, je ne le crois pas. Il me semble que ce Louis Zilver aimait Abe. De Gier, la jeune femme à qui vous avez parlé aimait-elle son frère ?

De Gier n'avait pas écouté. Le commissaire répéta sa question.

— Ah oui, monsieur, dit-il. Elle l'aimait. Ils ne se gênaient pas. Ils vivaient séparément, chacun à son étage. Ils ne prenaient leurs repas ensemble qu'occasionnellement.

— Elle ne dépendait pas de lui ?

— Non, monsieur. Elle travaille à l'université. Elle a fait des études.

— Nous pourrions examiner ses vêtements pour voir s'ils sont tachés de sang.

— Non, non, dit le commissaire. Je l'ai vue. Je ne l'imagine pas en train de manier un fléau d'armes en dansant autour de son frère.

— Et le jeune homme dont vous parliez ?

— Non. Lui non plus.

L'homme de l'identité judiciaire haussa les épaules. Le commissaire se crut obligé d'expliquer :

— Un individu qui vient d'en tuer un autre n'est jamais dans son état normal. Certes, Louis était nerveux. Le cadavre au visage ensanglanté, la sœur en larmes, les allées et venues de la police. Il avait subi un léger choc. Mais je n'ai pas repéré les indices d'une crise mentale sérieuse.

— Dans ce domaine-là, c'est vous l'homme compétent, dit le préposé de l'identité judiciaire.

— Non, répondit le commissaire, qui vida un peu trop rapidement son verre de genièvre. Je ne sais rien du tout. Quiconque prétend savoir n'est qu'un idiot ou un saint. Mais j'ai observé un certain nombre d'assassins dans ma vie. Je ne crois pas que Louis ait tué un homme cet après-midi. Mais je pourrais me tromper. En tout cas, il est entré dans la chambre, il s'est penché sur le cadavre, il l'a probablement touché. S'il y a du sang sur ses vêtements, la raison de ces taches sera claire et ne pourra induire de graves soupçons. Elle n'impressionnera pas le juge d'instruction.

Nellie revint avec une cafetière pleine et cinq tasses. On but le café en silence.

— Merci, dit le commissaire, en s'essuyant les lèvres du revers de la main. Nous partons maintenant. Vous nous avez bien accueillis, Nellie, et vous nous avez rendu un grand service.

— Revenez quand vous voudrez, dit-elle avec un sourire gracieux. Mais pas quand j'aurai des clients!

— Soyez tranquille, nous ne vous ferons pas d'ennuis, Grijpstra, voulez-vous poursuivre l'enquête dans le secteur? Les voisins ont peut-être remarqué quelque chose. Et vous, De Gier?

— Oui, monsieur.

— Venez avec moi. J'ai encore une visite à faire ce soir. Je devrais y aller avec Grijpstra, mais vous avez plus à apprendre que lui.

Ils serrèrent tous la main de Nellie et sortirent en file indienne. De Gier était le dernier.

— Vous êtes ravissante, dit-il à mi-voix. J'aimerais revenir un soir.

— 175 florins, dit Nellie dont le regard et le visage avaient changé d'expression. C'est le prix du service sans chemisier, et la seconde bouteille de champagne coûte la même somme.

— 350 florins ! souffla De Gier incrédule.

— Certainement.

Il referma la porte derrière lui. Le commissaire l'attendait à quelques pas de là. Grijpstra était tout proche.

— Tu as tenté ta chance ? demanda-t-il.

— Oui.

— Et alors ?

— 350 florins.

Grijpstra eut un sifflement d'admiration.

— Qu'est-ce qu'il lui est arrivé à cette femme ? demanda De Gier, l'air furieux.

Grijpstra sourit.

— Alors ?

— Son mari était bel homme. La même taille que toi. Belle chevelure ondulée, moustaches d'aviateur. Il aurait pu être ton frère. C'est lui qui a eu l'idée de ce bar ; il vivait aux crochets de sa femme. Et puis, un soir, un marin canadien qui n'était pas habitué au genièvre l'a tué d'un coup de couteau.

— De Gier ! rappela le commissaire.

— J'arrive, monsieur, répondit le sergent.

CHAPITRE V

De nouveau, à l'extérieur, De Gier se sentit déboussolé, il s'appliqua à reprendre pied dans ce qui l'environnait. En dépit de son clinquant à bon marché, le petit bar l'avait plus ou moins sécurisé, en même temps que l'excitait et l'apaisait tout à la fois la somptueuse féminité de l'hôtesse. Il était exposé maintenant aux hurlements des émeutiers, aux vrombissements des moteurs sur la place du Nouveau-Marché, aux détonations sourdes, aux sirènes plaintives des ambulances emportant les blessés vers les hôpitaux et retournant en hâte sur le champ de bataille. Certes, cette clameur venait de loin, et, sur quelque huit cents mètres, des bâtiments solides, des maisons à pignons, des entrepôts, des églises et des tours le séparaient de la violence. Mais il percevait la menace. Sa crainte l'étonna, car il n'avait jamais fui la bagarre jusqu'alors.

Lui qui avait toujours affronté le combat, pourquoi se réjouissait-il d'en être éloigné ? Il aurait pourtant trouvé sur la place du Nouveau-Marché l'occasion de pratiquer le judo, avec ses prises, ses clés, ses esquives, l'art avec lequel on amène l'adversaire à subir lui-même le choc de ses propres assauts.

Peut-être était-ce précisément le caractère imprécis de la menace qui le mettait mal à l'aise ; le quai de l'Arbre-Droit était encore assez paisible, gardé par les policiers en blouson de cuir, qui patrouillaient deux par deux d'un bout à l'autre de la rue ; ils saluaient respectueusement le commissaire en levant leur matraque ou en portant la main à leur casque. Les ormes eux-mêmes, leur feuillage frais illuminé par les lampadaires avaient quelque chose de rassurant. Les canards dormaient en se laissant dériver sur le canal, propulsés de temps à autre par des mouvements inconscients de leurs pieds palmés. Ils ne risquaient pas de recevoir des pavés, ni la masse d'un fuyard, plongeant dans l'eau sale et froide pour échapper à la poursuite des agents, ou, par précaution, à l'approche d'un car de police ou d'une voiture de patrouille. On avait vu fréquemment de telles scènes cette nuit-là sur les canaux avoisinant le Nouveau-Marché.

Grijpstra s'était éloigné. Le médecin légiste et l'homme de l'identité judiciaire étaient déjà sur la vedette. Le commissaire, qui boitait légèrement, avait déjà pris une avance d'une cinquantaine de mètres quand De Gier s'arracha à ses méditations. Il partit au pas de course. Le commissaire l'entendit arriver, et se retourna.

— Bravo ! dit-il.

— Pourquoi donc, monsieur ?

— Vous courez fort bien. Si j'en faisais autant, j'étoufferais au bout d'une dizaine d'enjambées et les nerfs de mes jambes se vengeraient cruellement.

Le commissaire consulta sa montre.

— 10 heures du soir. Nous n'avons guère perdu de temps jusqu'à présent.

Ils s'engagèrent dans une ruelle étroite conduisant à un autre canal, qu'ils franchirent par une passerelle. Le commissaire avançait d'un pas plus alerte et sa claudication devenait moins visible. De Gier, lui aussi, marchait énergiquement, parce qu'ils approchaient du Nouveau-Marché et pouvaient à tout instant tomber sur une échauffourée. Mais ce canal ne conduisait nulle part ; l'eau léchait doucement les vieux quais délabrés. Les canards y étaient plus nombreux : des boules de plumes émettant de temps à autre quelques couacs. De Gier se rappela avoir lu que les canards passent environ douze heures par jour à rêver, voire plus, et il envia leur somnolence, condition préférable au sommeil de l'homme dans un lit. Il cherchait à s'imaginer ce qu'il éprouverait s'il était un canard flottant sur un des canaux ou bassins de la ville, quand le commissaire s'arrêta et désigna un petit houseboat.

— Voici celui que je cherchais, chuchota-t-il. Nous allons y entrer ; prenez garde à ne pas commettre d'impairs. La personne qui vit sur ce bateau est différente des autres gens ; nous nous connaissons depuis longtemps, et elle peut nous être utile. Vous serez peut-être choqué mais gardez-vous de rire ou de faire une remarque quelconque, quoi qu'elle fasse ou quoi qu'elle dise. Elle ne nous servira à rien si nous la vexons ou la troublons.

— Très bien, monsieur, souffla De Gier, impressionné par ce préambule inattendu.

Il était d'ailleurs inutile de parler aussi bas car les deux hommes se trouvaient encore à une dizaine de mètres du house-boat.

De Gier attendit sur le quai. Le commissaire s'engagea sur la passerelle, atteignit le pont et frappa à la porte. Fraîchement repeint, le houseboat avait bonne allure : les fenêtres étaient garnies de rideaux à carreaux rouges et blancs, retenus de chaque côté par des embrases de dentelle, encadrant des pots de géraniums en porcelaine bleue de Delft. Le ménage était bien fait. Les soins attentifs ne se limitaient pas au bateau ; ils s'étendaient jusqu'au quai. Des pavés entassés de chaque côté de l'extrémité de la passerelle formaient des rochers artificiels couverts de plantes grimpantes au milieu desquelles s'épanouissaient des fleurs orange d'une teinte exquise. L'ensemble ne couvrait pas douze pieds carrés mais De Gier, lui-même fervent horticulteur de balcon, en fut impressionné et se promit de revenir à cet endroit, ne serait-ce que pour admirer de temps à autre ce jardinet. Peut-être aussi pour s'en inspirer afin de réaliser chez lui quelque chose de plus original que les pots de fleurs dont il s'était contenté jusqu'alors.

— Qui est là ? demanda une voix grave.

— C'est moi, Elisabeth, cria le commissaire. Moi et un ami.

— Le commissaire ! s'écria-t-on joyeusement. Entrez. La porte est ouverte.

Les yeux de De Gier s'arrondirent lorsqu'il serra la lourde main d'une septuagénaire vêtue d'une longue robe noire dont la jupe effleurait le plancher. Elle portait, accrochée à la ceinture entourant sa lourde bedaine, une bourse brodée, avec un fermoir d'argent massif. Sa longue chevelure grise flottait sur ses épaules et sa grosse tête était couverte d'une casquette tricotée.

— Mon assistant, le sergent De Gier, dit le commissaire.

— Soyez le bienvenu, sergent, dit Elisabeth avec un petit rire nerveux. Vous regardez ma casquette à ce que je vois. Ça vous paraît étrange ? Mais j'ai un courant d'air dans mon bateau et je ne veux pas encore attraper un rhume. J'en ai déjà eu deux cette année. Asseyez-vous, asseyez-vous. Voulez-vous que je fasse du café ou préférez-vous quelque chose de plus vigoureux ? J'ai encore une demi-bouteille de genièvre rouge, mais cette liqueur sera peut-être trop douce pour votre goût. Vous avez bien fait de venir me tenir compagnie. Je ne peux même pas faire ma promenade du soir avec tout ce tapage autour du Nouveau-Marché. Je venais de dire à Taby qu'il n'y avait rien à la télévision cette nuit. Il s'ennuie à ne voir que moi. Pas vrai, Taby ?

Assis sur son derrière, les paupières mi-closes, Taby observait De Gier de ses yeux jaunes et soupçonneux. Le sergent se pencha de côté pour lui gratter la tête derrière les oreilles. Taby se mit immédiatement à ronronner aussi bruyamment qu'un moteur hors bord. Il avait deux fois la taille d'un chat normal et devait peser entre dix et douze kilos.

Elisabeth carra sa carcasse massive dans un fauteuil à bascule et se donna une tape sur les cuisses.

— Ici, Taby !

D'un seul mouvement, le chat sauta sur les genoux de sa maîtresse, où il atterrit avec un bruit mou.

— Voilà un bon chat ! s'exclama Elisabeth d'une voix de baryton. (Elle pressa la poitrine de l'animal entre ses deux battoirs. L'air sortit des poumons avec un bruit rauque qui fit sursauter le commissaire et De Gier. Mais Taby ferma les yeux voluptueusement et se remit à ronronner.)

— Alors ? Du genièvre ou du café ?

— Du café, je crois, ma chère, dit le commissaire.

— Occupez-vous-en, sergent, dit Elisabeth. Vous trouverez tout ce qu'il faut dans la cuisine. Je suis sûre que vous faites le café mieux que moi. Pendant que vous le préparez, le commissaire et moi bavarderons. Nous ne nous sommes pas vus depuis des mois, n'est-ce pas, mon cher ?

De Gier s'affaira dans la cuisine, ahuri à ce point par ce qu'il venait de voir qu'il faillit casser la cafetière. Quand Elisabeth s'était assise, il avait aperçu ses brodequins, de pointure quarante-six au moins. Il avait déjà vu des travestis. Mais il s'agissait toujours d'hommes jeunes. Il n'y avait pas une semaine qu'il avait participé à une descente dans une maison de passe, où les prostituées étaient tous des jeunes gens vêtus en femmes. Il les avait interrogés dans l'espoir de repérer parmi eux l'auteur d'un entôlage dénoncé par un client exaspéré. Ces entretiens l'avaient écœuré, mais pas outre mesure. Il savait que l'esprit humain est capable de s'égarer dans toutes les directions. Toutefois, il n'avait encore jamais rencontré un vieil homme — surtout un si solide gaillard — vêtu en femme. D'ailleurs, Elisabeth était-elle vraiment un homme ? Etait-ce un de ces cas extraordinaires d'esprit femelle incrusté accidentellement dans un corps viril. Tout dans le house-boat portait l'empreinte d'une main féminine. On repérait dans la petite cuisine le coup de patte féminin dans la disposition harmonieuse des ustensiles ; la même main avait cousu napperons et rideaux, choisi la vaisselle en accord avec les objets alignés sur les étagères et même tricoté une housse pour embellir le réfrigérateur. La pièce voisine, dans laquelle Elisabeth bavardait avec le commissaire — il entendait sa voix caverneuse à travers la mince cloison — aurait pu figurer dans un musée de l'époque victorienne : fauteuils, chaufferettes, tables à thé, photographies de messieurs à moustaches cirées, à haut col dur, jaunissant dans leurs cadres. Tout cela avait été en vogue chez les dames, voilà bien longtemps.

— Vous arrivez à vous débrouiller, sergent ?

De Gier sursauta. Elisabeth se dressait sur le seuil de la porte qu'elle obturait complètement et dont les dimensions l'obligeaient à baisser la tête.

— Oui, Elisabeth.

La voix faillit lui manquer. Elle était entrée dans la cuisine et derrière elle, le commissaire gesticulait furieusement. Oui, oui, évidemment, De Gier jouerait le jeu, pourquoi ce sot petit bonhomme s'inquiétait-il ?

— Oui, Elisabeth, répéta-t-il d'une voix plus énergique. Le café filtre. J'ai trouvé tout ce qu'il fallait : sucre, crème, tasses, petites cuillères. Oui, tout va bien.

— Vilain garçon, dit Elisabeth. Vous n'avez pas sorti les soucoupes. Vous n'êtes pas marié, n'est-ce pas, sergent ? Vous vivez seul, je parie. Vous n'alliez tout de même pas servir le café sans soucoupes ? Et que pensez-vous de ces tasses ? Je les ai achetées la semaine dernière. Je les cherchais depuis des années. Ma mère en avait qui leur ressemblaient. Elles lui avaient coûté quelques centimes quand j'étais petite, et voilà que je les ai payées quelques florins. Mais qu'importe. Je les ai quand même achetées. Il y a aussi une soucoupe pour Taby. Ce diable de chat la pousse dans tous les sens et la cogne contre les pieds des meubles si elle n'est pas remplie à souhait. Quand il la cassera, je serai obligée de lui donner de nouveau cette horreur émaillée. Vilaine bête ! Hier, il était tellement furieux qu'il ne savait plus où il allait : il est tombé du toit dans le canal. Il a fallu que je le repêche au bout de mon balai et voyez comment il m'a remerciée !

Elle releva sa manche et De Gier vit une profonde égratignure sur l'avant-bras velu et musclé.

— J'ai un chat, moi aussi, dit-il en montrant le dessus de sa main qu'Oliver avait griffée le matin même.

— Ah ! dit Elisabeth en lui donnant sur l'épaule une tape si vigoureuse qu'il faillit lâcher le sucrier qu'il remplissait avec des morceaux de sucre contenus dans une boîte en fer-blanc trouvée dans le buffet. Ils griffent tous. Que pourraient-ils faire d'autre ces petits animaux stupides ? Ils ne peuvent pas parler, n'est-ce pas ? et ils ont besoin de manifester leur humeur. Quelle sorte de chat avez-vous ? Un chat de gouttière ou un aristocrate comme mon Taby ?

— Un siamois.

— Ils sont jolis, eux aussi. J'en ai eu un, voilà quelques années. Le chien du voisin me l'a tué alors qu'il était encore tout petit. Il l'a saisi par le cou et l'a secoué. Quand il l'a laissé tomber le chaton était mort. Ça s'est passé en un clin d'œil. Depuis, je n'ai plus que de très gros chats. Aucun chien n'oserait se frotter à Taby. Celui qui aurait le malheur de le regarder de travers serait aveugle et castré en un rien de temps, et flotterait les pattes en l'air dans le canal.

Elisabeth retourna au salon et De Gier la suivit en portant le plateau. Elle fit admirer ses tasses puis elle présenta une coupe d'étain à décor chinois.

— Un biscuit, messieurs ?

En grignotant son gâteau sec, De Gier pesta mentalement parce qu'il le trouvait trop sucré. Elisabeth se releva et ouvrit un tiroir.

— Tenez, regardez ça. Qu'en pensez-vous, commissaire ? Ce n'est pas un joli travail ? Cent cinquante heures d'application. Je les ai notées. Mais ça en valait la peine, n'est-ce pas ?

Le commissaire et de Gier admirèrent le cordon de sonnette qu'Elisabeth agitait sous leurs yeux. On y voyait des roses brodées au point de croix.

— J'ai doublé le canevas avec le tissu que vous m'avez apporté dans un petit sac de plastique. Quand j'étais petite fille, on devait acheter le tissu au mètre, même quand on n'avait besoin que d'un petit morceau. Maintenant tout est fourni dans des petits « kit » faciles à utiliser. Exactement la quantité nécessaire. A présent, je n'ai qu'à trouver quelques ornements de cuivre et à les coudre, puis j'accrocherai le tout là-bas, près de la porte. Exactement au bon endroit. Je m'achèterai peut-être aussi une cloche de bronze ou de laiton. Enfin, quand je tirerai sur le cordon, la clochette tintera et la domestique arrivera. Hi ! hi ! hi !

— Beau travail, Elisabeth ! dit le commissaire. Non, ne le cachez pas, je veux le voir de près. Ma femme est en train de faire quelque chose de ce genre. Mais sur du tissu de lin. Oui, je crois que c'est du lin pur.

— Je ne peux plus travailler sur le lin, dit tristement Elisabeth. Même avec une loupe. Si le dessin n'est pas imprimé sur un canevas, je ne peux plus broder au bon endroit. Sur le lin, il faut compter les fils en se fiant à un schéma. J'en ai fait, autrefois, des broderies sur lin, mais, maintenant, ça me donne mal à la tête. Nous vieillissons. C'était bien aimable de votre part de me donner ce nécessaire à broderie, commissaire. Vous êtes gentil de ne pas oublier une vieille bonne femme qui vit toute seule.

— J'aime venir vous voir, dit le commissaire, et je viendrais plus souvent si je n'avais pas tant à faire. Et puis il y a aussi mes jambes, tellement douloureuses qu'elles me privent de ma liberté de mouvements. Mais ma visite de ce soir n'est pas seulement due à l'amitié. C'est la raison pour laquelle le sergent est venu avec moi. Il est détective, et nous sommes de service cette nuit. Il y a eu un meurtre quai de l'Arbre-Droit, cet après-midi.

— Un meurtre ? Sans rapport avec les émeutes, sans doute ?

— En effet. Un homme a eu la figure défoncée. Abe Rogge, un type qui vendait toutes sortes de choses sur les marchés. La maison du crime est toute proche. Connaissez-vous la victime ?

— Oui, je pense. N'est-ce pas un bel homme, à la grande barbe blonde ? Grand et fort ? Ne porte-t-il pas un collier d'or ?

— Si.

— Je le connais, dit Elisabeth en pinçant les lèvres. Nous nous sommes parlé, souvent. Il est même venu me voir ici. Il tient un éventaire sur le marché Albert Cuyp, en ville, n'est-ce pas ?

— Il le tenait.

— Oui évidemment. On l'a tué. Quel dommage ! Voilà longtemps qu'on n'a pas commis de crime dans les parages, si ma mémoire est bonne. Pas depuis que ces deux idiots de marins se sont réciproquement fendu le crâne, il y a bien des années déjà. Je crois qu'ils n'ont jamais été poursuivis. Je les ai séparés, et l'un d'eux est tombé dans le canal.

Elisabeth se frotta joyeusement les mains en ajoutant :

— Je l'ai peut-être poussé un peu. Hi ! hi ! hi ! Eh bien ! Il faut un commencement à tout. Meurtre avez-vous dit ? Ou assassinat ? J'ai enquêté sur des meurtres quand j'étais dans la police, mais pas souvent, Dieu merci. Amsterdam n'est pas une ville réputée pour son taux de criminalité, mais comme partout, les choses empirent. Vous ne croyez pas que c'est à cause des nouvelles drogues ?

— Vous étiez dans la police ? demanda De Gier d'une voix aiguë. (Le commissaire lui donna un vigoureux coup de pied sous la table et de Gier se pencha pour se frotter le tibia.)

— Agent de première classe, dit fièrement Elisabeth. Mais il y a bien longtemps de cela. C'était avant que je prenne ma retraite. J'étais en mauvaise santé, voyez-vous. Le métier me plaisait quand même, beaucoup plus que celui de « dame-pipi ». Cinq ans dans la police, et trente ans dans les lavabos ! Je crois que je me rappelle tout ce que j'ai fait quand j'étais agent de première classe. En revanche, il ne s'est pas passé grand-chose dans ma vie quand je nettoyais le carrelage, fourbissais les robinets, transportais des serviettes et des pains de savon. Et tous ces hommes qui pissaient, pissaient, pissaient toute la journée. A la fin, il me semblait que les hommes ne faisaient que ça ! Hi ! hi ! hi !

Le commissaire éclata de rire et se tapa la cuisse. Il en profita pour donner un autre coup de pied sous la table à De Gier, qui rit aussi.

— Je vois, dit-il enfin.

— Parlez-moi de la mort d'Abe Rogge, commissaire, dit Elisabeth.

Le commissaire parla longuement. Elisabeth l'écouta en hochant la tête et en faisant tourner sa cuillère dans sa tasse de café. Elle en versa de nouveau à ses invités et leur tendit les biscuits.

— Je comprends, dit-elle enfin. Oui. Et vous voulez sans doute que je recueille des renseignements ? Bon. Je vous tiendrai au courant. Je vais tendre l'oreille dans les magasins, et je connais bien des gens par ici. Il serait temps que je sorte de chez moi et que j'aille rendre quelques visites dans les parages.

Le commissaire lui donna sa carte.

— Vous pouvez aussi me téléphoner le soir. Le numéro de mon domicile est indiqué.

— Non, dit Elisabeth. Je n'aime pas téléphoner aux messieurs chez eux. Ça déplaît à leurs épouses. Elles n'aiment pas qu'une célibataire veuille tout à coup parler à leurs maris.

Le commissaire sourit.

— Vous avez sans doute raison. Il est temps que nous nous en allions, Elisabeth. Merci pour le café et mes félicitations pour le cordon de sonnette.

— Commissaire, dit De Gier quand ils se trouvèrent sur le quai.

— Oui ?

De Gier s'éclaircit la gorge.

— Est-ce vraiment une de vos amies, commissaire ?

— Certainement. Je vous ai donné un coup de pied à temps. Je vous avais pourtant mis en garde. Oui, cette femme était autrefois l'agent de première classe Herbert Kalff. Il fut sous mes ordres pendant quelque temps. Il patrouillait dans ce secteur de la ville. Mais il a eu des ennuis, comme vous pouvez le deviner. Il croyait être une femme et cette idée s'est imposée de plus en plus à lui. On lui a donné un congé de maladie pour un an. Quand il est revenu au service, il était à peu près bien. Mais ça a recommencé. Il prétendait être une jeune fille et voulait qu'on l'appelle Elisabeth. Au bout d'un second congé, aucune amélioration ne s'était produite. On l'a donc mis à la retraite. A ce moment-là il était vraiment devenu femme. La médecine n'y pouvait rien. Je crois que maintenant on guérit les gens dans ces cas en les opérant. En fin de compte, sa pauvre âme de femme est condamnée à vivre dans un corps d'homme. Elle avait trouvé une place de « dame pipi » dans une usine. Mais on se moquait d'elle. Elle n'y est pas restée longtemps. Elle prétend y avoir travaillé trente ans mais il n'en est rien. Elle dit ça par amour-propre. La vérité, c'est qu'on l'a déclarée inapte à travailler et que depuis elle vit des allocations de l'Etat. Je suis resté en contact avec elle. Pendant longtemps des assistantes sociales lui ont rendu visite. Mais en réalité elle n'en a pas besoin. Depuis qu'elle a choisi de vivre en femme, elle ne souffre d'aucun trouble de la personnalité. Sa santé est incroyablement bonne. Elle a plus de soixante-dix ans, savez-vous ? et, vous avez pu vous en rendre compte, elle est saine d'esprit.

— Ne devrait-on pas la mettre dans un asile de vieillards ?

— Non, les vieux se moqueraient d'elle. Les gens âgés sont comme les enfants à bien des points de vue. Alors laissons-la où elle est le plus longtemps possible.

— Vous lui rendez visite régulièrement ? demanda De Gier d'une voix anormalement aiguë.

— Bien sûr. Je l'aime beaucoup. J'aime également me promener dans ce quartier. Et Elisabeth fait du très bon café...

— Mais il... elle est folle.

— Absolument pas, répondit fermement le commissaire. N'utilisez jamais ce mot-là à son sujet, De Gier.

Ils marchèrent quelque temps en silence.

— Comment va votre rhumatisme, monsieur ? Vous venez de rester quelque temps au lit, m'a-t-on dit ?

— Il est incurable, dit le commissaire presque joyeusement. Les médicaments me soulagent un peu. Mais je n'aime pas ces drogues. Ce sont d'horribles petites pilules bourrées de produits chimiques et rien de plus. De longs bains chauds me soulagent davantage. Mais qui peut passer sa vie dans sa baignoire, comme les grenouilles sous les tropiques ?

— Oui, en effet, dit De Gier, faute de trouver quelque parole plus réconfortante.

— Et Elisabeth n'est pas folle, reprit le commissaire.

— Je ne comprends pas, dit lentement le sergent. Il s'agit quand même d'une personne anormale, absolument anormale, et vous la fréquentez. Elle ne vous effraie pas ? Elle ne vous dégoûte pas ?

— Non. Elle est différente des autres. C'est tout. Certains handicapés paraissent inquiétants quand on les rencontre pour la première fois, mais on s'habitue à leur infirmité, surtout si ce sont des gens aussi agréables qu'Elisabeth, car c'est une femme charmante. Pourquoi aurais-je peur d'une personne aimable et intelligente et pourquoi me dégoûterait-elle ? Ce sont vos propres rêves qui vous effraient, me semble-t-il. Vous arrive-t-il de rêver ?

— Oui, monsieur.

— Faites-vous des cauchemars ?

— Oui.

— Que se passe-t-il quand vous faites un cauchemar ?

— Si ça tourne trop mal, je me réveille en sueur. Il m'arrive aussi de crier, mais pas souvent. En général, je peux orienter mes rêves et me tirer des situations les plus effrayantes. Je trouve une arme, ou elle apparaît dans ma main et je tue celui qui me poursuit. Ou bien une voiture surgit à point nommé. Je saute dedans et l'autre ne peut pas me rattraper.

— Très bien, dit le commissaire en éclatant de rire. Mais vous ne vous tirez pas toujours d'affaire, et dans ce cas-là vous souffrez...

— Oui, concéda De Gier à contrecœur.

— Pourquoi ? C'est vous qui créez le rêve, n'est-ce pas ? C'est votre propre esprit. Pourquoi votre esprit vous effraie-t-il ?

De Gier s'arrêta de marcher. Ils étaient arrivés devant une étroite passerelle et comme le sergent était devant lui, le commissaire dut marquer le pas aussi.

— J'ai dit que j'oriente mes rêves, monsieur, mais je n'en suis quand même pas le maître. Il y a des choses que je peux éviter... Par exemple, je ne retournerai pas dans ce houseboat. J'ai peur. Je ne suis pas obligé d'y aller et je n'y retournerai pas.

— Ai-je eu tort de me faire accompagner par vous, sergent ? demanda le commissaire.

— Ma foi, monsieur, vous avez bien fait. Cette visite était peut-être utile pour notre enquête. Cet être vit dans le quartier et a une formation de policier. Il peut être utile. Oui, vous avez bien fait.

— Alors ?

— Mais vous ne pouvez pas me demander de trouver ça drôle.

— Je ne vous ai rien demandé de tel. Il n'y a aucune raison pour que la compagnie d'Elisabeth vous soit agréable. (Le commissaire souriait.)

— Non... Oui... Peut-être ne me demandez-vous pas ça. Mais vous ne me permettez pas de...

— De quoi ?

De Gier leva la main et la laissa retomber en signe d'impuissance. Il se remit à marcher d'un pas lent pour que le commissaire le suive facilement.

— Tous les êtres humains sont liés les uns aux autres, dit le commissaire. Elisabeth fait partie de votre vie et vous faites partie de la sienne. Efforcez-vous d'accepter ces évidences.

Ils arrivèrent chez les Rogge. Grijpstra les attendait devantla porte.

— Rien de nouveau, monsieur, dit-il. Cette maison là-bas est un entrepôt qui appartient à Abe Rogge. Il est plein de marchandises : de la laine et divers tissus. Esther Rogge m'en a ouvert la porte. Il n'y a rien d'intéressant dedans. Les voisins de ce côté-ci n'ont rien vu de remarquable. Mais ils prétendent que bien des gens sont venus sur le quai cet après-midi. Les agents qui montaient la garde à l'entrée de la voie laissaient passer quiconque disait y habiter.

— Vous êtes-vous occupé du houseboat ?

— Oui, monsieur. C'est une épave, comme vous pouvez le voir. Fenêtres brisées, plancher pourri. Je n'y ai rien trouvé d'intéressant. Des tas de débris. Un couteau brisé, un seau en plastique, des hameçons rouillés, la quantité habituelle de préservatifs. J'ai aussi examiné le toit, il m'a fallu être prudent parce qu'il est pourri, lui aussi, plein de trous.

— Personne n'aurait pu tirer au mousquet de ce toit, à votre avis, ni lancer des balles ?

— Non, monsieur. Personne.

La vedette, revenue à quai, attendait le commissaire. Grijpstra monta à bord. De Gier hésita.

— Vous ne venez pas avec nous ? demanda le commissaire.

— Peut-être devrais-je encore m'entretenir avec Esther Rogge et le jeune Louis Zilver ? J'aimerais avoir une liste des amis d'Abe.

— Cela ne peut-il pas attendre jusqu'à demain ?

— Sans doute... mais nous sommes sur place.

— Qu'en pensez-vous ? demanda le commissaire à Grijpstra, qui haussa les épaules pour manifester son indifférence. Bon, ça va, mais n'insistez pas trop. Cette femme est fatiguée et le jeune homme n'est pas commode. Ne perdez pas votre sang-froid.

— Certainement, monsieur, répondit De Gier, en s'éloignant.

CHAPITRE VI

Son complet était couvert de talc gluant et la jambe droite de son pantalon, souillée de peinture rouge. Il n'avait même pas remarqué qu'on lui en avait lancé. Ses chaussettes étaient trempées. Non seulement ses confrères l'avaient arrosé à la lance d'incendie, mais il avait pataugé dans la boue et les flaques des ruelles, et l'eau avait giclé dans ses souliers. Il avait grande envie de rentrer chez lui, de prendre une douche chaude, de se détendre dans son petit appartement après avoir enfilé le kimono acheté dans un grand magasin lors d'une « journée japonaise ». Son chat Oliver aurait dormi sur ses genoux pendant qu'il aurait lu les journaux, fumé et bu une tasse de thé. Il avait aussi envie d'un repas : des macaroni, peut-être ; un plat facile à préparer rapidement et finalement savoureux. Oliver s'assoirait sur la chaise et lui au bord du lit. Il mangerait ses pâtes dans un bol. Ensuite, il fumerait une cigarette sur le balcon. Il lui faudrait améliorer ses plantations d'appartement. Il avait encore des lobélies et des alysses comme l'année précédente ainsi qu'un géranium dans un pot accroché au mur. Peut-être pourrait-il cultiver des plantes moins banales. Soudain, le fil de ses pensées se rompit. Elisabeth, jardinière habile ! Nellie et les trois cent cinquante florins. Etait-il entré dans la police judiciaire pour fréquenter des déments, pour vivre avec eux, pour chercher à les comprendre, pour constater, comme le commissaire le lui avait suggéré, qu'il était lié à tous ces gens-là ? Le commissaire ! Vilain petit sorcier boiteux !

« Il ne faut pas parler comme ça du commissaire, Rinus, se dit-il. Tu admires cet homme. Ne l'oublie pas. Tu l'aimes. Il est extraordinairement perspicace. Il en sait beaucoup plus long que toi. Il comprend. Il vit à un niveau différent. Plus haut que le tien Rinus, beaucoup plus haut ».

Debout devant la porte d'Esther, De Gier n'avait pas encore sonné. La vedette quittait le quai. Le sergent de la brigade fluviale hâlait l'amarre qu'il avait fait sauter du quai. Le commissaire et Grijpstra discutaient sur la plage avant. Ils croyaient probablement qu'il était déjà entré. Rien ne l'obligeait à le faire. Qu'est-ce qui l'amenait là d'ailleurs ? Etait-il le détective efficace et énergique qui continue à travailler lorsque les autres se reposent ? Ou bien désirait-il tenir à nouveau la main d'Esther ?

Une femme ravissante, cette Esther ! Pas une vulgaire pute comme Nellie, qui l'avait presque ensorcelé avec ses gros seins bien modelés et sa voix à la fois caressante et rauque. Une voix peut-elle être à la fois caressante et rauque ? Eh bien, oui, la sienne l'était. « Doucement, Rinus, se dit-il. Tu ne maîtrises plus tes pensées. La journée a été trop dure pour toi. D'abord un cadavre amoché et une vaste place couverte de fous dansant, braillant et sautant, qui lançaient du talc et de la peinture ; puis toutes ces grosses brutes en uniforme chargeant contre les idiots. Et les sirènes. C'était trop. Le commissaire n'aurait pas dû te laisser seul. Il savait que tu étais en train de craquer. Mais il t'a abandonné, pas vrai ? »

De Gier écouta le silence du canal. Ainsi, le commissaire l'avait bien abandonné. Mais il se l'était permis car il avait foi en lui. « Les policiers travaillent rarement seuls ; les détectives mènent leur enquête à deux afin que chacun puisse surveiller l'autre et le calmer s'il perd son sang-froid ou s'il porte la main à son arme. Chaque policier protège l'autre en le freinant. Il le protège contre lui-même. Le rôle de la police consiste à protéger les citoyens contre eux-mêmes ». De Gier se parlait à voix haute. Un long ronronnement.

— Merde, dit-il et il appuya sur le bouton de la sonnette.

Esther ouvrit la porte.

— C'est vous... Le sergent Rinus De Gier.

Il s'efforça de sourire.

— Entrez, sergent.

Esther avait l'air moins mal en point. Son visage avait repris des couleurs et elle avait mis du rouge à lèvres.

— Je suis en train de manger. Voulez-vous partager mon repas, sergent ?

— Avec plaisir.

Elle le conduisit à la cuisine et lui servit une assiette de potage : de la soupe à la tomate en conserve. De Gier ne l'aimait pas. Il ne mangeait jamais de ce brouet couleur de sang. Mais cette fois-ci il n'y prit pas garde. Esther lui coupa une tranche de pain. Il y avait des cornichons, des olives et un morceau de fromage veiné de bleu sur la table. De Gier mangea de tout ; Esther le regardait.

— Nous pourrions prendre le café en haut, dit-elle.

Pendant le repas il n'avait pas dit un mot, et il se contenta de hocher la tête.

— Une chambre agréable, dit-il, bien calé dans le fauteuil que lui avait indiqué Esther. Vous avez beaucoup de livres.

Esther montra les deux murs couverts de rayonnages.

— Un millier d'ouvrages qui ne m'ont rien appris. Le piano a été plus utile.

Il se leva, alla jusqu'au crapaud. Une étude de Chopin était ouverte sur le pupitre. Il posa une main sur le clavier et frappa quelques notes.

— C'est très bien, dit Esther. Vous jouez souvent ?

— Non. J'ai pris des leçons de piano quand j'étais enfant mais je l'ai abandonné pour me mettre à la flûte. Je joue parfois avec Grijpstra, l'adjudant dont vous avez fait la connaissance aujourd'hui.

— De quel instrument joue-t-il ?

— De la batterie, dit De Gier, en souriant. Quelqu'un a laissé un jeu de tambours à notre bureau au quartier général, voilà quelques années. J'ai oublié pourquoi. En les voyant Grijpstra s'est rappelé qu'il en avait joué autrefois et il s'y est remis. J'ai ressorti ma flûte. Ça fait des duos incongrus mais nous nous débrouillons à peu près.

— C'est très beau, dit Esther. Pourquoi la batterie et la flûte ne s'harmoniseraient-elles pas ? J'aimerais vous entendre. Je jouerais avec vous. Venez donc un soir. Nous essaierons.

— Nous pratiquons une musique assez libre d'après quelques thèmes : airs d'église, surtout du XVIe et du XVIIe siècle. Mais parfois nous nous amusons à improviser selon notre humeur.

— Je me mettrai à l'unisson.

De Gier éclata de rire.

— D'accord, dit-il, j'en parlerai à Grijpstra.

— Qu'est-ce que vous faites d'autre dans la vie ? demanda Esther.

— Je m'amuse avec mon chat et je m'efforce de faire convenablement mon métier. Comme ce soir, par exemple. Je suis venu vous poser des questions. Si vous le permettez, évidemment. Mais je peux revenir demain...

Elle s'assit sur le tabouret du piano.

— C'est très bien, sergent, allez-y. Je me sens mieux maintenant, mieux que cet après-midi. J'ai dormi pendant une heure. Peut-être est-il inconvenant de dormir quand on vient de voir le cadavre de son frère assassiné. Mais ça m'a paru le mieux que j'eusse à faire. Abe était le dernier membre de ma famille. Je suis seule désormais. Nous sommes juifs. Les Juifs croient que la famille joue un grand rôle dans la vie de chacun. Peut-être se trompent-ils.. Au fond, on est toujours seul et il est d'ailleurs guère eu de relations avec Abe, pas de relations profondes en tout cas. Vous êtes seul, vous aussi ?

— Oui.

— Alors vous me comprenez peut-être.

— Peut-être. Votre frère possédait-il dans sa chambre une arme bizarre ? Quelque chose comportant à son extrémité une boule garnie de pointes qu'on manie comme un marteau avec une chaîne entre la boule et le manche.

— Un fléau d'armes ? demanda Esther. Vous voulez parler de cette arme médiévale ? Je sais ce que c'est. On la décrit souvent dans la littérature et l'histoire hollandaise. J'ai suivi des cours d'histoire à l'université : histoire de la Hollande. Une succession de meurtres et d'assassinats qui s'étend sur des siècles. Rien ne change.

— Oui, un fléau d'armes. C'est bien ça.

— Non, il n'y avait pas d'arme dans la chambre d'Abe. Autrefois il portait un pistolet. Je crois que c'était un Lüger. Mais il l'a jeté dans le canal voilà quelques années. Ça ne correspondait plus à sa philosophie, a-t-il dit.

Esther fouilla dans son sac à main.

— Voyez. J'ai trouvé ça : son passeport et un calepin.

De Gier feuilleta le passeport. Il vit des visas pour la Tchécoslovaquie, la Roumanie et la Pologne. Il y avait aussi des timbres d'entrées et de sorties pour la Tunisie et le Maroc. Quant au calepin, Abe y avait noté des noms et des numéros de téléphone.

— Une centaine de noms. Il y en a trop pour que nous enquêtions sur chacune de ces personnes. Avait-il des amis ? Des amis et des amies ?

— Des amies, dit Esther. Rien que des amies. Il en avait beaucoup. Parfois il en voyait deux par jour et même plus. Ça me dégoûtait de les voir entrer et sortir. Dimanche dernier il en a reçu trois. Il venait de rentrer du Maroc. Elles ne pouvaient attendre. Il en a pris une avant chaque repas : la première est arrivée avant le lever du jour. Elle guide les touristes et commence son travail de bonne heure. Il lui fallait sa ration auparavant.

De Gier faillit siffler d'admiration mais il se retint et se gratta le menton.

— Il parvenait à les satisfaire toutes ?

— Celles qui étaient jolies.

— Ses relations avec elles se limitaient-elles à ça ?

— Non. Il lui arrivait de sortir pour aller voir Corin. Elle travaille à l'université avec moi. Je ne crois pas qu'il se contentait de coucher avec elle, mais je me trompe peut-être. Corin ne m'en a jamais beaucoup parlé. Son nom est dans le calepin. J'y ferai une marque. Corin Kops. Vous trouverez facilement son adresse dans l'annuaire du téléphone.

— Personne d'autre ?

— Si, une étudiante, très jeune. Elle étudie la médecine. Je ne pourrais dire si elle le fascinait ou si elle l'exaspérait. Il me semble qu'elle ne se laisse pas manipuler comme les autres. Je cocherai aussi son nom. Tilda van Andringa de Kempenaar.

— Un beau nom.

— Oui, c'est une aristocrate. Peut-être est-ce pour cela qu'elle lui tenait la dragée haute. Le sang bleu !

— La copulation n'efface peut-être pas la différence de caste, dit De Gier en ricanant. (Il reprenait ses esprits. Ou, plutôt, son calme lui revenait, mais il n'en était pas moins encore bouleversé. Il ferma les yeux et s'efforça de réfléchir.)

— Vous vous endormez, non ? demanda Esther. Vous devez être très fatigué. Voulez-vous une couverture ? Vous pouvez dormir sur le canapé, si vous le voulez. Je vous réveillerai à l'heure que vous m'indiquerez.

— Non, non. Il faut que je retourne chez moi pour donner à manger à mon chat. Merci quand même. Et les affaires de votre frère ? C'est à ce sujet que je voulais vous interroger. Avez-vous ses livres de comptes ici ? Je voudrais y jeter un coup d'œil. Je ne suis pas expert-comptable, mais j'aimerais me faire une idée de l'importance des transactions auxquelles il se livrait.

— C'est Louis qui tenait ses livres et ils sont là-haut. Il est chez lui en ce moment. Je vais les lui demander si vous le voulez.

Depuis une dizaine de minutes De Gier entendait des bourdonnements irréguliers et des sons étranges, qui semblaient produits par des grattements, à l'étage supérieur. Il regarda le plafond.

— C'est Louis qui fait ces bruits ?

Esther émit un petit rire.

— Non. Peut-être l'assassin est-il revenu jouer avec son arme extraordinaire. Montez donc voir.

Il quitta à regret le confort du fauteuil et obéit docilement.

« Oui... ». Louis leva la tête, le regard interrogateur, quand De Gier entra sans frapper. Le jeune homme était assis sur le plancher. Il ramassa une petite souris en métal et remonta son mouvement d'horlogerie. De Gier en resta bouche bée. Il ne s'était pas attendu à un pareil spectacle. Des petits animaux en fer-blanc grouillaient sur le plancher. Il y avait des souris, des oiseaux, des tortues, des grenouilles et même des taupes et des scarabées géants. La souris se dressait sur ses pattes de derrière toutes les deux ou trois secondes puis retombait et trottinait en zigzag. La grenouille sautait, les tortues rampaient, les oiseaux sautillaient en secouant leur queue, les insectes battaient des ailes. De temps en temps l'un d'eux s'arrêtait. Louis le ramassait et remontait le mécanisme. Quelques-uns s'étaient heurtés au mur et se démenaient contre l'obstacle. Un oiseau arrêté par un petit tapis s'efforçait de forcer le passage.

Un scarabée était tombé sur le côté et son mécanisme ronflait à toute vitesse.

— Des échantillons, dit Louis. Abe en a acheté quelques milliers. Je les ai pris dans l'entrepôt. Ils fonctionnent pour la plupart. C'est insensé, n'est-ce pas ?

— Certes, répondit De Gier. Depuis combien de temps jouez-vous ainsi ?

— Je viens à peine de commencer. C'est amusant. J'en ai eu de pareils quand j'étais petit mais jamais autant à la fois. Les hommes d'affaires sont plus heureux que les enfants. Ils peuvent s'amuser sur une grande échelle. Jamais un enfant n'aura une collection aussi importante.

De Gier s'accroupit et délivra les animaux paralysés contre le mur en les orientant vers le centre de la pièce.

— Eh là ! s'exclama Louis. Je ne vous ai pas permis de jouer avec moi !

— Non, c'est vrai, dit De Gier en remontant une grenouille.

— Eh bien, jouez si ça vous amuse, je n'y vois pas d'inconvénient. Est-ce que la police a fait des progrès dans son enquête ?

— Non. La police est perplexe.

— Autant que le rire, la perplexité est le propre de l'homme. (Louis rassembla les jouets, les enveloppa un à un dans du papier de soie et les rangea dans un carton.)

— J'ai appris que vous teniez la comptabilité d'Abe Rogge. Pourrais-je voir ses livres ?

Louis désigna du doigt le sommet du bureau.

— Tout est là. Vous pouvez l'emporter si ça vous chante. J'ai mis les livres à jour. Les comptes sont simples : la plupart concernent des achats, couverts par des factures, toutes payées ; quant aux ventes, nous les faisions au comptant et elles figurent donc sur un livre de caisse. Il y a aussi le registre des salaires. Seuls Abe et moi y figurons.

— Votre entrepôt est plein de marchandises, m'a-t-on dit ?
— C'est exact.
— Entièrement payées ?
— Oui.
— Quelle valeur cela représente-t-il ?
— La valeur marchande ?
— Oui.
— Cent vingt mille florins et des poussières.
— C'est beaucoup... et tout payé comptant ! Est-ce qu'Abe finançait lui-même ses affaires ?

Louis éclata de rire.

— Les banques ne nous auraient pas avancé un centime. Elles ne soutiennent pas des commerces comme le nôtre. Abe empruntait à des particuliers. Presque toujours à Bezuur, un ancien camarade d'école et d'université.

— Il avait donc des amis, dit De Gier en hochant la tête. C'est bon à savoir.

Tout en continuant à emballer les jouets, Louis leva les yeux pour regarder le sergent.

— La police les soupçonnera, n'est-ce pas ? Les amis sont des proches et l'amitié peut se transformer en haine. L'avers et l'envers de la même pièce.

— Oui, c'est vrai. Qui est ce Bezuur ?

— Un homme riche, très riche. Abe et lui sont allés à l'école ensemble, puis à l'université. Ils ont abandonné leurs études de français en même temps. Ils ont aussi voyagé ensemble, surtout en France, évidemment, et en Afrique du Nord française. Plus tard, ils se sont associés. Mais le père de Bezuur est mort et lui a laissé une grosse affaire de travaux publics qui possède un formidable équipement moderne. Ce Bezuur est milliardaire.

— Et il prêtait donc de l'argent à Abe ?

— Oui, au même taux d'intérêt que les banques. Actuellement ça fait 11 %. Nous lui devons soixante mille florins, à rembourser trois mois après la réception de la marchandise dans l'entreprôt, voire plus tôt. Abe projetait de se payer de longues vacances, que je devais passer avec lui.

— Encore en Afrique du Nord ?

— Non, nous devions naviguer à la voile jusqu'aux Antilles.

— Que va-t-il se passer, maintenant ?

— Je vais vendre le stock. J'ai téléphoné à Bezuur, il y a à peu près une heure, pour lui annoncer la mort d'Abe. Il m'a dit que je pouvais prendre la suite dans ses affaires si Esther me le permettait, car c'est elle qui hérite. Je pourrais rembourser l'emprunt comme prévu.

— En avez-vous parlé à Esther ?

— Pas encore.

— Et que ferez-vous quand vous aurez disposé de la marchandise ?

— Je n'en ai aucune idée. Peut-être trouverai-je un associé et continuerai-je comme par le passé. J'aime ce genre d'affaires, si variées qu'elles ne risquent pas de devenir lassantes.

— Et si Esther ne vous permet pas de prendre la succession de son frère ?

Louis haussa les épaules et sourit.

— Peu m'importe. Dans ce cas Bezuur vendra la marchandise, prélèvera l'argent qui lui est dû, et le reste ira ensuite à Esther. Moi, je m'en irai. Je n'ai personne à charge.

— Vous paraissez détacher de tout ? dit De Gier en lui offrant une cigarette.

— Merci. Oui. En effet, je suis détaché de tout. Je me fous de tout. Mais je regrette la mort d'Abe. J'aimais sa compagnie. Il m'a beaucoup appris. S'il ne m'avait pas tant enseigné je serais à plat ce soir alors que vous m'avez trouvé en train de m'amuser avec des animaux à ressort. Et soyez sûr que je ne joue pas la comédie. Encore des questions ?

— Abe avait-il d'autres amis intimes ? Des ennemis ? Des concurrents ?

Louis prit sont temps pour réfléchir.

— Il couchait avec beaucoup de femmes, dit-il enfin. Peut-être a-t-il piétiné les plates-bandes de quelqu'un. Je suis certain que nombre de ces femmes avaient des amants, voire un mari. Par moments il se conduisait comme un étalon de haras. Par ailleurs, il injuriait les gens. Il les insultait surtout par son indifférence. J'en ai vu, bleus de rage, qui crachaient le feu par la bouche et la vapeur par les oreilles ; et lui, riait : pas pour les exaspérer mais parce que rien ne lui importait. Il les traitait d'outres gonflées de vent ou d'animaux empaillés.

— Mais c'est également l'opinion qu'il avait de lui, n'est-ce pas ?

— Oh ! oui. Il refusait d'accorder quelque importance à quoi que ce fût.

— Pourquoi donc gagnait-il de l'argent ?

Louis se leva, ferma le carton et le posa dans un coin de la pièce.

— Quand on ne s'intéresse à rien, qu'on n'est attaché à rien, ne peut-on rire aussi bien que pleurer ? (De Gier ne répondit pas.) Abe préférait rire, le ventre plein, un cigare au bec, une belle voiture sur le quai et un bateau en face de chez lui, sur le canal. S'il n'avait pas possédé tout cela, il s'en serait passé facilement, mais il préférait l'avoir.

— Ah, oui.

— Vous ne comprenez pas, mais peu importe.

— Vous l'admiriez vraiment, n'est-ce pas ? demanda De Gier méchamment.

— Oui, flicard, je l'admirais. Mais maintenant il est mort. Le ballon a crevé. D'autres questions ?

— Non.

— Alors je vais au plus proche bistrot, j'y prendrai six verres d'alcool blanc, puis je m'en irai coucher quelque part. Il y aura sûrement une fille qui me permettra de l'accompagner chez elle. Je ne veux pas passer la nuit ici.

De Gier se leva à son tour et quitta la chambre sans rien dire. Il était trop fatigué pour trouver une réponse pertinente. Avant de regagner la chambre d'Esther, il se lava le visage à l'eau froide dans le cabinet de toilette. Il y avait un miroir et il vit ses cheveux collés par la pâte de talc et la boue. Il avait des taches de peinture sur les joues. Ses yeux mornes paraissaient privés de vie. Même sa moustache pendait tristement le long de sa bouche.

— Alors ? demanda Esther.

— J'ai entendu parler d'un certain Bezuur.

— Klaas Bezuur, dit lentement Esther en l'invitant d'un geste à reprendre son fauteuil. Oui, j'aurais dû vous en parler moi-même. Mais voilà si longtemps que je ne l'ai pas vu que je l'ai presque oublié. Il m'a naguère demandée en mariage, mais je ne crois pas qu'il y tenait vraiment. Abe et lui ont été très liés. Plus maintenant.

— Ils ont rompu ?

— Non. Klaas est devenu riche ; il a cessé de travailler sur les marchés et de voyager avec Abe. Il a succédé à son père. Actuellement, il vit dans une villa d'un nouveau faubourg : Buitenveldert, je crois.

— Moi aussi j'habite Buitenveldert.

— Seriez-vous riche ?

— Non, je n'ai qu'un tout petit appartement. Bezuur, lui, doit vivre dans une villa d'un quart de million de florins.

— C'est exact. Je ne suis jamais allée chez lui bien qu'il nous ait invités. Mais Abe a refusé. Il ne rendait visite à personne sauf s'il avait une bonne raison pour le faire : coucher avec une fille, participer à un repas privé, traiter une affaire ou discuter d'un livre. Klaas ne lit pas. Il n'est guère intéressant maintenant. La dernière fois que je l'ai vu, il était tout bouffi.

— Il serait temps que je retourne chez moi, dit De Gier, en se frottant la joue. Demain sera un autre jour. Je suis tellement fatigué que j'en ai la vue brouillée.

Esther le conduisit jusqu'à la porte, au rez-de-chaussée. Il lui dit bonsoir et s'éloigna de quelques pas ; il ne tarda pas à s'arrêter au bord du canal, contemplant la surface de l'eau. Effrayé à l'approche du détective, un rat quitta sa cachette et plongea. Son corps luisant troua la nappe huileuse et De Gier resta là, à regarder les ronds dans l'eau qui petit à petit disparaissaient.

— Vous ne partez donc pas ? demanda une voix, qui paraissait tomber du ciel. (Il se retourna. Esther était debout devant la fenêtre ouverte de sa chambre, au premier étage.)

— Si. Je m'en vais. Mais ne restez pas ainsi à la fenêtre.

— L'assassin pourait encore lancer son arme, dit Esther. Eh bien, qu'il ne s'en prive pas, ça m'est égal.

De Gier resta sur place.

— Sergent Rinus De Gier, dit Esther, si vous ne partez pas, remontez donc. Nous nous tiendrons compagnie. (Elle parlait d'une voix nette et calme.)

La serrure automatique cliqueta. De Gier revint sur ses pas et monta à l'étage. Esther était encore devant la fenêtre quand il entra. Il la rejoignit et lui toucha l'épaule.

— L'assassin est un aliéné, dit-il doucement. Ne restez pas là pour le provoquer.

Elle ne répondit pas.

— Vous êtes seule dans la maison. Louis m'a dit qu'il allait dormir ailleurs. Si vous le désirez, je vais téléphoner au quartier général et on enverra deux agents monter la garde devant vous. Les brigades antiémeutes sont rentrées maintenant.

Elle ne répondit pas.

— Tenez, dit-il en lui tendant une souris de fer-blanc qu'il avait mise dans sa poche à l'insu de Louis. (Esther se retourna et considéra le petit animal comme si elle ne comprenait pas de quoi il s'agissait.)

— C'est une souris, dit De Gier. Vous pouvez remonter le mécanisme et la poser par terre. Elle marche, elle sautille un peu. Je vous la donne.

Esther se mit à rire.

— Qu'est-ce que ça signifie ? Un traitement de choc ? Je ne savais pas que les policiers étaient aussi subtils. Cherchez-vous à agir sur mes nerfs pour que je relâche ma défense et vous mette sur une piste ?

— Non, dit De Gier. C'est simplement une souris à ressort.

— Abe aussi me donnait toutes sortes de choses : des coquillages, du bois flotté, des plantes sèches. Il les achetait sur le marché, ou les trouvait sur une plage, quelque part. Il les gardait dans sa chambre pendant un moment, puis, sans raison apparente, il venait dans cette pièce, en général quand il me croyait déprimée pour une raison ou pour une autre, et il m'en faisait cadeau. J'en ai encore quelques-uns.

Elle désigna une étagère sur laquelle De Gier vit quelques coquillages, des morceaux de corail blanc et rose, une branchette d'amour-en-cage.

Esther pleurait.

— Buvons quelque chose. Il y a une bouteille de genièvre dans le réfrigérateur. Je vais la chercher.

— Non, Esther, il faut vraiment que je m'en aille. Cependant, vous ne pouvez pas rester ici toute seule.

— Voulez-vous que je vous accompagne chez vous ?

De Gier se gratta la fesse. Esther rit, les joues couvertes de larmes.

— Vous vous grattez beaucoup. Vous êtes tellement nerveux ? Voulez-vous que je vous accompagne chez vous ? A moins que je n'aille à l'hôtel de la police, s'il en existe un. Vous pouvez encore me boucler en cellule pour cette nuit !

De Gier ajusta son foulard et boutonna son veston.

— Vous n'avez rien d'un arbitre des élégances, dit Esther, mais la journée a été dure et vous êtes quand même bel homme. Je vous accompagne chez vous si vous voulez. Je suis mal à l'aise dans cette maison. J'ai sans cesse sous les yeux le visage d'Abe tel que je l'ai trouvé dans sa chambre et je vois voltiger autour de moi des boules de fléau d'armes. C'est trop horrible.

De Gier se lissa la moustache entre le pouce et l'index. Les poils collaient les uns aux autres. Il lui faudrait se laver vigoureusement. Cette idée le fit grimacer. Une fois de plus il mangerait du savon, comme toujours quand il se savonnait la moustache.

— Vous n'êtes pas un maniaque sexuel ? J'espère que je serai en sécurité chez vous. (Elle éclata de rire.) Peu importe. Même si vous êtes un satyre, vous serez un satyre fatigué. Je pourrai probablement me défendre.

— Certainement, dit De Gier. Pourquoi vous teniez-vous à la fenêtre ?

— J'ai entendu un bruit d'éclaboussures. J'ai pensé que le tueur était revenu et qu'il avait jeté son arme dans le canal.

— Raison de plus pour ne pas aller à la fenêtre. C'est l'endroit le plus dangereux de la maison. Votre frère Abe a été tué à la fenêtre... Tout au moins, c'est ce que nous croyons.

— Ça m'est égal.

— Vous voulez mourir ?

— Pourquoi pas ?

— Vous êtes vivante, dit-il. De toute manière vous mourrez. Alors pourquoi vous presser ?

Esther le regardait fixement. Il remarqua qu'elle avait la lèvre inférieure généreuse et la lèvre supérieure gracieusement incurvée.

— Très bien, dit-il. Je vais vous conduire chez ma sœur, ou dans l'endroit de votre choix. Vous devez avoir des amis en ville ? Cette demoiselle Corin, dont vous m'avez parlé il y a un moment, par exemple. Vous avez peut-être des parents ? Je peux aussi vous conduire à un hôtel. Il n'en manque pas à Amsterdam. Ma voiture est garée près du Nouveau Marché. Je vais la chercher.

Pendant ce temps préparez vos affaires. J'en ai pour cinq minutes.

— Je vais avec vous et ne reviendrai que demain. J'irai peut-être mieux alors. J'ai lavé le plancher dans la chambre d'Abe ; et je ne veux pas rester ici cette nuit.

— J'ai un chat chez moi, dit De Gier en ouvrant la portière devant Esther. Il est très jaloux. Il cherchera probablement à vous griffer et vous guettera dans le couloir pour le cas où vous iriez aux toilettes. Alors il vous sautera dessus brusquement en feulant. Il est également capable d'uriner sur vos vêtements.

— Dans ce cas, je ferais peut-être mieux d'aller à l'hôtel.

— Comme vous voudrez.

— Non, dit-elle, et elle rit. Je n'ai pas peur de votre chat. Je serai gentille avec lui et je mettrai mes vêtements dans mon sac. C'est un grand sac de plastique à fermeture Eclair. Je ramasserai le chat, je le prendrai dans mes bras pour le câliner. Ces petits animaux aiment ça.

— Il a horreur d'être caressé par les gens qu'il ne connaît pas. Il ne sait pas quoi faire dans ce cas-là.

— Nous serons deux, alors.

Couché sur le matelas, De Gier s'efforçait de s'habituer à la dureté du plancher. Esther se dressa dans l'encadrement de la porte, le doigt sur le bouton électrique.

— Bonne nuit, dit-elle.

— Bonne nuit.

— Merci de m'avoir prêté votre douche.

— Elle est à votre disposition.

— Votre lit me paraît très confortable.

— C'est une antiquité. Je l'ai acheté à une vente aux enchères. Le commissaire-priseur m'a dit qu'il venait d'un hôpital.

— Les montants me plaisent, dit-elle. Toutes ces

ravissantes fleurs de métal... c'est joliment peint. Est-ce vous qui avez fait ca ?

— Oui. Un travail du diable ! Il m'a fallu employer un tout petit pinceau.

— Vous avez bien fait d'utiliser une seule couleur. Du doré, c'est tout. Ravissant. J'ai horreur de la mode des polychromes. Certains de mes amis ont barbouillé des meubles avec toutes les couleurs de l'arc-en-ciel. C'est comme les vignettes de décalcomanie ! Des papillons dans les cabinets, des poissons dans la salle de bains, des images comiques à la cuisine. On a constamment les mêmes plaisanteries sous les yeux. Beurk !

— Beurk ! répéta De Gier.

— Votre appartement me plaît. Il doit être agréable d'y vivre. Rien qu'un lit, une bibliothèque, beaucoup de coussins et des plantes. Tout est de très bon goût ; pourquoi donc n'avez-vous qu'une seule chaise désassortie ?

— Elle est là pour Oliver. Il aime s'asseoir sur une chaise pour me regarder manger, assis au bord du lit.

Elle sourit.

Elle est belle, pensa-t-il, vraiment très belle.

Elle avait appuyé sur le bouton électrique et le couloir n'était plus éclairé que par le réverbère du quai. Il ne voyait qu'une silhouette, mais la lumière caressait le visage et les seins d'Esther, accentuant leur blancheur. Elle portait un kimono dont la ceinture pendait librement.

Elle n'en a sûrement pas envie aujourd'hui pensa De Gier. Son frère vient de mourir. Elle doit être encore traumatisée. Il ferma les yeux, s'efforça de chasser de son esprit la silhouette debout dans l'embrasure de la porte, sans y parvenir. Soudain Esther l'embrassa. Il grogna.

— Qu'est-ce qui vous prend ? demanda-t-elle doucement.

Il grogna de nouveau. Le commissaire l'apprendra. Grijpstra l'apprendra. Cardozo, le nouveau venu à la brigade, l'apprendra aussi et fera des réflexions malicieuses. Geurts et Siestsema le sauront. On aura de quoi cancaner à la brigade criminelle. De Gier, le don juan ! Un détective qui couche avec une suspecte ! Il n'avait rien prémédité pourtant... Ça s'était produit comme ça... Pourquoi les gens n'acceptent-ils pas que les choses leur arrivent de façon fortuite ? Oliver feula et Esther bondit.

— Il m'a mordue ! Votre chat m'a mordue. Il s'est glissé derrière moi et m'a mordu la cheville. Aïe ! Aïe ! Regardez !

La lumière jaillit ; De Gier se précipita à la salle de bains et en revint avec un pansement. Assis sur sa chaise, l'air ravi, Oliver assistait au spectacle, les oreilles dressées, les yeux brillants de plaisir, la queue agitée de mouvements nerveux. Esther le gratta derrière l'oreille et lui baisa le front.

— Chat stupide et jaloux ! Ne crains rien, je ne veux pas te l'enlever.

Oliver ronronna.

Elle éteignit la lumière de nouveau et prit De Gier par la main. Le kimono avait glissé sur le sol. Oliver soupira et se roula en boule.

— J'espère qu'il ne regarde pas, votre chat ? murmura Esther.

De Gier se leva et alla fermer la porte.

CHAPITRE VII

— Non, mon chéri, dit la femme du commissaire d'une voix somnolente, en se retournant. Il est encore trop tôt et nous sommes dimanche. Je préparerai le café un peu plus tard. Laisse-moi dormir encore un moment. Dormir, dormir...

Ces derniers mots n'étaient plus qu'un murmure qui se mua en un léger ronflement plein de politesse. Le commissaire tapota l'épaule de son épouse de sa fine main blanche. Il n'avait pas demandé de café, pas même dit un mot. Probablement avait-elle perçu qu'il ne dormait plus, ce qui avait éveillé son sens du devoir. Chère Katrien, pensa-t-il. Chère et excellente âme. Oui, ton âme reste intacte mais nous vieillissons, tu faiblis, et il y a plus de rides sur ton visage que je n'en puis compter. As-tu jamais partagé mes soucis ? Oui, peut-être.

Il lui caressa de nouveau l'épaule ; le léger ronflement se transforma en une respiration profonde et lente. Le commissaire s'assit dans le lit, repoussa les couvertures, croisa les jambes et s'étira. Il tira les premières bouffées d'un petit cigare en rejetant la fumée vers la fenêtre ouverte. Sa tortue rampait probablement dans l'herbe du jardin. C'était dimanche.

Huit heures du matin... La villa était silencieuse, délivrée du grondement sourd de la circulation et du bruit de ferraille des camions. Une grive chantait dans le jardin, les moineaux avaient quitté leur gîte, entre la gouttière et le bord du toit, et ils farfouillaient dans la haie en émettant de temps en temps de petits cris ; des pies cherchaient des branchettes pour consolider leur nid en forme de dôme sur le peuplier. Il entendait battre leurs ailes lorsqu'elles passaient au ras de la fenêtre ; le commissaire soupira de satisfaction.

Il gardait le souvenir confus d'un songe qu'il cherchait à reconstituer, parce que ce rêve lui avait donné des sensations agréables qu'il souhaitait éprouver de nouveau. Cela se passait dans le jardin, près du petit bassin au pied du peuplier. Quelque chose y était tombé avec un bruit d'éclaboussures. Le commissaire suça son cigare, le souvenir du rêve se précisa. C'était bien son jardin, mais il s'étendait jusqu'à l'horizon ; le bassin était devenu un immense lac ; le peuplier, une forêt. La tortue suivait son maître pas à pas. Elle avait conservé ses dimensions habituelles, petite, compacte, sage et amicale ; elle tenait une feuille de laitue dans la bouche. Quelque chose allait se passer, le commissaire le savait, et la tortue aussi, car elle avait étiré son cou racorni hors de sa carapace et agitait furieusement les mâchoires. Tous deux regardaient le ciel, d'un bleu métallique ; une lune ronde répandait sur la pelouse sa douce lumière laiteuse.

Cela se produisit tout à coup. Une tache violette apparut dans le ciel et grossit rapidement. Du violet, elle tourna au mauve, puis se divisa en deux êtres semblables : des créatures femelles aux grandes ailes. Elles se rapprochèrent, et il put distinguer leurs membres longilignes, leurs seins arrondis, leurs visages calmes, leurs hautes pommettes, leurs yeux en amande, les traits de leurs visages paisibles, attentifs et réfléchis. Leurs ailes battirent lorsqu'elles tournoyèrent au-dessus de lui et de la tortue ; cette dernière avait perdu son air habituel de bienveillance taciturne ; elle s'efforçait de danser dans les herbes trop hautes et elle avait lâché sa feuille de laitue. Le commissaire s'était accroupi, la main posée sur la carapace de la tortue. Il reconnaissait les visages de ces deux êtres femelles : ils étaient semblables à celui du Papou, cet homme arrêté naguère par les inspecteurs de la brigade criminelle et qui s'était échappé sans laisser de traces. Peut-être les créatures étaient-elles ses sœurs, ou ses messagères, ou encore ses pensées émanant de l'endroit inconnu où le Papou se trouvait maintenant. Le rapprochement entre les deux chimères et ses souvenirs cessa brusquement. Les apparitions étaient descendues si bas qu'il aurait pu saisir leurs minces chevilles en tendant les mains. De nouveau, elles battirent des ailes, et s'élevèrent. Elles flottèrent au-dessus du lac. Puis, l'une après l'autre, elles replièrent leurs ailes et tombèrent à pic. Elles heurtèrent la surface et disparurent dans l'eau.

La tortue avait complètement perdu la tête et gambadait autour du commissaire qui ne pouvait concentrer son attention. Quand il leva les yeux de nouveau, les deux êtres mauves étaient allongés sur l'herbe, leurs ailes détendues, et l'observaient en souriant avec douceur, une lueur d'amusement dans le regard.

Le commissaire gratta le sommet de son crâne chauve, étonné d'avoir pu retrouver son rêve. Il n'aimait ni le violet ni le mauve, et les anges ailés et nus ne l'avaient jamais particulièrement intéressé. D'où venaient ces images ? Les événements de la veille au soir lui revinrent en mémoire. Le bar de Nellie. Outre le rose, y figuraient aussi beaucoup de violet et de mauve. Il revit les gros seins de Nellie, cette gorge qui avait tant ému le docteur. La fille l'avait-elle impressionné au point de figurer dans son rêve aux côtés de l'aimable tortue et du Papou, cet homme étrange qui, autrefois, lui avait été sympathique ?

Le commissaire soupira. C'était un bon rêve. Il décrocha le téléphone et forma un numéro. On mit longtemps à répondre.

— Ici De Gier. (La voix parut plus grave et plus rauque que d'habitude.)

— Bonjour, De Gier.
— Monsieur... Bonjour, monsieur.
— Ecoutez-moi, dit le commissaire. Il est tôt, c'est dimanche, et, à en juger d'après votre voix, la sonnerie du téléphone vous a réveillé. Levez-vous, faites votre toilette, prenez une tasse de café et rasez-vous si vous en avez envie. Quand vous serez prêt, rappelez-moi. J'attends votre appel.
— Très bien, monsieur. Dans dix minutes.
— Vingt ! Vous pourrez prendre un petit déjeuner complet.
— Merci, dit De Gier.
Le commissaire reposa le combiné sur son berceau et s'étira de nouveau. Il allait se recoucher mais changea d'avis, se leva, prit des feuilles de laitue dans la cuisine et alla dans le jardin. La tortue l'attendait. Elle quitta courageusement l'herbe pour traverser d'un pas lourd les dalles de l'allée menant à la porte ouverte du bureau.

— Bonjour, monsieur, dit De Gier.
— Parlez-moi de la fin de votre nuit. Avez-vous récolté quelque chose d'intéressant ?
— Oui. Mlle Rogge m'a fourni trois noms avec les adresses. Avez-vous de quoi écrire, monsieur ?
Le commissaire nota noms et adresses en répétant :
— Oui, oui, oui.
— Grijpstra et moi pourrions nous occuper de ces gens-là aujourd'hui, suggéra De Gier.
— Non. Je m'en charge avec lui. J'ai une autre mission à vous confier. Etes-vous prêt ?
— Oui, monsieur.
— Très bien. Rendez-vous dans le garage de la police et demandez la camionnette grise. Puis allez à notre entrepôt. Nous avons confisqué des tissus, un bon assortiment, qui doit être vendu aux enchères la semaine prochaine. Mais nous pouvons nous en servir. Je téléphonerai au chef du service des séquestres plus tard dans la matinée.

— Des tissus ? La camionnette grise ? Voulez-vous que je porte ces tissus quelque part ?

— Oui. Au marché Albert Cuyp. Un détective doit être un bon acteur. Demain vous jouerez au marchand. Je prendrai contact avec l'administrateur de ce marché. Il vous donnera un étal et une licence provisoire. Vous n'aurez pas besoin d'autre chose pour quelques jours. Nouez des relations avec les forains. Si le tueur est l'un d'entre eux, vous aurez probablement l'occasion de trouver un début de piste.

— Dois-je y aller seul ? demanda De Gier, qui ne paraissait pas enchanté.

— Non. Vous pouvez prendre avec vous le sergent Sietsema.

— Cardozo ne ferait-il pas mieux l'affaire ?

— Cardozo ? demanda le commissaire. Je croyais qu'il ne vous plaisait pas. Vous vous disputez tout le temps.

— Nous disputer, monsieur ? Nous ne nous disputons jamais. Je lui enseigne le métier.

— Très bien. Prenez-le avec vous. Peut-être convient-il, en effet. Cardozo est juif et les Juifs passent pour de bons commerçants. Peut-être pourrait-il jouer le rôle du patron ? Vous seriez son assistant.

— Non. C'est moi qui serai le patron, monsieur.

Le commissaire sourit.

— Ça va. Téléphonez à Cardozo et entendez-vous dès aujourd'hui. Appelez-le immédiatement, avant qu'il ne sorte de chez lui. Et puis parlez-moi d'Esther Rogge. Etait-elle plus en forme quand vous l'avez quittée hier soir ?

Pas de réponse.

— De Gier ?

— Elle est ici, avec moi, monsieur, dans mon appartement.

Le commissaire regarda par la fenêtre. Une des pies s'était posée dans l'herbe. La tortue et elle se regardaient fixement. Il se demanda quelle communication pouvait s'établir entre ces deux animaux.

— Il ne s'agit pas de ce que vous pouvez penser, monsieur.

— Je ne pense rien du tout, De Gier. Je regardais seulement ma tortue. J'ai fait un rêve la nuit dernière. Le Papou y figurait. Vous rappelez-vous notre Papou ?

— Oui, monsieur.

— Un rêve étrange. Il s'agissait en fait des deux sœurs du Papou. Elles avaient des ailes et voltigeaient au-dessus de mon jardin. C'était par une nuit de pleine lune et ma tortue était aussi dans ce rêve. Très excitée ; elle sautait dans l'herbe.

— Il s'agit toujours de votre rêve, monsieur ?

— Oui. Ce rêve avait plus de consistance, il était plus réel que notre conversation à cet instant. Vous aussi, vous rêvez. Vous me l'avez dit hier soir.

— C'est exact, monsieur. J'aimerais que vous m'en racontiez plus un jour ou l'autre au sujet de ce rêve.

— Un jour ou l'autre, dit le commissaire, qui tourna la cuillère dans la tasse de café que sa femme avait posée sur la table de nuit, auprès de lui. Nous en reparlerons. Je pense souvent au Papou, peut-être parce que c'est le seul suspect qui nous ait échappé après sa capture. Vous feriez bien de reconduire Mlle Rogge chez elle. Je vous téléphonerai ce soir pour vous dire ce que Grijpstra et moi aurons découvert. Vous pouvez m'appeler vous-même. Ma femme saura où me joindre.

— Bien, monsieur, dit De Gier, qui raccrocha.

A 11 heures du matin, la Citroën noire du commissaire était garée devant chez Grijpstra, sur la Lijnbaansgracht, en face du quartier général de la police, et le commissaire pressait le bouton de la sonnette.

— Oui... Qui est-ce ? (La tête de Mme Grijpstra, coiffée de bigoudis, apparut à la fenêtre du premier étage.)

— Votre mari est-il ici, madame ?

— Ah ! C'est vous, monsieur. Il descend immédiatement.

Le commissaire toussa. Il entendit la voix de la femme à l'intérieur de la maison, puis le pas lourd de Grijpstra ébranla l'étroit escalier de bois. La porte s'ouvrit.

— Bonjour, monsieur, dit Grijpstra. Excusez ma femme, monsieur. Elle est trop grosse pour remuer désormais et elle ne descend plus ouvrir la porte. Elle passe sa vie dans un fauteuil près de la fenêtre en face de la télé. Elle crie tout le temps. D'ailleurs, ce matin, la télé ne lui sert à rien, puisqu'il n'y a pas d'émission avant cet après-midi.

— Elle est tout excusée, dit le commissaire.

— Nous allons d'abord voir le nommé Bezuur, n'est-ce pas, monsieur ? Est-ce qu'il est prévenu de notre visite ?

En montant dans la voiture, Grijpstra salua brièvement l'agent aux yeux ensommeillés qui tenait le volant. L'homme ne portait pas l'uniforme mais un blazer bleu marine avec l'emblème du Club Sportif de la police municipale d'Amsterdam brodé sur la pochette gauche.

— Oui, répondit enfin le commissaire. Je lui ai téléphoné et il nous recevra immédiatement. Ensuite nous irons déjeuner au restaurant et nous verrons si nous pouvons joindre les deux dames par téléphone. J'aimerais les interroger avant la fin de la journée, si possible.

— Très bien... merci, dit Grijpstra en acceptant un cigare.

— Vous ne m'en voulez pas de vous faire travailler le dimanche, j'espère ? demanda le commissaire.

— Non, monsieur. Pas du tout, monsieur.

— Vous auriez pourtant pu sortir vos deux petits.

— J'ai emmené mes marmots au zoo la semaine dernière, monsieur et, aujourd'hui ils vont jouer chez des amis. D'ailleurs ce ne sont plus des petits enfants. L'aîné a huit ans et le plus jeune six.

Le commissaire bougonna quelque chose d'incompréhensible.

— Comment dites-vous, monsieur ?

— Je n'aurais pas dû vous mobiliser, répéta le commissaire plus intelligiblement. Vous êtes père de famille et vous avez travaillé tard hier soir. Sietsema aurait aussi bien fait l'affaire. Je crois qu'il n'a pas de mission actuellement.

— Non, il n'en a pas, en effet. Mais il ne s'est pas occupé de notre affaire, monsieur. Il n'est pas au courant comme moi.

Le commissaire sourit.

— Puisque nous parlons de votre famille, dites-moi comment va votre fils aîné. Il doit avoir dix-huit ans, maintenant ?

— Oui, mais cela ne lui a pas mis de plomb dans la cervelle.

— Mauvais élève à l'école ?

— Il a abandonné ses études et, à présent, il veut quitter aussi la maison. L'armée ne veut pas de lui et il ne trouvera jamais de travail même s'il lui arrive d'en chercher, ce qui n'est pas le cas. Quand il nous quittera, il fera une demande d'allocation à l'assistance nationale, dit-il. Je ne sais jamais où il est. Il circule comme un fou sur son mauvais petit vélomoteur, je crois, et il fume du haschisch avec ses amis. Il prise aussi de la coco. Je l'ai surpris l'autre jour.

— Une drogue chère, dit le commissaire.

— Très chère.

— Savez-vous où il se procure de l'argent ?

— Ça n'est en tout cas pas moi qui le lui donne, monsieur.

— Alors ?

— Je suis dans la police depuis longtemps, monsieur.

— Il trafique ?

— Il trafique de tout, je crois. (Grijpstra feignit de s'intéresser à la circulation.) Il trafique, il vole des motocyclettes, je pense qu'il fait aussi des cambriolages et se livre plus ou moins à la prostitution. Il n'aime pas les filles et ne sera donc pas un maquereau, mais c'est à peu près le seul méfait qu'il ne commettra jamais.

— Prostitution ? demanda le commissaire.

— Il fréquente les mauvais bistrots : ces boîtes où on ramasse les boutiquiers de province pour les entraîner dans des motels.

— Il en est à ce point-là ! dit le commissaire. Pourrions-nous faire quelque chose pour le remettre dans le droit chemin ?

— Non, monsieur. Certes, je ne vais pas me mettre à traquer mon propre fils. Mais un de ces jours un de nos collègues le prendra sur le fait ; il aura droit alors à la maison de redressement, qui le rendra encore pire. J'ai capitulé et je ne veux plus m'occuper de lui. Les gens de l'assistance sociale non plus. Il ne s'intéresse même pas à la télévision ni au football.

— Le sergent De Gier non plus, dit vivement le commissaire, alors, vous voyez, il y a encore de l'espoir.

— De Gier s'occupe de son chat et il lit. Il a toujours quelque chose à faire. Il cultive des fleurs sur son balcon, joue de la flûte et fait du judo au moins une soirée par semaine. Le dimanche, il visite des musées. Quand une femme le sollicite suffisamment, il lui cède. Au moins parfois.

— Oui, dit le commissaire en ricanant. C'est même ce qu'il fait en ce moment.

Grijpstra réfléchit un instant.

— Avec Esther Rogge ? Nellie n'a pas voulu de lui.

— Oui, avec Esther Rogge.

— Il n'apprendra jamais le métier, celui-là, dit Grijpstra d'un air exaspéré. Quel imbécile. Cette femme est impliquée dans un assassinat.

— Elle est ravissante, dit le commissaire. C'est, en outre, une femme raffinée. Elle aura une bonne influence sur lui.

— Ainsi vous n'êtes pas contrarié, monsieur ? demanda Grijpstra qui paraissait soulagé.

— Mon seul souci est d'épingler l'assassin, dit le commissaire. Il faut faire vite, parce qu'il est capable de se servir de son arme contre quelqu'un d'autre. Cet homme ne peut pas être tout à fait normal et il a l'esprit inventif. Nous n'avons d'ailleurs pas encore trouvé de quelle arme il s'est servi.

Grijpstra soupira et s'installa plus confortablement sur la banquette moelleuse de la Citroën.

— C'est peut-être une affaire très simple, monsieur. Notre victime était une sorte de camelot, un colporteur. En général ces gens-là gagnent beaucoup plus d'argent qu'ils ne l'avouent au fisc. Ils cachent leur magot sous leur lit, dans une cachette secrète derrière un panneau de boiserie ou sous une lame de plancher. Un de mes indicateurs m'a raconté qu'un de ses vieux amis s'est fait voler une centaine de milliers de florins. Ce type vendait tout simplement du fromage dans les rues. Il n'a jamais porté plainte parce qu'il n'aurait pas dû avoir autant d'argent. Si le contrôleur des impôts avait entendu parler de ce magot, il en aurait saisi au moins la moitié. Alors notre pauvre cave s'est tu et a pleuré tout seul. Il est bien possible qu'Abe Rogge ait été tué en défendant son trésor.

— Tué à coups de fléau d'armes ?

— Oui, dit Grijpstra. Pourquoi pas ? L'individu que nous cherchons est peut-être un homme habile de ses dix doigts : un charpentier, un plombier, qui aura fabriqué une arme de son invention.

— Mais il n'a pas touché au portefeuille qui contenait beaucoup d'argent. S'il était venu voler il n'aurait pas laissé une centaine de florins dans la poche de sa victime. Il lui suffisait de tendre la main. Vous parlez d'un homme à l'esprit inventif. Eh bien, le jeune Zilver est inventif. Rappelez-vous qu'il essayait de fabriquer une espèce de statue mobile en fils de laiton et en perles.

— Il ne devait pas être très satisfait de son œuvre puisqu'il l'a jetée aux ordures, dit Grijpstra. Mais, en effet, ça prouve qu'il a l'esprit inventif.

Grijpstra regarda au-dehors. Ils étaient arrivés au sud

d'Amsterdam. De gigantesques blocs de béton armé leur cachaient le ciel. On aurait dit d'énormes moellons percés de petits trous.

Dire qu'il y a des gens qui grouillent là-dedans, se dit Grijpstra, des petits bonshommes innocents, préparant leur déjeuner du dimanche, traînaillant chez eux, lisant le journal, jouant avec leurs gosses ou avec leurs animaux familiers en faisant des projets pour le reste de la journée (il consulta sa montre) ou même prenant un petit déjeuner tardif. Le dimanche matin, c'est le meilleur moment de la semaine.

La voiture s'arrêta à un feu rouge et l'adjudant-détective se surprit à observer un balcon sur lequel se trouvait toute une famille : le père, la mère, deux petits enfants. Il y avait aussi un chien. Un des enfants faisait faire le beau à l'animal en tenant un biscuit à bout de bras. Le bambin et le petit chien offraient un tableau touchant. Les géraniums, dans les caisses attachées à la balustrade du balcon, étaient en fleur.

Et nous, nous cherchons un assassin, pensa Grijpstra.

— Notre Louis Zilver n'est pas bien adapté à la société, dit le commissaire. J'ai fouillé dans son passé, la nuit dernière. Arrêté pour tapage nocturne, il a résisté à un agent de la force publique et a été condamné. Ça se passait il y a quelques années. Il a frappé le policier qui voulait l'embarquer dans le panier à salade. Le juge a été très indulgent : une amende et une admonestation. Qu'en pensez-vous, adjudant ? L'inscrivons-nous sur notre liste de principaux suspects ?

Grijpstra pensait encore à la famille qu'il avait vue sur le balcon. Une famille harmonieuse. Une famille heureuse. Il se demandait si lui-même, l'adjudant Grijpstra, le limier aux pieds plats, le croque-mitaine du Milieu, le patrouilleur infatigable des cannaux, des ruelles, des culs-de-sac obscurs, aurait aimé mener une vie heureuse comme le jeune père sur le balcon décoré de géraniums au premier étage d'un immeuble immense donnant sur une grande artère.

— Grijpstra ?

— Oui, monsieur, dit Grijpstra. Il est suspect, à coup sûr. Il avait le mobile et l'occasion. Peut-être est-ce un envieux voulant hériter des affaires d'Abe ; peut-être était-il jaloux des innombrables succès de Rogge ; peut-être désire-t-il Esther et savait-il qu'Abe s'y serait opposé : tout est possible. Il fréquentait peut-être Abe pour atteindre Esther. Mais nous n'avons aucune certitude.

— Non ?

— Non, monsieur. C'est un bousilleur, un raté, voilà tout.

— Un bousilleur ? demanda le commissaire. Pourquoi ? Sa chambre m'a fait bonne impression. Les livres de comptabilité sont bien rangés sur une étagère, le lit est fait, le plancher propre. Je suis certain qu'Esther ne fait pas son ménage. Il s'en charge lui-même, sans doute. Son linge était lavé, ses vêtements bien tenus et il avait même un pli à son pantalon.

— A cause d'Abe, dit Grijpstra. Abe l'a remis d'aplomb. Avant de s'accrocher à lui, Zilver n'était qu'un rien du tout : un laissé pour compte de l'université, qui se couchait tard, buvait, s'amusait sottement avec des perles de pacotille. Nous le voyons maintenant fonctionner normalement parce qu'Abe le faisait fonctionner. Je suis certain qu'il est incapable de faire quoi que ce soit de son propre chef.

— Il ne serait pas capable de fabriquer une arme projetant des boules de caoutchouc garnies de pointes, est-ce cela que vous voulez dire ?

— Oui, monsieur.

— Oui, oui, oui, dit le commissaire.

— J'incline à croire que le meurtrier est une des relations qu'Abe se sera faite sur le marché. J'ai l'impression que c'est aussi votre idée, sinon vous n'enverriez pas De Gier et Cardozo se déguiser en marchands demain. Ils vont jouer les camelots, avez-vous dit ?

— C'est exact, dit le commissaire en souriant.

— Nous sommes arrivés, monsieur, dit l'agent chauffeur.

Grijpstra siffla d'admiration en voyant la villa qui se dressait sur un tertre artificiel, au milieu d'un arpent de gazon fraîchement tondu, entouré de buissons et de résineux. Le portail était ouvert, la Citroën s'engagea dans l'allée.

La porte de la villa s'ouvrit au moment où ils descendaient de voiture.

— Bezuur, c'est moi, dit un homme en pressant la main du commissaire. Je vous attendais. Donnez-vous la peine d'entrer.

CHAPITRE VIII

Une tête de pudding, pensa Grijpstra en considérant Klaas Bezuur. Depuis plus d'une minute, personne n'avait rien dit. Assis à l'extrémité d'une vaste pièce, qui couvrait près des trois quarts de la villa, le commissaire ressemblait à la poupée de son du dernier-né de Grijpstra : une petite chose jetée à l'abandon dans un vaste fauteuil. Le commissaire souffrait. Des aiguilles chauffées à blanc vrillaient les os de ses jambes. Il respirait profondément, les yeux mi-clos, combattant la tentation de les fermer complètement. Il était infiniment las et souhaitait dormir. Mais il s'obligeait à penser au meurtre. Klaas Bezuur, l'ami de la victime, lui faisait face.

Un pudding, pensa Grijpstra de nouveau. On a laissé tomber un pudding sur un crâne d'homme. La graisse a envahi le visage. Elle couvre les pommettes, dégouline sur les mâchoires et pend au menton. Bezuur s'était assis bien droit sur le bord de sa chaise ; son gros ventre débordait par-dessus sa ceinture. Grijpstra avait l'impression de voir les plis de chair velue entourant le nombril. Bezuur suait. La sueur tachait aux aisselles sa chemise de soie taillée sur mesure. Sa face luisait. Des gouttelettes coulaient de son front bas, convergeaient en ruisselets, hésitaient à l'extrémité de son nez épaté. Il faisait très chaud, évidemment, et Grijpstra suait aussi.

Quel gros homme ! pensa Grijpstra. Il doit mesurer

plus d'un mètre quatre-vingts et peser près de cent cinquante kilos. Sa nourriture lui coûte sûrement une centaine de florins par jour : des bols entiers de noix de cajou, probablement, des crevettes, un ou deux seaux de pommes de terre ou de macaroni et une demi-miche de pain couverte de champignons frits, d'anguilles fumées ou d'épaisses tranches de jambon.

Bezuur plongea la main dans un carton posé auprès de sa chaise et en tira une bouteille de bière. Il arracha la capsule et emplit un verre. La mousse s'éleva vivement, déborda et se répandit sur l'épais tapis.

— Encore un peu de bière, messieurs ? offrit-il.

Le commissaire secoua la tête, mais Grijpstra acquiesça. Bezuur décapsula une autre bouteille. La mousse tomba de nouveau sur le tapis.

— Voilà, adjudant.

Leurs regards se croisèrent et ils élevèrent leurs verres en grognant ensemble une formule de politesse. Bezuur vida le sien d'un seul trait. Grijpstra ne sirota qu'une gorgée. Il en était à sa troisième bouteille et Bezuur à la sixième depuis qu'ils étaient entrés dans cette pièce. Grijpstra reposa son verre prudemment.

— Il est mort, le salopard ! dit Bezuur en reposant si brutalement son verre sur une table basse au plateau de marbre qu'il le brisa. (Il le considéra tristement.) Cet abruti, ce salopard, reprit-il. Non. Peut-être était-il intelligent. Il disait volontiers que la mort est un voyage et qu'il aimait voyager. Il parlait beaucoup de la mort, même quand nous étions très jeunes. Il parlait beaucoup, lisait beaucoup et plus tard il a aussi beaucoup bu. A dix-sept ans, c'est un ivrogne. Vous en a-t-on parlé ?

— Non, dit Grijpstra. Dites-nous-en plus.

— Un alcoolique, dit Bezuur. Il s'est mis à trop boire en entrant à l'université. Nous étions toujours ensemble, à l'école comme à l'université. Nous avons passé notre examen de fin d'études secondaires à seize ans. Des enfants prodiges. Nous ne travaillions jamais et nous réussissions toujours. J'étais bon en mathématiques et lui en langues. Quand il nous arrivait d'étudier, c'était ensemble. Nous formions un tandem du tonnerre. Personne ni rien n'aurait pu nous séparer. Nous ne nous mettions à potasser qu'à l'approche de l'examen et encore n'en faisions-nous que le minimum. C'était par orgueil, je crois. Pour épater les autres. En classe nous faisions semblant de ne pas écouter le cours, mais nous assimilions tout et nous nous en souvenions. Nous griffonnions des notes discrètement sur des bouts de papier ; nous n'avions pas de cahiers comme les autres élèves. Nous n'avons jamais fait de devoirs : cela, d'après nous, n'était bon que pour les nigauds. Nous lisions. Mais il lisait plus que moi et c'est à l'université qu'il s'est mis à boire.

— Vraiment ? demanda Grijpstra.

— Oui.

Bezuur tendit la main de nouveau et une autre bouteille perdit sa capsule. Il considéra le verre brisé, tourna la tête vers la porte de la cuisine. Sans doute y aurait-il trouvé un autre verre mais la cuisine lui parut trop lointaine. Il but au goulot et jeta la capsule sur le sol. Il regarda le verre de Grijpstra et constata qu'il était encore à moitié plein.

« Il buvait une bouteille par jour. Du genièvre. Peu lui importait la qualité pourvu que l'alcool fût raide. Un matin il a eu du mal à enfiler son pantalon, car ses mains tremblaient trop. Il a trouvé cela drôle mais s'en est inquiété. Il a consulté un médecin qui lui a ordonné de cesser de boire. Il a obéi. »

— Vraiment ? s'étonna Grijpstra. Il a cessé du jour au lendemain ? Tout à fait ?

— Oui. C'était un homme intelligent. Il ne voulait pas devenir un poivrot, cela aurait compliqué son mode de vie.

— Il a arrêté de boire du jour au lendemain ! répéta Grijpstra en secouant la tête.

— Je vous dis qu'il était fort. Sachant qu'il aurait du mal à se désintoxiquer, il a pris une mesure énergique. Il a disparu pendant trois mois, je crois. Il est allé travailler dans une ferme. Lorsqu'il est revenu, il était guéri. Plus tard, il s'est remis à boire, mais il avait appris à s'arrêter à temps. Il se contentait de trois ou quatre verres ; après ça, il s'en tenait à des boissons non alcoolisées.

— De la bière ?

— Non, la bière n'est pas un breuvage inoffensif. Il buvait de la citronnade qu'il préparait lui-même. Il en faisait toute une affaire, pressurait le fruit, ajoutait du sucre. Avec Abe tout devait être impeccable.

Bezuur porta de nouveau le goulot de la bouteille à sa bouche et la fit basculer. Elle était vide. Il la cogna sur la table. La bouteille se cassa. Il la regarda fixement.

— Vous avez l'air de ne pas être dans votre assiette, dit Grijpstra.

Bezuur fixait le mur derrière la chaise de Grijpstra.

— Oui, dit-il. Je suis bouleversé. Ainsi, il est mort, ce salopard. Comment s'est-il débrouillé ? Zilver m'a téléphoné. D'après lui, Abe aurait reçu un projectile à la figure : une boule de métal, que personne n'a retrouvée. Est-ce bien ça ?

Il continuait à regarder le mur. Grijpstra se retourna. Un portrait de femme y était accroché. Elle portait une longue jupe de tissu velouté, un chapeau avec violette, un collier compliqué, et rien de plus. Seins généreux aux mamelons dressés. Visage délicat et paisible aux yeux rêveurs, lèvres entrouvertes sur un début de sourire.

— Superbe, dit Grijpstra.

— Ma femme.

Grijpstra parcourut la pièce du regard.

Bezuur éclata d'un rire bouillonnant, pareil au bruit d'un tuyau crevé, d'où jaillit l'eau sur un mur.

« Mon ex-femme, devrais-je plutôt dire. Mais notre divorce n'est pas encore prononcé. Elle m'a quitté voilà quelques mois. Ses avocats me persécutent et les miens sont ravis d'écrire des tas de notes à un florin le mot. »

— Pas d'enfant ?

— Un seul, mais pas de moi : c'est le fruit d'une autre liaison. Un fruit blet et stupide... mais que m'importe. Elle est partie.

— Alors vous êtes seul ?

De nouveau Bezuur éclata de rire et le commissaire leva les yeux. Ce rire lui déplaisait. Il avait trouvé un moyen d'effacer mentalement la douleur qui lui tenaillait les jambes, mais la joie de Bezuur l'avait distrait, et les élancements reprenaient.

— Non, dit le poussah en décrivant un large arc de cercle du bras droit.

— Des amies, alors, dit Grijpstra en hochant la tête.

— Oui. Des amies. Autrefois j'allais chez elles. Maintenant elles viennent ici. C'est plus commode. Je suis trop lourd maintenant pour cavaler.

Il abaissa le regard vers le tapis sur lequel il tapa du pied.

— Bah ! De la bière. Il faut bien que les nettoyeurs aient quelque chose à faire. Impossible de trouver une femme de ménage maintenant, vous savez, même en la payant son poids d'or. Alors une équipe de nettoyeurs vient ici les jours ouvrables : des vieux bonshommes en uniforme blanc. Ils ont une camionnette et le plus énorme aspirateur que j'aie jamais vu. Ils exécutent le boulot en une heure. Mais les filles viennent le vendredi ou le samedi ; elles salissent tout et je reste dans la pagaille. Bah !

De nouveau le bras de Bezuur décrivit un arc de cercle et Grijpstra le suivit du regard. Il compta cinq bouteilles de champagne vides. Une des filles avait oublié son bâton de rouge sur le canapé. Il y avait une tache sur le mur blanc, juste au-dessous du portrait de la femme de Bezuur.

— Soupe de tortue, dit le gros homme. La conne a perdu l'équilibre et a flanqué sa soupe sur le mur. Heureusement qu'elle n'a pas atteint le tableau.

— Qui a peint ce portrait ?

— Il vous plaît ?

— Oui, dit Grijpstra... Oui, je le trouve excellent... Comme le tableau représentant deux hommes sur un petit bateau, que j'ai vu au mur de la chambre d'Abe Rogge.

Bezuur regarda le carton proche de sa chaise, en tira une bouteille et la reposa.

— « Deux hommes sur un bateau. » Vous avez aussi vu cette toile ? Un fameux artiste. Un de nos vieux amis ; un juif russe, né au Mexique, qui faisait de la voile avec nous et qui est venu à la maison. Un type intéressant mais il est reparti, il a disparu. Je crois qu'il est en Israël maintenant.

— Qui étaient les deux hommes sur le bateau ?

— Abe et moi, grogna Bezuur. Abe et moi. Deux amis. Le Mexicain a dit que nous étions faits l'un pour l'autre. Il s'en est rendu compte ce soir-là. Notre bateau était ancré sur le grand lac et nous sommes revenus au port dans le youyou. Nous sommes rentrés tard cette nuit-là. La mer était fluorescente. Le Mexicain allait et venait sur le pont. Il est parti le lendemain. Il aurait dû rester deux jours de plus, mais ce qu'il avait vu cette nuit-là l'avait tellement inspiré qu'il a filé dans son atelier pour le peindre. Abe a acheté le tableau et j'ai commandé celui-ci plus tard. Ce Mexicain vendait ses toiles très cher, même à ses amis. Mais elles sont bonnes.

— Des amis... dit le commissaire. Vous étiez très intime avec Abe, n'est-ce pas, monsieur Bezuur ?

— Je l'ai été, répondit Bezuur d'une voix qui semblait sortir de son ventre. (Mais cette fois il ne riait pas et paraissait sur le point de pleurer.) Il est mort, le salopard !

— Vous étiez restés intimes ?

— Non, dit Bezuur. Nous avions perdu le contact. Il a suivi son chemin et moi le mien. J'ai une grosse affaire qui ne me laisse pas le temps de m'amuser sur les marchés. Mais ça m'a plu tant que ça a duré.

— Quand vous êtes-vous séparés ?

— Qu'est-ce que ça peut foutre ? s'exclama Bezuur.

Ils n'en tirèrent rien de plus pendant un long moment. Le gros bonhomme pleurait. Il avait ouvert une nouvelle bouteille et le liquide s'en était répandu sur le tapis. Cette crise dura quelques minutes.

— Ah Echcusez-moi ! Echcusez-moi, bafouilla-t-il enfin.

— Ce n'est rien, dit le commissaire en se frottant les jambes. Nous comprenons. Je regrette vraiment de vous tracasser.

— Qu'avez-vous étudié à l'université, M. Rogge et vous ? demanda Grijpstra.

Bezuur leva la tête et parut récupérer ; il cessa aussi de bredouiller.

— Le français. Nous apprenions le français.

— Mais vous n'étiez pas tellement bon en langues ? C'est ce que vous nous avez dit tout à l'heure ? remarqua le commissaire.

— Pas trop mauvais non plus, répondit Bezuur. Assez bon. Le français est une langue logique, très précise. Peut-être aurais-je préféré les sciences, mais il aurait fallu me séparer d'Abe. Je n'y étais pas prêt en ce temps-là.

— Est-ce que vous travailliez sérieusement ?

— Pas plus qu'à l'école supérieure, en ce qui me concerne, du moins. Abe était plus enthousiaste. Il lisait tout ce qu'il trouvait à la bibliothèque de l'université, en commençant par le rayon le plus élevé et en finissant par le plus bas. Si les livres ne l'intéressaient pas, il tournait les pages rapidement, en lisant un petit peu ici, un petit peu plus loin. Mais en général il les dévorait d'un bout à l'autre. Je me contentais de ce qu'il choisissait pour moi, des ouvrages dont il parlait.

— Qu'est-ce que vous faisiez d'autre ?

Bezuur contemplait encore le portrait, et le commissaire dut répéter sa question.

— Quoi d'autre ? dit Bezuur en sursautant. Nous nous amusions. J'avais alors un grand bateau. Nous naviguions sur le lac. Nous avons beaucoup voyagé aussi. Abe possédait une camionnette avec laquelle nous sommes allés en France et en Afrique du Nord. A force de harceler mon père, je me suis fait offrir deux billets sur un vieux rafiot qui allait à Haïti, aux Antilles. On y parle le français, et je lui avais fait croire que nous devions aller là-bas, pour nos études.

— Ainsi votre père a payé le billet d'Abe ? Votre ami n'avait donc pas d'argent ?

— Il en avait, un cadeau des Allemands. Les Allemands ont payé les dommages de guerre, comme vous savez. Ils avaient tué les parents d'Abe, qui a touché une bonne pincée ; Esther aussi. Abe savait se servir de son argent. Il faisait un peu de commerce à temps perdu. A l'époque, il achetait et vendait des armes anciennes.

— Des armes ? demanda le commissaire. Il n'aurait pas possédé un fléau d'armes par exemple ?

— Non, répondit Bezuur quand il parvint enfin à comprendre la question. Non. Des sabres de cavalerie, des baïonnettes. Ce genre de trucs. Vous pensez qu'il a été tué avec un fléau d'armes ?

— Peu importe, dit le commissaire. Lui est-il arrivé de vivre à vos crochets ?

Bezuur secoua la tête.

— Non, pas vraiment. Il a accepté ce billet pour Haïti mais il a compensé d'une autre manière. Il ne comptait que sur lui. Il empruntait parfois de l'argent mais remboursait toujours en temps voulu. Plus tard, quand je lui ai prêté de grosses sommes, il payait l'intérêt normal des banques. C'est lui qui y tenait. Je ne l'ai jamais exigé. Mais il estimait que j'y avais droit.

— Pourquoi n'empruntait-il pas aux banques ?

— Pour que ses affaires ne laissent pas de traces. Il empruntait en espèces et payait en espèces. Il feignait d'être un gagne-petit vivant de son éventaire.

Le commissaire jeta un coup d'œil à Grijpstra, qui enchaîna :

— Pourquoi avez-vous quitté l'université tous les deux ?

Bezuur regarda sa bouteille de bière et la secoua.

— En effet, nous avons laissé tomber à quelques jours des examens. C'est Abe qui en a eu l'idée. Il disait que le diplôme ne serait qu'une peau d'âne qui ferait de nous des instituteurs. D'ailleurs, nous avions appris tout ce que nous souhaitions apprendre. Au lieu de continuer nous nous sommes mis dans les affaires.

— Vous voulez parler du petit commerce sur les marchés ?

— Oui. J'ai commencé par travailler avec les communistes. En Roumanie, bien des gens parlent le français ; nous y sommes allés pour voir ce que nous y trouverions. Le bloc de l'Est commençait à exporter à bon marché en ce temps-là, parce qu'il lui fallait des devises. On pouvait rafler de bonnes occasions. On y offrait de la laine, des boutons, des fermetures à glissière. Alors nous en avons acheté et c'est ainsi que nous nous sommes trouvés sur les marchés. Les grands magasins refusaient de nous prendre notre marchandise au début ; il nous a donc fallu l'écouler nous-mêmes. Ça nous a bien rapporté. Puis papa est mort et m'a laissé son affaire de travaux publics. J'ai changé de vie.

— Vous l'avez regretté ?

— Oui, dit Bezuur (il vida sa bouteille jusqu'à la dernière goutte), je le regrette encore. J'ai pris une décision fâcheuse mais je n'avais sans doute pas le choix. On gagne plus d'argent dans les bulldozers que dans les fils de couleur.

— Vous teniez à l'argent ?

Bezuur hocha gravement la tête.

— Certainement.

— Et vous y tenez encore ?

Bezuur parut n'avoir pas entendu.

— Une dernière question, dit vivement Grijpstra. Au sujet de votre petite fête d'hier soir. Quand a-t-elle commencé et quand s'est-elle terminée ?

Bezuur gratta les poils de ses joues bouffies. Ses petits yeux prirent un regard rusé au fond de leurs orbites.

— Ai-je un alibi, hein ? Je ne sais même pas à quelle heure Abe a été tué. Zilver ne me l'a pas dit. Nous avons commencé vers 9 heures du soir. Si vous y tenez, je peux vous fournir le témoignage des filles. Je dois avoir leurs noms et leurs numéros de téléphone quelque part.

— Des call-girls ?

— Oui. Bien sûr. Des putains. (Il avait raflé un veston sur le canapé et en fouillait les poches.) Voilà les numéros de téléphone, dit-il. Vous pouvez les recopier. Les noms sont faux, évidemment. Minette et Alice... C'est ainsi qu'elles se font appeler et elles répondent quand on a besoin d'elles. Contactez-les plutôt demain. Parce qu'à cette heure-ci elles sont en train de dormir. Je les ai fait reconduire chez elles en taxi à 5 heures ce matin. Elles avaient bu cinq bouteilles de champagne chacune et bouffé en conséquence.

Grijpstra prit note des numéros.

— Merci.

Le chauffeur apparut sur le seuil de la porte.

— Excusez-moi, dit-il.

— Oui, qu'y a-t-il ? demanda le commissaire.

— On vous appelle à la radio de la voiture.

— Eh bien, nous avons terminé, je crois, dit le commissaire. Merci pour votre bon accueil, monsieur Bezuur. Prenez contact avec moi s'il vous vient à l'esprit quelque chose de nouveau. Voici ma carte. Nous voudrions percer l'énigme.

— Je vous dirai tout ce que je sais, dit Bezuur en se levant. Dieu sait si je penserai à la mort d'Abe. Je n'ai rien fait d'autre depuis que Zilver m'a appelé au téléphone.

— Tiens, je croyais que vous vous étiez offert une petite fête ici, monsieur, dit Grijpstra sans que sa voix exprimât quoi que ce fût.

— Je peux penser tout en m'amusant, répliqua

Bezuur en prenant la carte que lui tendait le commissaire.

— Encore un cadavre quai de l'Arbre-Droit, monsieur, dit l'auxiliaire féminine de la salle de radio. Les hommes de la brigade fluviale l'ont découvert. Il pendait à une corde attachée à un arbre, la moitié du corps dans l'eau, presque caché par un bateau amarré. La police fluviale nous a conseillé de vous signaler cette affaire, car ils avaient lu les télégrammes (1) concernant le meurtre d'hier après-midi. Même secteur, monsieur. Le sergent De Gier est sur place actuellement. Il a emmené l'agent-détective Cardozo avec lui. Ils attendent vos instructions dans leur voiture. Voulez-vous leur parler, monsieur ?

— Passez-les-moi, dit le commissaire, en regardant d'un air lugubre le microphone que Grijpstra tendait à la hauteur de sa bouche.

— Ici Cardozo, monsieur.

— Nous partons vous rejoindre, dit le commissaire en faisant un signe de la tête à l'intention du chauffeur, qui embraya immédiatement. L'agent désigna le toit de la voiture du bout du doigt et haussa les sourcils. Le commissaire acquiesça d'un signe de tête. La sirène retentit et le rotophare étincela.

— Pouvez-vous me donner des précisions, Cardozo ?

« Le sergent De Gier connaît la victime. Un vieil homme habillé en femme. Il aurait fait partie de la police autrefois, monsieur.

La voix de Cardozo avait fléchi, comme s'il posait une question.

— Oui, je la connais, Cardozo. Comment est-elle morte ?

« Un coup de couteau dans le dos. Il a probablement

(1) Tous les postes de police d'Amsterdam sont reliés par télétype. Les événements importants sont immédiatement enregistrés et diffusés par des messages qu'on appelle « télégrammes ».

été tué dans une cabine de téléphone. Nous avons trouvé des traces. On l'a traîné en travers de la rue et on l'a jeté à l'eau. L'assassin a passé une courte corde sous les aisselles du cadavre et l'a attaché à un orme. On ne l'a pas étranglé avec la corde. Il a bien été tué d'un coup de couteau.

— Avez-vous trouvé l'arme ?

— Non, monsieur. Mais le médecin est sûr qu'il s'agit d'une blessure par lame qui a pénétré jusqu'au cœur. Un long couteau.

— Quand est-elle morte ?

— De bonne heure ce matin, selon le docteur.

— Nous serons sur place avant peu.

— Les gens de la police fluviale tiennent à avoir le corps, monsieur. Peuvent-ils l'emporter ? Le quartier est encore calme mais les bagarres pourraient recommencer et notre voiture bloque la circulation.

— Oui, dit le commissaire d'une voix lasse en regardant un autobus qui cherchait à se ranger pour laisser passer la Citroën. Le chauffeur aurait voulu doubler ce gros véhicule alors que plusieurs voitures venaient en sens inverse. La sirène poussait son cri lugubre au-dessus de leurs têtes. Le commissaire posa la main sur l'épaule du chauffeur pour lui demander de se calmer. Docilement, l'agent ralentit.

— Cardozo... qu'ils emportent le corps s'ils le veulent. Terminé. Fin de la conversation.

Grijpstra observait les voitures qui venaient en sens inverse et il poussa un soupir de satisfaction quand la Citroën se glissa derrière l'autobus.

— Bougre d'abruti, dit-il à l'agent chauffeur. Qu'est-ce que tu espères ? Devenir un héros ?

L'agent ne l'entendit pas. L'autobus vira vers le trottoir, ayant enfin trouvé une portion de chaussée libre de cyclistes. Aussitôt la Citroën fonça en tanguant.

— Merde, dit Grijpstra à voix basse.

— C'est exactement ce que je pense, murmura le commissaire.

— Pardon, monsieur ?

— J'ai eu grand tort de demander à cette pauvre vieille dame de reprendre du service. Autant valait la tuer sur place.

CHAPITRE IX

— Il vous faut partir, monsieur, dit De Gier qui avait pris la place de Grijpstra dès que ce dernier était sorti de la voiture. Les bagarres vont recommencer aujourd'hui. Je ne sais pas ce qu'ils ont dans la tête, tous ces gens-là, mais on les voit passer en groupes et ils s'échauffent mutuellement. Les brigades de sécurité vont arriver d'une minute à l'autre.

Le commissaire, adossé à la banquette, ne bougea pas.

— Vous souffrez, monsieur ?

— Oui, souffla le commissaire, si bas que De Gier dut se pencher pour l'entendre. Je souffre depuis mon réveil et ça ne s'améliore pas. L'émeute, dites-vous ? La police ne fera que l'aggraver. Ces exhibitions de force ne servent à rien, sergent.

— Vous avez raison, monsieur, mais que pourrions-nous faire d'autre ? Les manifestants vont lancer des cailloux. Il y a quelques bulldozers sur la place du Nouveau-Marché et des grues, des machines. Ces foules sont capables de faire des dégâts énormes en quelques minutes.

— C'est vrai, souffla le commissaire.

Une compagnie d'agents casqués et armés de triques passa au pas. Le commissaire frémit.

— Les voilà, dit De Gier.

— J'ai horreur de ce bruit de bottes. Nous en avons

trop entendu pendant la guerre. Tout le temps. Un bruit stupide. Nous devrions être devenus plus intelligents, maintenant.

— Oui, monsieur, dit De Gier.

Il observait le visage fatigué de son supérieur. Un spasme plissa les deux joues, et les dents jaunâtres du commissaire apparurent entre ses lèvres crispées par un rictus de douleur.

— Conduisez-le donc chez lui, dit De Gier au chauffeur qui hocha la tête.

— Dans un instant, coupa le commissaire. Raçontez-moi ce qui s'est passé, sergent. Le corps est-il encore ici ? Avez-vous tout mis au point pour la journée de demain sur le marché ?

— Nous nous en occuperons plus tard, monsieur. J'étais chez moi quand on m'a téléphoné de la brigade fluviale. Je suis parti immédiatement. Entre-temps, Cardozo m'avait appelé. Du coup, il m'a rejoint ici. J'ai fait emporter le cadavre à la morgue. Il y aura peut-être des bagarres dans le secteur et je ne voulais pas qu'on le piétine. Cardozo m'a dit que vous étiez d'accord. Il vous en a parlé par radio.

— Oui, oui. Avez-vous découvert quelque chose ? Avez-vous reconduit Mlle Rogge chez elle ?

— Esther Rogge doit être chez elle maintenant, monsieur. Elle a pris l'autobus.

— Elle a passé la nuit dans votre appartement, De Gier ?

— Oui, monsieur.

— Je vois. Et au sujet de ce nouveau meurtre, avez-vous un début de piste ?

— Nous n'en savons pas plus que ce que Cardozo vous a dit, monsieur. Tué d'un coup de couteau. Je crois que cet homme essayait de prendre contact avec vous par téléphone depuis la cabine qui est là-bas. Ce devait être très tôt ce matin, vers 4 heures, d'après le docteur. Peut-être a-t-il vu l'assassin marcher sur le quai par ici. Peut-être s'est-il cru insoupçonnable, habillé en vieille femme, et tout. Il est entré dans la cabine et a reçu un coup de couteau dans le dos.

— Oui, dit le commissaire. Elle essayait de me téléphoner mais ne m'a pas atteint. Pauvre Elisabeth ! Sans doute composait-elle mon numéro quand l'assassin l'a poignardée. En parlant d'Elisabeth, dites « elle », De Gier. Oubliez le « il ». C'était une bonne vieille dame. Elle était courageuse aussi. Je n'aurais jamais dû lui demander de nous rendre service. Elle aurait été mieux dans son lit la nuit dernière, avec Taby pour réchauffer ses vieux pieds.

— Elle n'y était pas, dit De Gier. Elle était ici même à observer les lieux du crime pour voir si l'assassin y reviendrait. Moi aussi j'aurais dû être ici. Grijpstra aussi. On l'a traînée de la cabine jusqu'au canal. Nous avons trouvé des traces de sang sur les pavés. L'assassin n'a pas été dérangé. Il ne s'est pas contenté de jeter le corps à l'eau, où il aurait flotté et où quelqu'un l'aurait découvert presque immédiatement. Il l'a donc attaché à un arbre avec une corde. Il est étonnant que la brigade fluviale l'ait découvert si rapidement car il était bien caché entre le quai et le houseboat que vous voyez là-bas.

— Ainsi vous n'avez rien remarqué de particulier, hormis les traces de sang ?

— Quoi donc ?

— Je crois en savoir un peu plus long au sujet de la balle élastique garnie de pointes qui aurait servi à tuer Abe Rogge.

— Dites-moi ça.

— J'ai vu autrefois des gosses jouer avec une balle retenue par un élastique. Cette corde élastique était accrochée à un poids posé sur la chaussée. Je crois que la balle qui a tué Rogge était liée de cette façon, ce qui a permis à l'assassin de la récupérer. Voilà pourquoi nous ne l'avons pas trouvée. Je crois que le criminel n'était pas posté dans la rue, mais sur le toit de ce vieil houseboat ancré en face de chez Rogge. Peut-être s'est-il caché derrière la cheminée. On la distingue là-bas, monsieur.

De Gier désignait du doigt l'autre côté du quai de l'Arbre-Droit.

— Je vois, dit le commissaire. Ce qui expliquerait que les agents de la brigade antiémeute ne l'aient pas repéré. Est-ce bien ce que vous voulez dire ? Mais ils patrouillaient aussi de ce côté du canal et auraient donc dû le voir.

— Il a sûrement fait vite, monsieur. Il se sera tapi dans le houseboat. Puis il se sera glissé par une fenêtre au bon moment pour grimper sur le toit, lancer sa balle et la récupérer. Il se sera de nouveau glissé dans le bateau par la fenêtre et il aura disparu quand les agents se seront trouvés à l'autre extrémité de la rue. Ils l'auront laissé passer facilement. Probablement avait-il l'air d'un citoyen des plus paisibles et pas d'un émeutier. On l'a pris pour un habitant de cette rue, sorti pour faire quelques achats ou simplement se promener.

— Pourquoi l'assassin ne serait-il pas une femme, dit le commissaire. Une femme jalouse ou qu'il aurait humiliée. Abe avait beaucoup d'amies et de maîtresses. Je dois en voir deux aujourd'hui. Vous m'avez donné leurs noms et leurs adresses, rappelez-vous. Je suis sûr qu'elles sont jeunes toutes les deux et vigoureuses, donc capables de jeter des balles.

De Gier secoua la tête.

— Vous ne croyez pas que ce soit une femme, sergent ?

— C'est possible, monsieur. Pourquoi pas ? Mais ce que je ne comprends pas, c'est la précision mortelle du tir. Même du toit de ce houseboat, il y a une bonne distance à couvrir jusqu'à la fenêtre d'Abe Rogge. Or, la balle l'a atteint en plein visage. Elle pourrait avoir été tirée... Je crois que nous avons affaire à une machine infernale, monsieur.

Le commissaire fit la grimace.

— Eh bien, c'est possible, n'est-ce pas, monsieur ?

Le commissaire hocha la tête.

— Mais une machine qui lance des projectiles fait du bruit... à moins qu'il ne s'agisse d'une machine à ressort. Une arbalète peut-être ? Mais même cet engin aurait fait assez de bruit pour alerter les agents de la patrouille.

De Gier réfléchissait à haute voix.

— Une personne, sur le toit d'un houseboat, qui manipule un étrange engin bruyant alors que la police antiémeute est dans les paragès ?... dit le commissaire d'un ton dubitatif.

— Peut-être pas, convint De Gier.

— Je suis d'accord avec vous sur un point, dit le commissaire. La balle devait être attachée à une ficelle, élastique ou pas. Hypothèse fort intelligente, sergent. Vous êtes bien parti. Désormais il vous suffit de poursuivre votre raisonnement dans cette direction. Je vous assisterai, ainsi que Grijpstra et Cardozo. Probablement est-ce très simple. Tout est simple d'ailleurs, une fois qu'on a compris.

Le commissaire fit une étrange grimace.

— Vous pensez à quelque chose de drôle, monsieur ?

Le commissaire grogna et se frotta la cuisse.

— Oui, je pensais à une scène qui s'est déroulée il y a quelques jours. Ma femme a acheté une chaise pliante d'un modèle nouveau et l'a apportée à la maison. Elle avait oublié le mode d'emploi. Je me suis affairé sur cet engin pendant un moment et j'ai tout juste réussi à me pincer les doigts. La fille du voisin est arrivée. C'est une enfant attardée, mais son manque d'intelligence ne l'a pas empêchée de tenter sa chance sur cette maudite chaise. Elle l'a développée et l'a montée en un clin d'œil. De toute évidence, elle était capable de résoudre un problème rapidement, mais de façon instinctive.

— Vous croyez que l'arme du crime ressemble à votre chaise pliante ?

— En un certain sens, oui, dit le commissaire. Peut-être devrions-nous seulement nous concentrer sur ce point précis ; la solution nous apparaîtra soudain. Mais c'est un processus trop long, alors que le temps presse.

— C'est vrai, dit De Gier. Vous avez très mauvaise mine, monsieur. Vous devriez retourner chez vous.

— J'y vais immédiatement. Je veux quand même m'occuper des deux femmes cet après-midi ou ce soir. Grijpstra a leurs noms et leurs numéros de téléphone. Ce sont des call-girls qui ont passé la nuit chez Klaas Bezuur de 21 heures hier jusqu'à 5 heures ce matin. Grijpstra !

Grijpstra s'approcha à pas mesurés.

— Oui, monsieur ?

— Je ne suis pas bien. Je retourne chez moi pour un moment. Téléphonez aux dames que nous devons voir aujourd'hui. Prenez rendez-vous pour la fin de l'après-midi ou le début de la soirée ; à l'heure dite, mon chauffeur ira vous chercher ; vous passerez ensuite me prendre chez moi. Je voudrais qu'une des filles soit disponible avant le dîner et l'autre après. De cette façon, nous mangerons ensemble. Ça compensera ces heures supplémentaires dominicales.

— Très bien, monsieur, dit Grijpstra. C'étaient des amies de M. Rogge ?

— C'est ça... Chauffeur ! appela le commissaire.

— Oui, monsieur.

— A la maison. (Cette fois, il eut à peine la force de chuchoter. Il paraissait sur le point de s'évanouir.)

Grijpstra trouva De Gier en contemplation devant un tronc d'arbre. Le corps souple du sergent se balançait légèrement. Il se tenait droit, les mains croisées derrière le dos, regardant l'écorce verdâtre d'un air maussade.

Cardozo observait aussi le sergent.

— Ne le dérangez pas, dit-il en tendant la main pour barrer le passage à Grijpstra. Il est occupé. Il réfléchit. Voyez comme son corps se balance.

— En effet, dit l'adjudant.

— Il ne serait pas juif ? demanda Cardozo.

— Pas que je sache, répondit Grijpstra. Pourtant si. Je crois qu'il m'a dit qu'une de ses grands-mères était juive.

— Vous voyez. Il est bien juif. Sa grand-mère était juive. Sa mère l'était donc aussi, et ça le rend juif. Chez nous, la descendance passe par les femmes, et c'est fort sage. Nul ne sait jamais à coup sûr qui est son père mais en ce qui concerne la mère, il n'y a pas à se tromper. Or, les Juifs se balancent toujours. Quand ils ont une difficulté, c'est-à-dire quand ils concentrent leur attention sur quelque chose, ils se balancent. Ils le font en priant. D'avant en arrière. Au temps de l'Inquisition, les Espagnols nous repéraient de cette façon. Et ils nous brûlaient vifs. Nous ne pouvons pas nous empêcher de nous balancer. Quelle étrange habitude, n'est-ce pas ?

— Non, dit Grijpstra. Le sergent n'est qu'un homme banal, comme moi. Il se balance parce qu'il en a envie, pas parce qu'il a du sang juif. Peut-être n'en a-t-il pas du tout. Peut-être est-ce quelqu'un d'autre qui m'a parlé d'une grand-mère juive.

— La Hollande n'a eu qu'un seul philosophe au cours de son histoire, dit Cardozo en parlant lentement et en détachant chaque syllabe : Spinoza. Il était juif et n'écrivait même pas en hollandais, mais en latin.

— Pourquoi n'écrivait-il pas en hollandais ?

— Cela lui était impossible. Avez-vous jamais essayé d'exprimer une pensée subtile en hollandais ?

— Je n'ai jamais de pensée subtile, dit Grijpstra. Mais il serait temps d'en avoir.

— Oui, dit De Gier qui cessa de se balancer. Il serait temps de faire quelque chose, pour changer, Cardozo, au lieu de chercher encore à prouver la supériorité de votre race. Le commissaire veut que vous m'aidiez. Ecoutez.

De Gier exposa son hypothèse au sujet de l'arme.

— Une balle attachée par un lien élastique, dit Cardozo... cela se pourrait...

— Alors comment le tueur est-il parvenu à atteindre Rogge en plein visage et à une telle distance ?

Cardozo mit ses mains derrière son dos, ferma les yeux et se mit à se balancer d'avant en arrière. Au bout d'un moment, il rouvrit les yeux.

— Je vous répondrai, sergent, quand je le saurai. Ça me viendra. Mais pas tant que vous me bousculerez.

— Bah ! dit De Gier.

Il se rappela l'instant où il avait aidé les agents de la police fluviale à tirer le corps de la vieille femme hors du canal. Il revit aussi que l'expression sur le visage exprimait la satisfaction. Elle allait parler au commissaire, son vieil ami. Il y avait alors sur ses traits quelque chose d'espiègle et de grave à la fois.

Grijpstra posa la main sur l'épaule du sergent.

— Allons-nous-en, dit-il. Nous avons à faire, vous et moi. Vous devez prendre contact avec les deux putes, et moi, téléphoner à de gentes dames. Cessez de regarder cet arbre. Il n'a rien à vous dire. Quelle drôle d'idée d'attacher un corps à un arbre puis de le jeter dans l'eau. Nous avons un peu de temps ; je vais boire un verre. Vous venez avec moi ?

— Puis-je y aller aussi ? demanda Cardozo.

— Non. Tu es trop jeune. Je vais chez une de mes amies et après l'avoir vue tu ne serais plus capable de travailler. Il te faut toute ta vigueur pour jouer les colporteurs demain, n'est-ce pas ?

— Alors De Gier ne peut pas y aller lui non plus, puisqu'il sera également forain, dit Cardozo.

— Tu as raison. J'y vais seul.

— Nellie ? demanda De Gier.

— Oui, dit Grijpstra en souriant. Je vais la voir tout seul. Elle me changera les idées. Quelle journée ! Encore un cadavre. Deux cadavres c'est vraiment trop. Amsterdam est une ville paisible. La Hollande a le plus bas taux de criminalité du monde. Vous avez assisté à la conférence, l'autre jour, n'est-ce pas ? Je voudrais que l'ahuri qui nous parlait soit avec nous aujourd'hui. Ce nabot chauve ! J'ai horreur des criminologues. Des statistiques, voilà tout ce qu'ils nous servent, parce qu'ils ne savent rien d'autre. Quand la malheureuse gamine a été violée et massacrée l'an dernier, il a dit que le taux des enfants tués par des satyres est tellement bas qu'on peut le négliger. Vous rappelez-vous dans quel état était le corps quand nous l'avons retrouvé ?

— D'après les statistiques nous aurons encore cinq cadavres, cette année, dit Cardozo. Nous n'y pouvons rien. Ça arrivera.

— Va-t'en au diable, dit Grijpstra en s'éloignant.

De Gier lui courut après.

— Eh là ! cria Cardozo.

— Il ne va tout de même pas aller boire tout seul, répliqua De Gier sur le même ton. Viens me chercher demain matin à 8 h 30, et que tout soit en ordre dans la camionnette. N'oublie pas la marchandise.

— Non, sergent, claironna Cardozo. J'espère que votre boisson vous étouffera, ajouta-t-il plus bas.

CHAPITRE X

— Allô !
— Allô-oh, répondit une voix mielleuse.
— Minette ?
— Oui, mon amour.
— Je ne suis pas votre amour, dit De Gier, qui fronça les sourcils en direction de Nellie. (Elle le regardait de l'autre extrémité du petit bar en souriant, ravie, et Grijpstra ricanait ; il avait retiré son veston et sa cravate. Assis près d'une fenêtre ouverte qui donnait sur une petite cour intérieure, il regardait des moineaux alignés au sommet d'un mur ; ils ouvraient leurs petits becs et étendaient à demi leurs ailes. Grijpstra soufflait en s'essuyant le visage avec un grand mouchoir blanc très sale, l'air heureux malgré la chaleur. Il avait déjà pris les deux rendez-vous avec les amies de Rogge et ne tarderait pas à aller chercher le commissaire. En attendant, rien de mieux à faire que d'observer De Gier.)

« Je ne suis pas votre amour, répéta ce dernier. Je suis le sergent-détective De Gier, de la police municipale d'Amsterdam, et j'ai besoin de vous voir pour vous poser quelques questions. Rien de grave, simple formalité. »

— Police ? demanda la voix sucrée. Ah ! les agents sont des anges ! J'ai un bon client qui appartient à la police. Peut-être êtes-vous comme lui ? Quand venez-vous me voir, mon chéri ? Tout de suite ?

— Tout de suite, dit De Gier en faisant la grimace au téléphone, et je voudrais aussi voir votre amie Alice. Voulez-vous lui demander de vous rejoindre chez vous. J'ai son numéro de téléphone. L'indicatif est le même que le vôtre. Elle doit donc habiter à proximité.

— Bien sûr, dit Minette. Elle habite dans le même immeuble, deux étages au-dessus. Je lui demanderai de descendre et nous vous offrirons un petit spectacle.

— Non, dit De Gier. Ne vous mettez pas en frais, ma chère. Je ne veux que des réponses simples à des questions simples. Je serai là-bas dans un quart d'heure. Habillez-vous.

Grijpstra ricana et De Gier lui fit signe de se taire.

— Quel genre de tenue voulez-vous, chéri ? J'ai un ravissant uniforme avec des boutons brillants et des bottes de cuir et aussi un petit fouet. Ou bien préférez-vous une robe de dentelle ou encore ma robe du soir. Elle a une fermeture Eclair qui s'ouvre dès qu'on...

— Non ! Non ! brailla De Gier. Votre adresse.

— 503 Alkemalaan. Mais ne criez pas comme ça. (La voix continuait à fondre de douceur.)

— J'arrive, dit De Gier.

Un idiot, se dit Minette en reposant gracieusement le combiné de son téléphone rouge. Et un grossier personnage. Mais qu'est-ce qu'il veut celui-là ? Est-ce qu'il fait la chasse aux putes ? L'autre flicard aussi prétendait qu'il venait me poser des questions. Mais il est resté toute la nuit. Tous des cons.

— Bonjour. Je suis le sergent De Gier. Je vous ai téléphoné il y a un quart d'heure. Vous êtes bien Minette ?

— Non, chéri, dit la petite femme. Je suis Alice. Minette vous attend à l'intérieur. Entrez donc, chéri.

Elle posa la main sur l'avant-bras du sergent et l'attira doucement.

— Mon Dieu ! souffla-t-elle. Comme vous êtes beau !

— Oui, dit De Gier, je suis un bel homme.

Son regard plongea dans les yeux de la jeune femme et il remarqua qu'ils étaient verts : des yeux de chat. Visage triangulaire, comme celui d'une mante religieuse. Il avait longuement examiné la photographie en couleurs d'un de ces insectes dans un livre de la bibliothèque municipale. Il lui avait paru extrêmement attrayant : la matérialisation d'une terreur subconsciente. Une terreur qui aurait un visage ravissant mais des bras et des griffes effrayants. Un insecte prédateur, disait la légende. Une entité dont il faut se méfier.

La fille fit demi-tour. Il la suivit dans le petit vestibule. C'était une petite femme qui ne devait guère mesurer plus d'un mètre cinquante, bien faite, vêtue d'un short de velours avec un chemisier flottant qui lui allaient à ravir. Ses pieds nus étaient menus. Un diablotin, un diablotin sautillant. Elle a sûrement près de trente ans, pensa-t-il. Pourtant son visage lisse ne portait aucune flétrissure. Peut-être ne faisait-elle pas le métier depuis longtemps. Il admira la croupe ronde et ferme ainsi que les cheveux noirs relevés en chignon.

— Et maintenant, voici Minette, dit Alice en pivotant sur elle-même et en s'effaçant pour le laisser entrer dans la chambre. Minette, voici ton sergent.

— Mon Dieu ! s'exclama Minette. Il est ravissant !

De Gier fut soulagé. Minette n'avait rien de particulièrement attrayant. Une grosse fille aux hanches larges et au visage de poupée grossièrement fardé. Elle était assise sur un petit tabouret, vêtue d'une robe de chambre débraillée. La robe s'ouvrit légèrement et laissa voir un sein. De Gier frémit imperceptiblement. Le sein lui rappelait les puddings à la gélatine que sa mère lui servait lors de ses anniversaires. Elle les posait à table sur un plat blanc et il s'en écoulait une sorte de crème.

— Retirez votre veste, sergent, dit Minette de la même voix qu'au téléphone. Vous avez été tellement brusque quand vous m'avez appelée tout à l'heure... Détendez-vous. Mon logis est fait pour la détente.

Buvez quelque chose. Venez vous asseoir près de moi. De quoi avez-vous envie ? Va chercher de la bière, Alice. Nous avons de la bonne bière bien fraîche dans le frigo.

— Non, non, pas de boisson. Je suis en service. Merci.

— Prenez donc un cigare, dit Minette. Est-ce que nous avons encore nos longs et gros cigares, Alice ? Ils étaient dans une grande boîte, celle qui a un Indien sur le couvercle. Tu te rappelles ?

Alice apporta la boîte et la posa sur une table basse auprès de la chaise que De Gier avait choisie en pensant que c'était l'endroit le plus sûr de la pièce. Quant à Alice elle s'assit sur le tapis presque au contact de sa jambe.

— Vous en prendrez bien un, n'est-ce pas, sergent ?

— Oui, merci.

De sa petite main blanche, Alice reprit la boîte, l'ouvrit et choisit un cigare. Elle le caressa en regardant le détective d'un air langoureux. Puis elle arracha vivement l'enveloppe du papier transparent et lécha l'extrémité du cigare d'une langue agile. Ses petites dents régulières apparurent lorsqu'elle vit qu'il l'observait. Ses longs cils s'abaissèrent lentement vers sa joue. Puis avec un sourire vicieux, elle enfonça le cigare dans sa bouche, le fit tourner entre ses doigts et en arracha l'extrémité avec ses dents.

— Voilà, sergent. Elle craqua une allumette.

— Merci, dit De Gier. Vous étiez toutes les deux chez M. Bezuur hier soir, m'a-t-on dit.

— Il fait chaud ici, dit Alice. Le climatiseur est en panne. Ils ne cessent de le trafiquer mais il ne marche jamais quand on en a besoin. Tu devrais en acheter un autre, Minette. Vous me permettez de retirer mon chemiser, sergent ?

Elle s'en défit avant qu'il ait eu le temps de répondre. Elle ne portait rien d'autre sur ses petits seins gracieux et fermes. Elle s'étira et dénoua son chignon. Sa chevelure tomba sur ses épaules. Elle la ramena sur sa poitrine pour couvrir les mamelons. De Gier les regardait fixement.

— Oui, dit-il. Il fait chaud ici. Dehors aussi. Ouvrir les fenêtres ne servirait à rien. Maintenant, dites-moi combien de temps vous êtes restées avec M. Bezuur, hier? Vous rappelez-vous exactement à quelle heure vous êtes arrivées chez lui et quand vous en êtes parties ?

— Bezuur ? demanda Alice, qui est Bezuur ?

— C'est Klaas, évidemment, dit Minette. Le gros porc. Tu as passé la nuit à le tripoter. Rappelle-toi.

— Ah ! dit Alice. Le gros ! C'est toi qui l'as tripoté. Pas moi. J'ai dansé pendant qu'il buvait et bâfrait. Il a mangé tout un jambon. Ah ! Heureusement qu'il ne m'a pas touchée, moi. Retirez votre veston, sergent. Mettez-vous à l'aise. Je peux m'asseoir sur vos genoux, vous ne sentirez pas mon poids.

— Vous n'avez pas besoin de moi, ici, dit Minette en faisant la moue. Voulez-vous que je m'en aille ?

— Non, se hâta de répondre De Gier. Non, non ! Restez et je ne me déshabillerai pas non plus. Pour l'amour du ciel ! Vous ne pouvez pas répondre à une question aussi simple ? Quand êtes-vous arrivées chez lui et quand êtes-vous parties ?

— Allons, allons ! dit Alice en s'approchant de lui. Ne soyez pas aussi crispé. Nous ne vous coûterons rien. Vous êtes absolument en sécurité ici. Personne ne le saura si vous restez une heure ou deux. Ce n'est tout de même pas un jour qui convient au travail.

— *Quand ?* demanda De Gier, se levant à demi.

— Nous sommes arrivées chez lui vers 9 heures, hier soir, et nous sommes parties de bonne heure ce matin. Il devait être à peu près 5 heures, je crois. Un taxi nous a ramenées ici.

— Et Bezuur est resté avec vous tout le temps ?

— Certainement.

— Vous n'avez pas dormi du tout ?

— Il était là quand je dormais, affirma Minette. Il était tout près de moi.

— Vous en êtes sûr ?

— Oui. Il a posé sa grosse jambe sur moi et je n'ai pas pu m'en débarrasser. Elle a arrêté la circulation dans ma cheville et il a fallu que je me masse.

De Gier regardait Alice, qui s'était approchée subrepticement de lui et se frottait contre sa jambe.

— Oui, dit-elle. Il était là. J'ai dormi sur le canapé un petit moment mais je l'ai vu quand je me suis réveillée. Il était là, exactement comme vous êtes ici maintenant. Ne vous penchez pas comme ça, sergent... Laissez-moi m'asseoir sur vos genoux.

— Non ! dit De Gier en se levant.

Elle le suivit jusqu'à la porte. Il s'arrêta et s'adossa au mur en tenant son calepin.

— Je veux vos noms complets à toutes les deux. Il faut que j'écrive un rapport.

— Le gros porc a des ennuis ? demanda Alice en s'approchant plus près de lui.

— Non, rien de grave. Nous voulons seulement savoir où il a passé la nuit dernière.

Elle lui donna noms et dates de naissance.

— Profession ? demanda-t-il.

— Vous le savez bien ! dit-elle. Nous sommes des call-girls.

— Prostituées, dit De Gier en écrivant. Et maintenant je m'en vais. Merci pour les renseignements.

— Revenez, chuchota vivement Alice. J'habite deux étages au-dessus, numéro 574. Donnez un coup de fil auparavant. Ça ne vous coûtera rien.

— Sûrement, dit De Gier, qui s'éclipsa.

— J'aimerais mieux aller en enfer, dit-il un instant plus tard en manœuvrant brutalement le levier de changement de vitesse de sa petite Volkswagen. Elle veut pour client un policier qui la tirerait d'affaires quand elle aurait des ennuis. Mais elle m'a excité, la petite salope ! Il ne manquait plus que cela aujourd'hui !

Un feu rouge l'arrêta à un carrefour. Il regarda tristement une grosse Mercedes se ranger auprès de sa voiture. Il y avait à l'intérieur deux hommes entre deux âges, vêtus avec recherche, aux cravates bien nouées. Ils fumaient des cigares. De Gier vit l'un d'eux souffler un petit nuage de fumée qui disparut immédiatement, aspiré par le climatiseur. Il regarda l'extrémité de son propre cigare et le jeta par la fenêtre de sa voiture. Il s'écrasa sur le bitume dans une gerbe d'étincelles. Le chauffeur de la Mercedes lui fit un clin d'œil. Il avait rejeté sa casquette en arrière et dénouait sa cravate.

— Chaud, hein ? remarqua-t-il.

De Gier acquiesça.

Les deux hommes à l'arrière de la voiture riaient.

— Vos passagers sont au frais, fit De Gier.

— Oui, ils sont au frais, dit le chauffeur en montrant du pouce la cloison de verre. Mais pas moi.

Le feu passa au vert et la Mercedes fonça.

— Des noceurs, dit De Gier à haute voix. Deux noceurs et un malheureux petit cave qui les promène.

Il pensa de nouveau à Alice. Grijpstra avait bien sa Nellie. Il s'efforça de la chasser de son esprit et se représenta une balle élastique garnie de pointes aiguës. Il chercha à s'imaginer la trajectoire d'un tel projectile vers la fenêtre d'Abe Rogge. Quelqu'un avait dirigé cette trajectoire en se servant d'un engin. Mais de quoi s'agissait-il ? Il chercha intensément et crut entrevoir l'objet, mais l'image se brouilla aussitôt.

CHAPITRE XI

Le commissaire observait la jeune femme qui, les yeux rougis par les larmes, perchée sur une haute chaise à dossier droit, considérait une tache du papier mural. Ils avaient échangé les formules habituelles de politesse et il était temps d'en venir au vif du sujet.

— Nous avons appris que vous étiez en bons termes avec Abe Rogge, mademoiselle. Peut-être pouvez-vous nous apprendre quelque chose à son sujet. N'importe quel renseignement peut nous être utile. Nous savons déjà pas mal de choses, mais pas assez. Quelqu'un a imaginé et exécuté un assassinat compliqué. Il y a souvent un lien étroit entre le tueur et sa victime. Peut-être pouvez-vous nous aider à trouver quel était ce lien en ce qui concerne Abe Rogge.

— Oui, dit la jeune femme en reniflant. Je comprends. Pauvre Abe. Comment est-il mort ? Je n'étais pas au courant avant le coup de téléphone de la police, ce matin. Je n'ai pas osé appeler Esther. Elle doit être bouleversée.

Grijpstra lui résuma succinctement ce que la police savait, en passant sous silence les détails les plus affreux.

— C'est horrible, dit-elle.

Au bout d'un moment, elle s'apaisa. Ses deux visiteurs paraissaient inoffensifs et sirotaient leur café en fumant des cigares. Ils prenaient bien soin de mettre leur cendre dans la soucoupe de leur tasse. Elle se rappela qu'elle n'avait pas mis de cendrier sur la table et se leva pour aller en chercher un. Ces deux messieurs n'avaient rien d'incongru dans son petit appartement moderne, au premier étage d'un immeuble d'habitation. Le commissaire commenta le panorama. Il identifia quelques clochers d'églises, et quand il fit une erreur, elle le corrigea.

— Oui, dit-elle. Je comprends mieux, maintenant. Vous venez me voir parce que j'étais sa maîtresse, ou plutôt une de ses maîtresses. Peu m'importe d'ailleurs. Abe pouvait être charmant, il savait comment me flatter. Je ne tenais peut-être pas à l'avoir pour moi toute seule. J'ai l'esprit assez routinier pour être satisfaite de mon sort. Abe aurait bouleversé ma vie si nos relations étaient devenues plus suivies et plus étroites. Il ne s'agissait pas seulement d'amour physique. Il venait souvent pour bavarder au sujet de livres qu'il avait lus ou de films qu'il avait vus. Il m'invitait parfois au restaurant, au spectacle...

— Quel genre d'homme était-ce ? demanda le commissaire.

— Un fou.

— Que voulez-vous dire, mademoiselle ? demanda Grijpstra.

— Un fou, répéta-t-elle.

— A quel point de vue ? demanda le commissaire. Il ne faisait pas de grimaces, ne marchait pas à quatre pattes, ne sautait pas au plafond, n'est-ce pas ?

— Non, non. Comment pourrais-je expliquer cela ? Il avait un sens extraordinaire des valeurs. La plupart des gens ont établi à leur usage une hiérarchie de valeur, ou ne s'en soucient carrément pas. Abe paraissait changer à tout instant son système de valeurs. Mais ce n'était pas par faiblesse. Il considérait la vie d'un point de vue que personne ne pouvait saisir. Je ne le comprenais pas, moi non plus, et ce n'est pas faute de m'y être efforcée.

Le commissaire s'était penché légèrement en avant en l'écoutant.

— Ce que vous dites, mademoiselle, ne nous suffit pas. Il nous en faut plus. Je ne parviens pas à me représenter cet homme. Nous ne l'avons connu qu'à l'état de cadavre, voyez-vous. Vous, vous le connaissiez bien...

— Oui, je comprends. Je vais faire de mon mieux. Ma foi... il était courageux. Peut-être est-ce le mot qui convient le mieux pour le caractériser. Il ne connaissait pas la peur. Lorsqu'il décidait quelque chose il le faisait ou il essayait au moins de le faire. La plupart de ses actes paraissaient absolument dénués de cohérence. Ils ne débouchaient sur rien mais il ne s'en souciait pas. Peut-être ne désirait-il rien sérieusement ? Vous êtes au courant de ses affaires, sans doute, messieurs ?

— Vous parlez des perles de fantaisie et de la laine ?

— Oui. C'est drôle. Il aurait pu être un homme d'affaires important, un directeur de grande entreprise, mais il préférait brailler sur les marchés, en particulier celui de la rue Albert-Cuyp. Au début je ne croyais pas à cette activité. Il a fallu que j'aille au marché et que je l'y voie. Abe était un acteur, il hypnotisait les pauvres ménagères en leur racontant qu'il les considérait comme des esprits créateurs ; il clamait son admiration pour leurs horribles chandails et les affreuses poupées qu'elles fabriquaient avec ses tissus. Voir ces sottes grosses bonnes femmes grouiller autour de son éventaire était pathétique ! Il avait le niveau de la licence de français. J'ai fait sa connaissance à l'université ; c'était le meilleur élève de sa promotion, la fierté de ses professeurs. Ses dissertations étaient brillantes. Tout ce qu'il faisait paraissait exceptionnellement original...

— Pourtant, vous en parlez comme d'un raté, dit le commissaire. Mais il semble avoir réussi. Ses affaires marchaient bien et il était riche. Il voyageait beaucoup. Il n'avait guère dépassé la trentaine.

— C'était un sot.

La jeune femme à laquelle s'adressait le commissaire figurait sur son calepin sous le nom de Corin Kops.

— Il n'était pas si sot puisqu'il avait réussi en affaires, dit le commissaire. Pour bien des gens, c'est le but essentiel.

— Je ne le taxe pas de sottise dans ce domaine. Je l'accuse l'avoir gaspillé ses talents. Il aurait pu apporter sa contribution à la société. La plupart des gens végètent comme des champignons. Ils grandissent et au bout d'un moment, ils commencent à mourir. Ce ne sont pas des êtres vivants. Abe valait beaucoup mieux que ça.

— Oui, dit le commissaire en s'adossant à sa chaise. Très bien. Vous dites que vous parliez de livres. Quel genre de livres préférait-il ?

Elle plissa les lèvres comme si elle allait siffler. Grijpstra consulta sa montre. Il avait des gargouillements d'estomac. J'ai faim, pensa-t-il. Une véritable fringale ! J'espère que le commissaire va m'inviter dans un bon bistrot, où je m'offrirai un steak bien bleu avec une grosse pomme de terre au four.

— Des livres sans message véritable, dit-elle enfin. Il lisait pas mal d'ouvrages de voyages, écrit par des aventuriers, des gens qui errent à travers le monde, racontent ce qu'ils ont vu et ce qu'ils pensent. Il aimait en particulier les ouvrages des surréalistes.

— Surréalistes ? demanda Grijpstra en remuant sur sa chaise.

— Le surréalisme est une philosophie. Les auteurs de cette tendance vont plus loin et plus profond que la plupart des romanciers. Ils recourent aux rêves, font des associations d'idées inhabituelles, sans se soucier de la logique apparente ni s'intéresser aux événements quotidiens. Ils cherchent à rejoindre les origines profondes du comportement humain.

— Vraiment ? demanda Grijpstra.

Le visage du commissaire s'éclaira.

— C'est comme le bar de Nellie, Grijpstra, dit-il. (Il sourit.) Comme les idées qui vous viennent à l'esprit quand vous pêchez, quand vous vous réveillez le matin.

— Quand je me rase ? demanda Grijpstra, souriant à

son tour. Beaucoup d'eau chaude et de mousse, une nouvelle lame de rasoir et personne dans la salle de bains dont la porte est fermée. Et le splotch splotch du blaireau.

— A quoi pensez-vous quand vous vous rasez? demanda le commissaire.

Grijpstra se frotta énergiquement le crâne.

— Ce serait difficile à dire, monsieur.

La jeune femme paraissait s'intéresser à cette conversation. Elle s'était levée pour aller porter les tasses à la cuisine mais l'échange de propos entre le commissaire et l'adjudant l'avait retenue sur le seuil de la porte.

— Essayez de nous exposer vos idées à ce moment, dit-elle.

— Je pense à la mer, dit Grijpstra. Presque toujours à la mer et je n'ai pourtant jamais été marin. C'est étrange, sans doute. En tout cas je pense à la mer quand je me rase, à de grandes vagues et à un vaste ciel bleu.

— Pourriez-vous nous donner un exemple pris dans la vie d'Abe, mademoiselle ? demanda le commissaire.

— Quelque chose de surréaliste ? Est-ce cela que vous désirez ? Mais toute sa vie portait cette marque. Il vivait un rêve, même lorsqu'il agissait d'une manière pratique. Il ne fournissait jamais de réponses prévisibles aux questions sensées et paraissait tout le temps changer d'avis. Aucun canevas fixe ne définissait son existence. Disons qu'il était aussi difficile à saisir qu'un morceau de savon mouillé.

Tout à coup elle parut exaspérée et considéra le commissaire, l'air navré.

— Je me rappelle qu'une fois, il était ici, la nuit, aux premières heures du matin. La tempête secouait les fenêtres et faisait tinter les vitres. Je ne pouvais pas dormir. Je l'ai vu se lever. Je lui ai dit de revenir au lit. Les coups de vent me rendent toujours nerveuse et je tenais à l'avoir auprès de moi. Il m'a répondu qu'il allait faire de la voile. Plus tard, Louis Zilver m'a dit qu'ils avaient pris le petit bateau de plastique et s'étaient rendus sur le grand lac, où ils ont failli se noyer.

Elle reposa le plateau sur la table.

— Les Allemands ont tué ses parents pendant la guerre. Vous le savez sans doute. Ils les ont traînés dans les rues et les ont jetés dans une bétaillère qui les a emmenés vers quelque chambre à gaz. Apparemment, il ne le reprochait pas aux Allemands. Il a même pris leur idiome comme seconde langue à l'université.

— Les Allemands auraient sans doute voulu l'exterminer, lui aussi ? dit Grijpstra.

— C'est exact mais la patrouille S.S. l'a raté. Il se trouve que le jour où on le cherchait il était en train de jouer chez un ami. Il ne reprochait rien aux Allemands et s'en prenait seulement aux planètes.

— Aux planètes ?

— Oui. D'après lui, les planètes — Mercure, Neptune et, particulièrement Uranus, qui l'intéressait plus que d'autres dont j'oublie le nom — régissent nos existences. Si les planètes présentent un certain aspect, il y aura la guerre sur terre. Quand les constellations se modifient la guerre cesse et nous jouissons de la paix pendant un certain temps. Les efforts de l'humanité ne lui inspiraient guère que de la pitié. Il voyait en nous des créatures impuissantes, mues par des forces qui nous échappent tout à fait. Il m'a souvent dit que nous sommes incapables de faire quoi que ce soit d'utile sinon cesser de combattre le destin ou bien nous y adapter dans la mesure de nos possibilités.

— Mais Abe était un homme extrêmement actif, dit le commissaire.

— Très juste. Je le lui ai fait remarquer, moi aussi. Il en riait et disait que son activité était due à Uranus, qui était dominante au moment de sa naissance. Or, Uranus est la planète du changement.

— Il aurait été frappé par un rayon cosmique à l'instant de sa naissance et c'est cela qui en aurait fait l'homme qu'il était, dit le commissaire. Je vois.

— C'est ça qui le faisait sauter dans tous les sens comme un écureuil, non ? demanda Grijpstra.

Corin éclata de rire.

— Plutôt comme un grand singe. Un grand singe velu et fou. Un anthropoïde aux étranges yeux brillants.

— Il devait être difficile de lui faire confiance ! dit le commissaire.

Elle ramassa le plateau, mais la question du commissaire l'avait piquée.

— Non. Pas du tout. On pouvait se fier totalement à lui. Il payait ses dettes régulièrement et ne ratait jamais ses rendez-vous. S'il faisait une promesse il la tenait infailliblement.

— Ma foi, nous le connaissons un peu mieux à présent, dit le commissaire. Merci beaucoup. Nous allons partir. Pourtant j'ai encore une question à vous poser. Vous rappelez-vous où vous vous trouviez hier après-midi et la nuit dernière ?

Elle parut s'effrayer.

— Vous ne me soupçonnez pas, j'espère ?

— Pas nécessairement, mais nous tenons à le savoir.

— J'étais ici, tout l'après-midi et toute la soirée. Toute seule. Je travaillais sur une copie d'examen.

— Avez-vous vu qui que ce soit ? Parlé à quelqu'un ? Téléphoné ?

— Non.

— Qui pouvait avoir envie de tuer Abe Rogge ? En avez-vous la moindre idée ? Le moindre soupçon ?

— Non.

— Savez-vous *ce* qui l'a tué ? demanda Grijpstra.

— *Ce ?* Que voulez-vous dire ?

— Etait-ce la jalousie ? Le désir de vengeance ? L'envie ?

Corin secoua la tête.

— Excusez-moi de vous poser encore une question, dit le commissaire. Une idée m'est venue à l'esprit. Vous, vous décrivez votre ami comme une sorte de surhomme plutôt négatif. Rien ne l'atteignait jamais, il croyait que rien ne lui importait, il réussissait tout, naviguait dans la tempête et revenait sain et sauf, lisait des livres extraordinaires, et en français, excusez du peu ! Etait-il donc tellement merveilleux ? N'avait-il aucune faiblesse ?

Depuis un moment, le visage de Corin était agité par des mouvements nerveux. Tout à coup, ses muscles se relâchèrent.

— Oui, dit-elle. Il avait ses faiblesses. Il lui est arrivé une fois de pleurer dans mes bras. Un autre jour, alors qu'il se rasait ici, dans ma salle de bains dont la porte était restée entrouverte, je l'ai entendu s'injurier lui-même.

— Pourquoi ?

— Je l'ai interrogé. Les deux fois, il m'a fait la même réponse. Il prétendait être obsédé par quelque chose de proche, de tellement proche qu'il avait l'impression de pouvoir le saisir, et n'y parvenait pas.

— De quoi s'agissait-il ?

— Il n'en savait rien, m'a-t-il dit.

Ils étaient presque arrivés à la porte quand Grijpstra, estimant qu'il n'avait pas servi à grand-chose, posa une dernière question.

— Nous avons fait connaissance avec deux amis de M. Rogge : Louis Zilver et Klaas Bezuur. Savez-vous quelles étaient leurs relations avec lui ?

Elle soupira.

— Il passait beaucoup de temps avec Louis. Il lui est même arrivé assez souvent de l'amener ici pour dîner. Je ne connais guère M. Bezuur. Abe en parlait fréquemment, autrefois. Ils avaient été associés, je crois avant que Bezuur ait sa propre affaire. Abe m'a emmenée une fois dans l'usine de Bezuur ou plutôt dans son garage. Je ne crois pas qu'il fabriquait des machines, il les entreposait seulement. Du moins, c'est ce que je pense. Des gros camions et toutes sortes de machines mobiles pour faire des routes et déplacer de la terre. Des engins énormes et modernes. Abe s'est amusé à conduire un bulldozer dans la cour, cet après-midi-là. Louis était avec lui et conduisait une benne preneuse. Ils faisaient la course. C'était assez spectaculaire. Plus tard, Klaas s'est joint à eux et a lui aussi conduit une machine : un gros engin qui poussait une lame devant lui. Il les poursuivait en feignant de les attaquer mais reculait toujours au dernier moment. Ils m'ont effrayée.

— Il n'y avait pas de rancœur entre Abe et Klaas?

— Non. Apparemment, la séparation s'était faite progressivement. Ils se manifestaient une grande affection, particulièrement cet après-midi-là. Ils s'embrassaient, braillaient quand ils se rencontraient, se traitaient de tous les noms.

— Quand cela se passait-il ?

— Il y a quelques mois, je crois.

— Abe Rogge avait-il d'autres amis intimes ?

Corin soupira de nouveau.

— Il connaissait des centaines de gens. Quand nous étions ensemble en ville, il me semblait qu'il saluait tout le monde : des filles avec lesquelles il avait couché, des fournisseurs, des clients, des artistes ou des types qui en avaient l'air, des gens dont il avait fait la connaissance sur le marché ou à l'université, ou en faisant de la voile. Ça m'agaçait parce que j'avais l'impression d'être en compagnie d'une vedette de la télévision.

— Il les a tous plus ou moins exaspérés à un moment ou à un autre, dit Grijpstra tristement en ouvrant la porte à l'intention du commissaire.

Lorsqu'il la referma derrière lui, Corin pleurait.

CHAPITRE XII

— Allons manger, dit le commissaire.

Comme s'il n'avait pas entendu, Grijpstra se mit à penser tout haut :

— Tantôt elles pleurent, tantôt elles ont l'air stupide des animaux, de ces bêtes répugnantes que nous ne comprenons jamais : les crapauds, les escargots...

Il allait énumérer d'autres créatures stupides et visqueuses mais le commissaire lui coupa la parole.

— Des escargots ! dit-il en se calant confortablement sur la banquette moelleuse de la Citroën. Oui, des escargots. J'ai bien envie d'en manger... Chauffeur !

— A vos ordres, monsieur, dit l'agent.

— Vous rappelez-vous ce restaurant dans un vieux moulin, où vous m'avez conduit avec le procureur, il y a quelque temps ?

— Oui, monsieur.

— Eh bien ! allons-y... A moins que l'adjudant n'ait un préjugé contre les escargots.

Grijpstra hocha la tête avec un sourire dubitatif.

— Je n'en ai encore jamais mangé, monsieur, avoua-t-il.

— Ça vous plaira. Les Français en mangent depuis des milliers d'années et on les prétend plus intelligents que nous. Que disiez-vous tout à l'heure ? Cette femme vous a-t-elle paru stupide ?

— Non. Pas cette femme-là en particulier, monsieur.

Mais la plupart des gens se conduisent d'une manière stupide quand ils sont en contact avec la mort.

— Est-ce une critique, ou seulement une observation ?

Grijpstra parut vexé.

— Une observation, dit-il. La police ne critique jamais.

Le commissaire tapota la vigoureuse épaule de Grijpstra d'une main si mince et si diaphane qu'on l'eût prise pour celle d'un fantôme.

— Très bien, adjudant. Vous retenez bien vos leçons. Nous observons, nous établissons des liens entre les faits que nous voyons, nous concluons, et nous appréhendons quand c'est possible. Le suspect cherche toujours à nous échapper et, quand nous parvenons à nous emparer de lui, son avocat se met à critiquer, à excuser. Il s'arrange pour que nos observations coïncident avec ses théories, si bien qu'en fin de compte, personne ne comprend ce qui s'est passé ni pourquoi cela s'est passé.

Le commissaire avait ramené sa main sur ses cuisses. Tout à coup il ferma le poing et frappa la banquette.

— Nous sommes sur une affaire saugrenue, Grijpstra. Je ne comprends pas quels liens existaient entre tous ces gens que nous avons vus. Par exemple, la dame que nous venons de quitter. Abe couchait avec elle comme avec bien d'autres femmes. Qu'est-ce qui l'intéressait chez celle-ci ? Elle n'est pas particulièrement attrayante ! Qu'en pensez-vous ?

Grijpstra fit la moue et secoua la tête.

— Non, monsieur. Jambes maigres, figure pas très jolie, tête ronde, hérissée de bouclettes. Mais les goûts des hommes ne s'expliquent pas.

— Son esprit ? demanda le commissaire.

L'expression de Grijpstra ne changea pas.

— Un rat de bibliothèque, monsieur.

— Très bien, répondit le commissaire. C'est exactement ainsi que je la vois. Elle vit d'après des théories, celles qu'elle croit avoir élaborées ou celles que des gens, voire quelques livres, lui ont enfoncées dans la tête. Le surréalisme, parbleu ! Serait-ce le lien qui existait entre elle et notre cadavre ?... Un intérêt commun pour les romans surréalistes français ?

— Le surréalisme ne vous intéresse pas, monsieur ?

Le commissaire haussa les épaules et regarda par la vitre de la portière. L'auto suivait une route étroite, au-delà de l'embouchure de l'Amstel ; une vaste étendue d'eau s'étalait devant eux, à peine ridée par la brise que laissait filtrer un rideau d'arbres et de roseaux.

— Non, non, je n'ai aucun préjugé contre le surréalisme, mais ce mot m'agace. Il ne signifie rien. Il ne signifie rien de plus que « Dieu » ou « infini », voire « le point où deux parallèles se rencontrent ». Ils disent ces mots, paraissent en éprouver de la fierté ou essuient une larme et n'y comprennent rien. Qu'est-ce qu'une fille comme Corin Kops — un triste paquet d'os surmonté par un cerveau sans intérêt — comprendrait au surréalisme ?

Grijpstra détourna la tête et feignit de se frotter la bouche pour dissimuler son sourire. Il se rappelait avoir un jour dit à De Gier que le commissaire avait l'air d'un morceau de bois mort terminé par une lame de rasoir.

— Elle n'a rien compris du tout, poursuivait le commissaire. Mais elle ne s'en rend pas compte elle-même. Ces gens-là s'ingénient à définir une chose qu'ils ne peuvent appréhender, et ne se servent pour cela que d'un seul mot ; lorsqu'ils l'ont trouvé, ils l'utilisent comme s'il avait une signification. Ils me rappellent les prédicateurs hollandais de la Réforme lorsqu'ils parlaient de Dieu. Mais c'est de l'histoire ancienne. Depuis, les prédicateurs ont acquis un peu plus de modestie. D'ailleurs, il n'en reste plus beaucoup, Dieu merci. Que savons-nous de la réalité ? Par moments, nous entrevoyons une signification à la vie. Par exemple, de bonne heure ce matin, lorsque ma tortue à moitié folle gambadait dans l'herbe et que les pies chantaient, j'ai cru comprendre quelque chose, mais cela n'a pas duré. Dès que j'ai voulu préciser mon intuition, tout s'est effacé. Une femme comme Mlle Kops croit avoir saisi la réalité et la définit par un mot que vous trouverez avant peu dans les dictionnaires. Hé là !

Grijpstra, dont les yeux s'étaient fermés, releva brusquement la tête.

— Chauffeur ! cria le commissaire. Arrêtez !

Le chauffeur écrasa la pédale du frein et Grijpstra fut précipité en avant.

— Reculez un peu, dit à voix basse le commissaire. Mais lentement, très lentement. Il ne faut pas l'effrayer... Là... Vous voyez ?

Grijpstra aperçut alors le héron, majestueux spécimen de son espèce : un bon mètre de haut. Il était dressé sous le feuillage d'un saule du côté droit de la route. Une huppe couronnait sa tête mince et délicate. Il tenait dans son bec un énorme poisson rouge, dont la tête et la queue pendaient de chaque côté.

L'agent éclata de rire.

— Il ne sait qu'en faire, monsieur, dit-il. Ce poisson doit peser plusieurs livres.

— C'est vrai, dit Grijpstra. Les hérons se nourrissent normalement de menu fretin qu'ils avalent aussitôt. Celui-là ne parviendra pas à ingurgiter ce gros morceau. Mais comment a-t-il trouvé un poisson rouge ? Il n'y en a pas dans le fleuve et il est du mauvais côté de la route, de toute façon, puisque l'Amstel est derrière nous.

— Vous voyez ce manoir là-bas ? Il doit y avoir un vivier derrière. Notre grand nigaud a dû se glisser de ce côté-là pour marauder.

— Roulons, dit le commissaire.

La voiture démarra. Pendant cinq ou six minutes, personne ne dit plus rien. Le commissaire somnolait, les mains sur les cuisses, la tête rejetée en arrière sur le sommet du dossier.

Enfin Grijpstra reprit la parole.

— Le héron est un oiseau ravissant, dit-il, et celui-là était particulièrement beau.
— C'est vrai.
— On ne voit pas souvent un héron avec un gros poisson rouge dans le bec.
— Effectivement.
Grijpstra tenta encore de relancer la conversation.
— Je vous remercie d'avoir fait arrêter la voiture, monsieur.
— Pourquoi ?
— Parce que ce héron était beau, monsieur.
Le commissaire désigna l'Amstel.
— Ce fleuve aussi est beau, Grijpstra, et il est toujours là, de même que les arbres et ce vieux moulin, là-bas. La beauté nous entoure de toute part. Même les nouveaux immeubles de rapport que nous avons vus ce matin sont beaux, et pas seulement au coucher du soleil ou au lever du jour.
— Ce n'est pas pareil, dit Grijpstra.
— En effet. Avec notre héron, c'est différent. Il avait un poisson rouge dans le bec. Tout à fait extraordinaire. Peut-être l'apparition soudaine d'un spectacle aussi peu vraisemblable a-t-elle libéré quelque chose en vous. C'est seulement lorsque nous éprouvons un choc que nous voyons les faits. Mais il ne faut pas s'y fier. Prenons pour exemple un homme qui vient d'être renversé par une voiture au moment où il traverse une rue en rêvant. Et pan ! le voilà allongé sur le dos avec un os brisé ou une blessure quelconque. J'en ai vu des dizaines. Ils pleurent, ils crient, ils vous serrent la main, bouleversés. On les transporte aussitôt à l'hôpital et on les bourre de drogues. Et, ce qu'ils avaient pu comprendre, parce que leur monde s'était effondré, se noie dans les calmants.
— Cet oiseau avait quand même l'air assez stupide, monsieur, déclara le chauffeur d'un ton joyeux.
— Tout comme nous, dit le commissaire. Nous voilà sur une superbe affaire de meurtre qui nous reste en travers de la gorge, et nous ne savons qu'en faire.

Le repas dura une heure. Ils prirent une demi-douzaine d'escargots chacun, avec des rôties fraîches et un vigoureux vin rouge dont la bouteille ne portait pas d'étiquette. Grijpstra chipota d'abord d'un air soupçonneux. Il arrachait les petits morceaux de chair caoutchouteuse des coquilles et fronçait les sourcils en les mâchant avec précaution.

— Eh bien ? demanda le commissaire.

— Très bon, répondit l'adjudant en nettoyant soigneusement son assiette avec un morceau de pain grillé. La sauce aussi est bonne.

— En voulez-vous encore ?

Grijpstra réfléchit. Le commissaire hocha la tête d'un air encourageant.

— Oui.

Grijpstra prit une autre demi-douzaine d'escargots. Il mangea aussi une moitié de poulet, une assiette de fraises et demanda au garçon un supplément de crème fouettée.

— Si j'arrive à la faire tenir sur votre assiette.

— Essayez toujours.

Le garçon s'exécuta.

— Laissez la crème sur la table, dit le commissaire et mettez le tout sur la note.

Un instant plus tard il dit à Grijpstra :

— N'embrassez pas votre femme ce soir. Cette sauce qui vous a tellement plu n'est autre que de l'ail pilé.

— Je n'embrasse jamais ma femme, dit Grijpstra, qui rota. Excusez-moi, monsieur.

— Il n'y a pas de quoi. Pourtant abstenez-vous de roter dans la voiture. Vous pourriez asphyxier le chauffeur, et rappelez-vous que nous avons encore une visite à faire.

Grijpstra hocha gravement la tête mais il n'écoutait rien. Un autre rot se formait au fond de son œsophage et paraissait accroché de travers. Ça le brûlait et il éprouvait même des sensations de déchirure. Il se mit à se frapper la poitrine anxieusement pour déloger les bulles arrêtées sans doute par un obstacle. Le commissaire continuait à parler et la Citroën les attendait à l'extrémité de l'allée. Le chauffeur se tenait debout, prêt à leur ouvrir la portière.

— Drôle de type, n'est-ce pas ? demanda le commissaire. Il refuse toujours de manger avec moi. Ce pauvre diable vit encore au siècle passé. Il a probablement pris une tasse de café avec un œuf frit sur une rôtie à la terrasse, pendant que nous dévorions à l'intérieur. Je tâcherai d'intercepter son addition. On ne peut pas le laisser payer, surtout un dimanche !

Grijpstra continuait à se frapper le sternum.

— Ça ne va pas ?

— Je reviens dans un instant, dit l'adjudant.

Il quitta l'allée pour s'engager sur une pelouse puis gagna un bosquet de frênes, à l'abri desquels il se frappa vigoureusement la poitrine et se démena des quatre membres. Le rot restait coincé dans l'œsophage derrière un obstacle impossible à déterminer. Résolu à s'en débarrasser, Grijpstra sauta sur place, battit des bras. Tout à coup, le rot qui avait forci pendant ce temps, éclata en une formidable explosion. Il frotta les cordes vocales qui vibrèrent. On aurait cru un coup de tonnerre.

Grijpstra laissa tomber ses bras le long de son corps et tituba un instant.

— Bravo ! s'exclama un serveur qui l'observait depuis qu'il avait quitté l'allée. Superbe ! Je n'ai jamais entendu un rot pareil. Et il reste encore des feuilles sur les arbres, c'est incroyable. Essayez donc de péter maintenant. Allez-y.

Grijpstra était trop soulagé pour se vexer.

— Ne devriez-vous pas être au travail en ce moment ? demanda-t-il.

— Si, répondit le garçon, mais je n'y suis pas. Je suis ici. Je prends cinq minutes de repos et je fume une cigarette. C'est mon dernier jour dans ce restaurant. J'ouvre un petit snack-bar en ville la semaine prochaine.

— Où ça ? Peut-être irai-je l'essayer.

— Ah non, merci. Pas vous ! dit le garçon, qui jeta sa cigarette, l'écrasa sous son pied et s'en alla.

CHAPITRE XIII

— Nous sommes en avance, dit le commissaire au chauffeur. Vous pouvez nous promener pendant une demi-heure si ça vous amuse. Il y a une réserve naturelle dans les parages. J'y suis déjà allé. J'ai même un permis de visite. Il nous sera utile, car elle n'est pas ouverte au public.

Il tira son portefeuille de sa poche, feuilleta les papiers qu'il contenait et donna le permis au chauffeur. Ce dernier se retourna et étudia le plan qui figurait au verso.

— Je trouverai, monsieur. Ce doit être à quelques kilomètres d'ici.

Epuisé, Grijpstra laissait les événements suivre leur cours sans s'en occuper. L'excellente suspension de la voiture lui donnait sommeil. Il s'éveilla lorsque le commissaire lui toucha le bras ; ils arrivaient à la réserve.

Elle se trouvait sur l'emplacement d'un cimetière désaffecté et laissé à l'abandon pendant une centaine d'années ; les autorités municipales l'avaient redécouvert et résolu d'utiliser le terrain. Elles avaient acheté des terres avoisinantes, quelques fermes et un petit domaine, où ne manquaient même pas les ruines d'un château entouré de fossés reliés à un lac artificiel. La ville avait prélevé un budget sur le fonds de conservation de la nature. Botanistes et biologistes parcouraient à présent le terrain en quête de spécimens d'une flore et d'une faune qui, peut-être, n'existaient plus ailleurs.

— Aucune main sale n'a traîné par là, murmura le commissaire en admirant le paysage. (L'agent conduisait lentement pour qu'ils jouissent du décor : hêtres et chênes gigantesques, prairie couverte de hautes herbes plus jaunes que vertes, sous-bois où grouillaient les lapins. Ils virent aussi un faisan solitaire, debout au sommet d'un rocher.)

— Regardez...

Le commissaire désignait un daim à la robe mouchetée, qui les observait tranquillement, à l'abri d'un vestige de tombe.

— Je l'aurais facilement d'ici, assura l'agent en posant la main sur la crosse du pistolet qu'il portait dans une gaine sous son blazer. Un coup sans problème.

— Vous plaisantez, j'espère, dit Grijpstra sans aménité.

— Tout policier est un chasseur, intervint le commissaire, bon enfant. Ne faites pas de reproches à notre chauffeur, adjudant. La même idée m'est venue. (Il pointa l'index sur l'animal.) Pan ! Tu es mort. Nous aurons du gibier pour dîner demain.

La voiture avait repris de la vitesse. Ils approchaient du lac. A un détour de la route, ils virent un vol de foulques descendre vers l'eau. Leurs pattes palmées soulevèrent une gerbe d'éclaboussures. Puis les dodus petits oiseaux noirs s'écrasèrent sur la surface du lac, comme une tarte à la crème sur le visage d'un acteur comique.

Réjoui par le spectacle, l'agent-chauffeur éclata de rire. Mais cela ne dura pas. Une minute plus tard les larges pneus de la Citroën écrasaient les premiers crapauds.

— Qu'est-ce qui se passe ? demanda-t-il en s'arrêtant.

Alarmé par le bruit affreux qu'il venait d'entendre, il

descendit de la voiture. Une dizaine de petits crapauds écrasés s'étalaient sur le bitume chaud.

Le commissaire et Grijpstra vinrent voir également.

— Vous auriez dû les éviter, dit Grijpstra. Les crapauds sont rares actuellement.

— Il ne l'aurait pas pu, dit le commissaire. Il ne les a pas vus, n'est-ce pas ?

— En effet, monsieur. J'ai seulement entendu le bruit quand je les ai écrasés. Un bruit horrible, hein ? Comme des ballons qui éclatent.

— Il y en a beaucoup, dit Grijpstra.

Ils grouillaient, si nombreux de chaque côté de l'allée que l'herbe paraissait s'animer. Ces crapauds arrivaient du lac. La voiture et les hommes leur barraient la route. En un clin d'œil, la chaussée se couvrit de petits corps visqueux, si nombreux qu'il était impossible d'arrêter leur progression. Il y en avait partout: Ils grimpèrent sur les chaussures des policiers et se heurtèrent aux pneus de la voiture. On les entendait aussi : un chuintement épais, évoquant de la boue pompée dans d'innombrables drains.

— Partons d'ici, dit le commissaire en se débarrassant des animaux qui étaient sur son soulier. (Au premier pas qu'il fit il en écrasa deux ou trois.)

Le chauffeur glissa et serait tombé sur les crapauds si Grijpstra, de sa poigne solide, ne l'avait saisi par le coude. Ils remontèrent en voiture.

— En roulant, je vais en écraser des milliers, dit le chauffeur.

Le commissaire regarda dans la direction du lac.

— Il en vient encore, des nuées. Ils risquent de défiler ainsi toute la journée. Peut-être est-ce la saison où le têtard devient adulte et quitte son habitat aquatique ? Ce crétin de gardien n'aurait pas dû nous laisser entrer. Mais, chauffeur, tirez-nous de là. Nous avons un rendez-vous.

Les crapauds rampaient, chuintaient sur une centaine de mètres. La Citroën en écrasa des milliers, ainsi que l'avait prévu le chauffeur. Il sacrait et se crispait sur son volant comme s'il avait voulu l'arracher de son axe. La chair visqueuse des petits batraciens emplissait les anfractuosités des pneus, ce qui faisait déraper follement la voiture. A deux reprises elle quitta la route pour s'engager sur la pelouse où ses roues patinèrent. Ecœuré, Grijpstra se bouchait les oreilles à deux mains pour ne pas entendre le bruit affreux du massacre. Il s'efforçait aussi de ne pas penser aux escargots qu'il avait mangés et qu'il imaginait en train de glisser dans son estomac sur une mer de crème fouettée. Il respirait lourdement. Les yeux exorbités du chauffeur, qu'il voyait dans le rétroviseur, l'hypnotisaient.

— Enfin ! s'exclama le commissaire soulagé. C'est fini. Chauffeur, allez jusqu'au sable, là-bas. Roulez-y d'avant en arrière pour nettoyer vos pneus.

— Après avoir vu cette fille, nous aurons épuisé notre liste de suspects, dit le commissaire. Mais Abe Rogge devait avoir bien d'autres relations. Notre enquête commence peut-être à peine.

Grijpstra ne répondit pas et le commissaire se pencha vers lui pour le regarder de plus près. L'adjudant ne semblait pas s'être calmé, bien au contraire. Il avait le visage gris, et ses mains qui tripotaient sa cravate étaient agitées de mouvements convulsifs.

— Voilà, monsieur, dit le chauffeur en désignant un petit houseboat récemment repeint.

Grijpstra sortit de la voiture en grognant. Le commissaire allait le suivre mais s'arrêta à temps. Grijpstra sautait sur un seul pied en braillant.

— Eh bien quoi ? interrogea le commissaire.

— Faites attention, monsieur, brailla Grijpstra. Le pavé est couvert de crottes de chiens.

L'auteur du méfait devait être un molosse, peut-être atteint de diarrhée. Ses excréments jaunâtres et verdâtres couvraient plusieurs pavés et Grijpstra avait marché en plein milieu. Le chauffeur ferma les yeux, les rouvrit, descendit prudemment de l'autre côté de la voiture, en fit le tour, ouvrit le coffre dont il tira un balai-brosse à long manche. Grijpstra s'appuya à un lampadaire pour le regarder travailler.

— Vous êtes vraiment trop nerveux, dit le commissaire. N'aviez-vous encore jamais marché sur une crotte de chien ?

— Très souvent ! s'exclama Grijpstra exaspéré. Tous les jours de mon existence. J'ai l'impression de les attirer. S'il y en a une dans la rue, je ne la rate jamais. Il y a des gens que ça amuse. Ils se moquent de moi.

— Je ne trouve pas cela amusant du tout, dit le commissaire, et le chauffeur non plus.

— De Gier, lui, se moque de moi. Hier quand nous sommes allés chercher la voiture dans la cour du quartier général, j'ai écrasé une crotte en courant. J'ai glissé et je me suis étalé sur le pavé. Il a ri, le salopard ! Il a ri ! Il en avait les larmes aux yeux. Il se tapait les cuisses. La merde de chien me fait le même effet qu'à lui un cadavre sanglant. Je ne ris pas, moi, quand il s'appuie au mur, qu'il a l'air de s'évanouir et fait sa comédie.

— Mais, maintenant, ça va. Vous êtes propre. Merci, chauffeur. Allez vite vous réfugier dans ce bateau avant qu'il ne vous arrive encore malheur.

La jeune femme les attendait sur le seuil de la porte.

— Qu'est-ce qui vous est arrivé ? demanda-t-elle à l'adjudant. Qu'est-ce qui vous faisait sauter comme ça ?

— J'ai marché sur une crotte de chien, mademoiselle.

— C'est encore le berger allemand de mes voisins qui a fait des siennes Il était malade ces temps derniers. J'avais l'intention de nettoyer le pavé ce matin, puis j'ai oublié. Retirez vos souliers. Pour une fois que mon bateau est propre comme un sou neuf, je ne veux pas que vous le salissiez.

Grijpstra s'agenouilla docilement. Le commissaire passa près de lui, repéra un fauteuil confortable et s'y assit. La jeune femme resta auprès de Grijpstra et posa ses chaussures, la semelle en l'air, dans un coin près de la porte.

— Etes-vous fonctionnaires de la police ? demanda-t-elle. J'avais toujours cru qu'ils portaient imperméable et chapeau de feutre.

— Parce que vous ne voyez que de mauvais vieux films, dit le commissaire.

— Voulez-vous du café ?

— Non, merci, mademoiselle.

Elle plaisait au commissaire. Grands yeux pleins de vie. Tresses raides, serrées par des rubans bleus. Visage semé de taches de rousseur. Robe qui tombait jusqu'au plancher, taillée dans du coton à grands ramages. Dents irrégulières mais admirablement blanches. Bouche généreuse. Un rayon de soleil, pensa-t-il ragaillardi. C'est exactement ce qu'il nous faut pour terminer une journée de travail.

— Vous venez me voir au sujet d'Abe ? demanda-t-elle. (Elle se tourna vers Grijpstra, qui était resté appuyé au montant de la porte.)

— Asseyez-vous donc, dit-elle.

— Où ?

— Là. (Elle désigna un sac de cuir, informe, placé auprès de la chaise du commissaire. S'étant accroupie, elle y donna des coups de poing.) C'est très confortable. Je l'ai acheté en Espagne et je l'ai bourré de gravier. Essayez-le. (Grijpstra s'assit.)

— Vous voyez ?

— En effet, mademoiselle, dit Grijpstra. (Il posa son large derrière sur le sac qui s'aplatit un peu et on entendit crisser le gravier à l'intérieur.)

— Bien, dit le commissaire. Nous sommes, en effet, venus au sujet d'Abe Rogge. Il a été assassiné hier, comme vous le savez. On nous a dit que vous étiez en bons termes avec lui.

— C'est exact, dit-elle. En très bons termes. Nous couchions ensemble.

— Je vois, dit le commissaire.

— J'aime à être précise, ajouta-t-elle vivement.

Pourquoi a-t-elle l'air tellement heureuse? se demanda Grijpstra. Son ami est mort. Elle devrait être bouleversée. Il remua son sac et, de nouveau, les cailloux grincèrent.

— Ne faites pas une tête pareille. Ce sac ne va pas crever. Il a déjà servi à des centaines de gens.

— Ainsi Abe était votre amant? demanda-t-il.

— Il était mon amant et j'étais vraiment sa maîtresse.

— Je vois, dit Grijpstra d'un air dubitatif.

— Puisque vous aimez la précision, mademoiselle, dit le commissaire expliquez-nous exactement ce que signifie le mot *vraiment*. Qu'est-ce que votre couple présentait de particulier?

— Abe couchait avec bien des filles. Il lui suffisait de claquer des doigts pour qu'elles accourent, affriolées. Il ne se donnait aucune peine pour les séduire. Elles semblaient toutes attendre qu'il retire son pantalon et leur fasse leur affaire. Rien de tel en ce qui me concerne. Il venait ici quand je voulais qu'il vienne et il s'en allait quand je lui disais de partir. Je tenais à ce qu'il me parle, à ce qu'il m'écoute. Je n'ai jamais fait aucune concession à son point de vue. C'est lui qui devait se plier à mon programme. J'ai beaucoup à faire et je ne permets à personne de disposer de mon temps. J'étudie. L'Etat me paie mes études. Il m'a accordé une bourse convenable et j'entends en terminer dans le délai prévu, en avance même, si possible. Je n'ai donc pas de temps à perdre.

Elle débita cette longue tirade avec véhémence, debout au milieu de la pièce. Grijpstra en fut impressionné. Le commissaire, au contraire, semblait ne pas avoir écouté. Il regardait autour de lui. L'intérieur du bateau était aussi net que l'extérieur. Aucun désordre dans la pièce. Tout ce qu'elle contenait paraissait destiné à remplir une fonction déterminée. Une grande table basse couverte de livres, de papiers, avec une machine à écrire. Quelques plantes en pots et des fleurs fraîchement coupées, dans un vase.

Il se leva et se dirigea vers un petit établi à l'extrémité de la salle.

— A quoi travaillez-vous là, mademoiselle...

— Tilda, dit-elle. Tilda van Andringa de Kempenaar. Tilda suffit. Ça, c'est une mangeoire pour oiseaux ou plutôt ça le deviendra un jour. Elle me donne encore quelques tracas.

— Van Andringa de Kempenaar, dit le commissaire en plissant les paupières. Les rides de son front indiquèrent qu'il réfléchissait ou faisait appel à sa mémoire. Nom aristocratique qui figure dans nos livres d'histoire, je crois ?

— C'est exact, répondit-elle. Un noble nom et une noble famille.

— Peut-être devrais-je m'adresser à vous en disant *freule*.

— Ce n'est vraiment pas la peine, Tilda suffit. (Elle esquissa une révérence en souriant.) Nous possédions autrefois de grands domaines et de l'influence à la cour. Je crois que nous ne payions pas d'impôts en ce temps-là. Mais mon arrière-grand-père est allé à Paris et a dilapidé la fortune. Depuis lors, nous sommes des gens comme les autres et nous travaillons pour vivre.

— Je vois, dit le commissaire en souriant presque machinalement. Une mangeoire à oiseaux, dites-vous ?

— Oui, j'aime travailler de mes mains. Mais ce truc-là me donne plus de mal que je ne l'avais prévu. Une fois terminé, il sera recouvert d'une feuille de métal et d'une vitre de l'autre côté. Mais il faut que je finisse le mécanisme. Au départ, je trouvais cela très ingénieux. Il faudra que l'oiseau se pose sur cette petite baguette pour que des grains tombent dans le plateau, ici. Vous voyez cette petite trappe, elle s'ouvrira quand le poids de l'oiseau s'exercera sur le perchoir. Mais ça ne fonctionne pas encore comme je le souhaite. Il doit tomber une ration exactement calculée dans le plateau.

Je ne veux pas être obligée de remplir ce réservoir à tout instant. Quand ce sera terminé, je l'accrocherai à l'extérieur en face de cette fenêtre. Mais elle ne s'ouvre pas. Il faudra donc que je passe par le toit.

— Je vois, je vois, dit le commissaire. Très astucieux. L'avez-vous conçu vous-même ?

— On m'a un peu aidée. Pas beaucoup. J'aime inventer des choses. Quand j'étais petite, j'ai fabriqué je ne sais combien de chariots avec des caisses en bois. L'un d'eux m'a même valu un prix à l'école. Avec un autre, j'ai gagné une course. Voulez-vous le voir ?

— Très volontiers, dirent en chœur le commissaire et Grijpstra.

Elle tira le chariot d'un placard et se livra à de longues explications techniques.

— Fort bien imaginé, dit le commissaire.

— Qu'étudiez-vous, Tilda ? demanda Grijpstra.

— La médecine. Je suis en troisième année. Je veux devenir chirurgien.

— Mais vous êtes encore très jeune, s'exclama Grijpstra.

— J'ai vingt et un ans.

— Vous aurez votre diplôme dans quatre ans ! dit Grijpstra d'une voix étouffée par l'admiration. (Il ne parvenait pas à imaginer cette jeune fille sous les traits d'un docteur en médecine. Il se vit tout à coup lié sur une table, dans une pièce blanche. Tilda se penchait sur lui. Elle tenait un scalpel pour lui inciser la peau, faire une profonde entaille. Et déjà ses doigts fuselés écartaient des muscles pour atteindre des nerfs, des organes vitaux. Il en frémit et ses cheveux se dressèrent sur sa nuque.)

— Cela n'a rien d'extraordinaire, dit-elle ; (Elle avait remarqué la réaction de Grijpstra et souriait avec une malice sans aménité.) A moins d'être parfaitement idiot, quiconque consent à travailler dur huit à dix heures par jour peut devenir médecin.

— Mais vous, vous voulez être chirurgien.

— Oui. Il me faudra travailler dans un hôpital sept années de plus quand j'aurai mon diplôme de médecin. Mais ça en vaut la peine.

— En effet, dit le commissaire. Avez-vous la moindre idée au sujet de l'assassinat de votre ami, Tilda ?

Le sourire se figea sur le visage de la jeune femme qui parut réaliser seulement à cet instant qu'elle se trouvait en face de policiers.

— Non, non, pas la moindre. Je ne parviens même pas à me faire à l'idée de sa mort. Il était toujours tellement heureux, tellement vivant. Je suis convaincue que personne ne lui en voulait. Esther m'a dit qu'il avait été tué d'une manière mystérieuse. Est-ce vrai ?

— Tout à fait vrai, dit le commissaire. Vous n'auriez pas quelques photos de M. Rogge ? Nous ne l'avons vu qu'après sa mort.

Les yeux de Tilda s'embrumèrent de larmes.

— Oui, des instantanés de vacances. Je vais vous les montrer.

Ils feuilletèrent l'album. Abe Rogge à la barre de son bateau ; courant sur une plage dans l'écume des vaguelettes ; penché sur le bastingage d'un ferry ; au volant d'une très vieille voiture. Louis Zilver figurait sur quelques-unes de ces photos ainsi que Tilda. En tenue légère, elle donnait surtout une impression de santé.

— Ici, il pêche, remarqua le commissaire. Pêchait-il beaucoup ? (Il désignait une photo montrant Abe serrant la gaule à deux mains, penché en arrière, tirant de toutes ses forces.)

— Ça, c'était en Afrique du Nord, dit-elle. L'an dernier. Nous étions seuls tous les deux. Un énorme poisson avait mordu et Abe a passé tout l'après-midi à se battre avec lui. Une bête magnifique qui devait peser plus de cent kilos. Je l'ai obligé à la rejeter à l'eau.

— Où étiez-vous hier après-midi et la nuit dernière ? demanda Grijpstra.

— Ici.

— Seule ?

— Oui. Plusieurs personnes ont frappé à ma porte et le téléphone a sonné mais je n'ai pas répondu. Je rédige un rapport sur des expériences et je devrais même être en train de travailler en ce moment. On ne m'a pas accordé beaucoup de temps et ça comptera pour mes notes.

— Très bien, dit le commissaire. Nous allons d'ailleurs nous retirer.

— Une petite dure à cuire, remarqua Grijpstra, dans la voiture. Il ne sera pas facile d'en tirer quoi que ce soit. Elle a failli craquer quand vous lui avez demandé de montrer des photographies, mais c'est le seul moment où elle a manifesté de la faiblesse. Je parie qu'elle est présidente de quelque comité local d'une organisation féminine d'extrême gauche.

— C'est fort possible mais elle est aussi une *freule* très convenable, dit le commissaire. Je crois qu'un de ses ancêtres, un général, combattit Napoléon. Je ne me rappelle plus quel exploit il a accompli, mais c'était un acte de bravoure dénotant en même temps de l'astuce. Elle parviendra à devenir chirurgien. Peut-être inventera-t-elle un moyen d'enlever sans douleur les hémorroïdes.

Grijpstra releva la tête, étonné.

— Souffrez-vous d'hémorroïdes, monsieur ?

— Non, plus maintenant. Mais j'ai atrocement souffert quand on m'en a débarrassé. Avez-vous regardé cette mangeoire à oiseaux ?

— Oui, monsieur. Bien conçue. Croyez-vous qu'elle serait capable de façonner une arme mortelle qui tirerait des balles élastiques munies de pointes ?

— J'en suis certain, dit le commissaire. Ça fonctionnerait grâce à un ressort puissant. J'ai compté six ressorts dans son truc pour oiseaux.

— C'est une idée, dit Grijpstra, mais rien qu'une idée. Ce qui se passait entre Rogge et elle devait les satisfaire. Alors pourquoi se serait-elle compliqué la vie en le tuant ?

— Le cœur et l'esprit des femmes sont des grands mystères, répondit le commissaire. Ma femme s'est compliqué la vie d'une manière excessive, parce que l'homme qui livrait le fuel du chauffage central ne lui plaisait pas. Elle a harcelé le patron de l'entreprise. Elle a fini par lui adresser un ultimatum : s'il n'envoyait pas un autre livreur, elle changerait de fournisseur. Je n'ai jamais compris ce qu'elle reprochait à cet homme. Je ne voyais en lui qu'un benêt sympathique. Tant qu'ont duré ces démêlés, elle a été d'une nervosité insupportable. Maintenant nous achetons notre fuel à une autre société et elle a retrouvé son égalité d'humeur. Cette jeune Tilda me paraît capable de céder à des crises de rage à la moindre provocation. Elle a exigé que ce grand gaillard de Rogge rejette à la mer un poisson qu'il avait combattu pendant des heures. Elle vous a fait retirer vos chaussures. Elle sait exactement ce qu'elle veut. Elle se donne totalement à ses études. Elle construit un gadget compliqué rien que pour le plaisir. Elle avait organisé sa vie sexuelle à son seul gré.

— Un sacré paquet de nerfs, dit Grijpstra. Peut-être devrions-nous la reprendre demain, monsieur, l'emmener à la morgue pour lui faire reconnaître le cadavre, l'interroger pendant quelques heures. Elle n'a pas d'alibi et elle pourrait aisément s'être glissée dans la maison des Rogge. Elle est menue et agile. La police anti-émeutes l'aurait laissée passer. Peut-être portait-elle un paquet contenant l'engin qui a tiré la balle. Elle aurait grimpé sur le toit du vieux bateau ancré en face de la maison. Elle aurait appelé Abe...

— Hypothèse vraisemblable, dit le commissaire. Mais je vous reconduis chez vous. Nous verrons demain. Peut-être De Gier et Cardozo recueilleront-ils quelque début de piste au marché. Vous et moi, nous passerons la journée à réfléchir. D'ailleurs, rien ne vous empêche de les rejoindre au marché.

La voiture s'arrêta devant la maison de Grijpstra. Il descendit. En démarrant, le chauffeur jeta un coup d'œil dans le rétroviseur.

— Il ne rentre pas chez lui, monsieur, dit-il. Il a hésité un instant devant la porte et il s'est éloigné.

— Vraiment ? demanda le commissaire.

— Ma foi, il a raison, à mon avis, poursuivit l'agent. Avez-vous vu la tête de sa femme quand elle nous a regardés par la fenêtre, ce matin ? Bien mal marié, l'adjudant !

— Je l'ai vue, en effet, dit le commissaire.

CHAPITRE XIV

Quand De Gier tourna la clef dans la serrure, il entendit Oliver griffer la porte à l'intérieur ; le téléphone sonnait.

— Ça ne cesse jamais, dit-il à Esther en s'écartant pour qu'elle entre la première. (Il se pencha juste à temps pour saisir Oliver qui cherchait à s'échapper.) Il n'y a rien de bon dehors pour toi. Rien que des voitures qui filent à toute allure et une rue étouffante. Allons ! Et n'essaie pas de me griffer !

Le téléphone sonnait encore.

— On y va, on y va, on y va, répéta-t-il en courant.

Esther lui prit le chat des mains et le caressa en chuchotant à son oreille. Oliver ferma les yeux, se détendit et ronronna. Il rétracta ses griffes et posa le bout de la patte sur le nez d'Esther.

— Ça, c'est gentil, dit De Gier. Je ne l'ai jamais vu faire ça à quelqu'un d'autre qu'à moi. Ce sot animal vous aime.

— Faut-il être sot pour m'aimer ? demanda-t-elle.

Avant qu'il ait eu le temps de trouver une réponse, elle reprit :

— Qui vous a téléphoné ? Vous avez l'air de mauvaise humeur.

— Le commissaire.

— Il m'a pourtant donné l'impression d'être un homme fort agréable.

— Il ne l'est pas du tout. Il ne devrait pas me téléphoner ainsi. Plus que pointilleux, il est vétilleux. Est-ce que j'ai organisé ma journée de demain ? En ai-je parlé à Cardozo ? Ai-je fait ceci ? Ai-je fait cela ? Evidemment, j'ai fait tout ça. Je fais d'ailleurs tout ce qu'il me dit, toujours. Pourquoi ne tracasse-t-il pas Grijpstra ? Mais il l'a eu avec lui toute la journée, ils ont mangé ensemble alors que moi il m'a envoyé faire des courses ridicules.

— Quelles courses ?

— Peu importe, dit De Gier. Retirez votre manteau. Je vais préparer du thé. Si vous préférez, je peux ouvrir une boîte de soupe de crevettes. Elle attend depuis des siècles au frigo une occasion qui en vaille la peine. Nous pourrons y ajouter quelques gouttes de madère et la manger avec des rôties beurrées et une salade. Nous dînerons en admirant mes géraniums. Celui du milieu va bien. Je l'ai nourri d'un engrais liquide coûteux et il réagit à merveille. Vous voyez ?

— Votre balcon me plaît.

— Je préfère un balcon à un jardin. Une plus grande surface m'épuiserait. Je cultive aussi des choux. Jusqu'à présent, je me suis contenté d'en semer dans ce pot, là, dans le coin. Le petit garçon qui habite à l'étage supérieur m'a donné des graines et elles ont germé en quelques semaines, comme il l'avait dit. Elles fleurissent même maintenant. Au début, j'observais les bourgeons à la loupe, j'avais l'impression de les voir pousser.

— J'aurais cru que vous vous intéressiez davantage aux empreintes digitales qu'aux fleurs.

— Quelle erreur ! dit De Gier. Les empreintes digitales ne germent pas, ne poussent pas, n'évoluent pas. Elles sont là, laissées par un imbécile insouciant. Nous en trouvons d'ailleurs rarement. Quand ça nous arrive, ce sont celles d'un innocent.

Tout en papotant, ils avaient commencé à s'affairer dans la cuisine. Dès qu'elle sut où trouver ce qu'il fallait, Esther le renvoya dans la chambre. Il s'assit au bord de son lit et laissa la porte ouverte pour ne pas se sentir seul. En un rien de temps, elle eut préparé le repas et le posa sur un plateau à abattant, fixé au mur par des charnières et maintenu juste au-dessus du lit par deux chaînes.

— Très ingénieux, remarqua-t-elle. Votre appartement est petit mais il est si bien aménagé qu'on le croirait spacieux.

— Parce que je n'ai pas de meubles. Rien que le lit et la chaise. Je n'aime pas recevoir ici. Dès qu'il y a plus de deux personnes on ne peut plus remuer. Avec Grijpstra, ça va. Il ne bouge pas. Quant à vous... c'est merveilleux de vous avoir ici. (Elle se pencha pour lui baiser la joue. Le téléphone sonna.)

— Ça n'arrête jamais ! dit De Gier. Le téléphone et tout le reste ! J'en ai marre. Il devrait y avoir un moyen de lâcher tout ça. Flanquer le téléphone par la fenêtre serait un bon début.

— Répondez et revenez vers moi... et vers les rôties aussi, qui sont toutes chaudes.

— Cardozo ? demanda De Gier.

— Oui, c'est moi, répondit Cardozo. Votre fidèle assistant au rapport. Je suis sur le point de vérifier la camionnette, d'inventorier la marchandise, de me procurer le permis pour le marché et tout, et tout. Mais je crois bon de récapituler les détails du programme une fois de plus, avant de m'y mettre.

De Gier poussa un profond soupir.

— Cardozo ?

— Oui.

— Cardozo, je m'en remets à toi. J'entends que tu donnes des preuves de ta compétence. Fais ce qu'il y a à faire, Cardozo. Fais-en toujours plus qu'on ne t'en demande. Renseigne-toi sur les prix des textiles. Il faut que nous les vendions au juste prix, demain. Nous n'avons pas le droit de dilapider des biens qui appartiennent à l'Etat.

— Evidemment, dit Cardozo.

— Très bien. En outre, nous ne voulons pas éveiller les soupçons des autres camelots. Nous devons faire tout parfaitement. Réfléchis à ce genre d'affaire. Efforce-toi de devenir camelot. Mets-toi dans la peau du personnage que tu joueras demain. Fais-le pénétrer jusqu'au tréfonds de ton subconscient. Efforce-toi d'en rêver cette nuit.

— Et toi, qu'est-ce que tu vas faire? demanda Cardozo.

— Je resterai ici même, à mon appartement, et je penserai à toi. Ne va pas t'imaginer que tu es seul. Je suis avec toi, je suis derrière toi, je te suis pas à pas, Cardozo.

— Et tu me suis quand je porte les lourdes balles de tissu ?

— Oui.

— Quand je les hisse dans la camionnette ?

— Oui.

— Merci infiniment.

— Oui. Si tu te heurtais à la moindre difficulté et que tu ne t'en tires pas — il ne se produira rien de tel car tu es compétent et bien entraîné et que tu es un policier précieux pour tes chefs — ... alors saisis le téléphone le plus proche et forme mon numéro. Je te conseillerai.

— Sur la manière de transporter les lourdes balles de tissu jusqu'à la camionnette ?

— Oui. Prends une profonde aspiration avant de les soulever. Cesse de respirer tant que tu les as sur les bras. Sers-toi des muscles de ton abdomen autant que de tes bras. Ho ! hisse ! Ce sera plus facile si tu t'y prends comme il faut.

— Merci d'avoir une telle confiance en moi, dit Cardozo. Peut-être en parlerai-je au commissaire un jour où nous bavarderons de choses et d'autres.

— Oh non, tu ne feras pas ça, dit De Gier. J'ai lu un rapport sur tes qualités dans ton dossier. Tu as été choisi pour la brigade criminelle, parce que tu as toutes les qualités qui conviennent. L'esprit d'initiative, par exemple. Et aussi, un caractère secret et curieux. Tu es ambitieux. On peut être sûr que tu réussiras correctement dans tous les cas épineux. On peut se fier à toi. Savais-tu tout cela à ton sujet ?

— Non, dit Cardozo, et je ne crois pas à ce rapport. Ce serait l'œuvre du psychologue qui m'a interrogé. Une loque à longs cheveux et à face de rat. La première fois que je l'ai vu, je l'ai pris pour un suspect et je ne l'ai pas quitté des yeux.

— La psychologie est une science nouvelle, faite pour les chevelus à face de rat. Tous les psychologues ont cette allure. Il le faut, les autres ne conviendraient pas. Et puis, Cardozo, cesse de discuter. Tu n'as donc pas encore appris que ça ne sert à rien ?

— Si, sergent, dit Cardozo. Excuse-moi, sergent. Je me suis laissé aller pendant un instant, sergent. Ça ne se reproduira pas, sergent. Veux-tu que je te rende compte quand j'aurai terminé mes préparatifs, sergent ?

— Non, dit De Gier. Pas la peine. Nous nous reverrons demain matin au garage de la police à 8 h 30 précises. Bonne chance.

De Gier raccrocha et retourna s'asseoir au bord du lit.

— Excellent jeune homme. Intelligent aussi, dit-il à Esther.

— Et toi, tu n'es pas intelligent ?

— Non, dit De Gier.

— Es-tu bon détective ?

— Non.

— Est-ce que tu t'efforces de le devenir ?

— Oui.

— Pourquoi ?

Il éclata de rire, se pencha vers elle et l'embrassa.

— Arrête, dit-elle. Je tiens à savoir. Pourquoi t'efforces-tu de devenir un bon détective ?

Il lui couvrit le visage de baisers en lui disant du bien de sa chevelure, de la manière dont le kimono lui allait. Il la félicita de s'être changée pendant qu'il téléphonait. Il s'extasia sur la sveltesse de son corps.

— C'est bon, dit-elle. Tu es un charmeur. Mais pourquoi cherches-tu à devenir bon détective ?

— Pour faire plaisir au commissaire. (Il s'efforça de faire passer cette réponse pour une plaisanterie.)

— Ça ne m'étonne pas, dit Esther gravement. Il m'est arrivé autrefois d'avoir un professeur à qui je voulais plaire. C'était un tout petit bonhomme qui me paraissait très vieux et je l'aimais précisément parce qu'il était très laid et qu'il avait la tête absolument chauve. Il avait l'esprit très vif mais aussi très profond et j'étais convaincue qu'il savait des choses que j'aurais dû savoir moi aussi. C'était un homme étrangement heureux. Pourtant, je savais qu'il avait perdu pendant la guerre tous ceux qu'il chérissait. Il vivait seul dans un logement mal tenu et très déprimant. Je réussissais bien dans sa classe quoique la matière qu'il enseignait ne m'eût guère intéressée au début. Il nous faisait des cours sur la France du Moyen Age, et cette époque semblait ressusciter lorsqu'il nous en parlait.

— Le crime m'intéresse, dit De Gier. Je m'y intéressais avant de travailler sous les ordres du commissaire.

— Pourquoi ?

Il se laissa aller en arrière sur le lit et attira Esther contre lui. Elle ne résista pas à son invite affectueuse.

— Pourquoi aimes-tu le crime ?

— Je n'ai pas dit que *j'aime* le crime. Il m'intéresse. Parfois c'est une erreur unique ; plus souvent une série d'erreurs. J'essaie de comprendre pourquoi les criminels commettent ces erreurs.

— Pourquoi ? Pour les arrêter ?

— Non, je ne suis pas un chasseur, dit-il. Je chasse, parce que ça fait partie de mon travail mais ce n'est pas ça qui m'amuse.

— Alors, qu'es-tu ?

Il se redressa, s'assit, chercha son paquet de cigarettes. Elle le trouva avant lui, le lui donna et tendit son briquet. A ce moment-là, son kimono s'ouvrit. Elle le rajusta.

— Faut-il tant parler? demanda-t-il. Nous avons beaucoup mieux à faire.

Elle émit un léger rire d'excitation.

— Oh si, bavardons un petit moment. Je me tairai ensuite.

— Eh bien, je ne sais pas ce que je suis. Mais crois bien que je m'efforce de le découvrir. Les criminels aussi cherchent à savoir ce qu'ils sont. Voilà un jeu auquel nous jouons, eux comme moi.

Il avait élevé le ton. Oliver s'éveilla et miaula.

— Oliver! dit Esther.

Le chat se tourna vers elle. Il émit une succession de feulements rauques qui montaient du fond de sa gorge. Il s'étira et posa une patte sur la cuisse de la jeune femme.

— Va-t'en attraper un oiseau!

De Gier le ramassa, le porta sur le balcon et referma la porte derrière lui.

— Ne sois pas jaloux, dit Esther.

— Je *suis* jaloux, affirma De Gier.

— Tu ne sais donc absolument pas ce que tu es?

— Si. (De nouveau il s'allongea à demi sur le lit et cette fois encore l'attira vers lui.) J'en ai une vague idée. C'est plutôt une impression, mais il faut qu'elle se précise.

— Et c'est pour cela que tu es devenu policier?

— Non. J'ai embrassé cette carrière par suite d'un concours de circonstances. En terminant mes études je n'avais aucun projet précis. Mais un de mes oncles fait partie de la police. Il conseilla à mon père de m'orienter dans cette direction. J'eus à peine le temps d'y réfléchir que j'avais déjà signé un formulaire et que je répondais à des questions. A tout ce qu'on me demandait je répondais : oui. Alors, tout aussi rapidement, je me suis retrouvé en uniforme avec un galon à mon bras, en train de suivre des cours huit heures par jour.

— Mon frère aussi aspirait à comprendre ce qu'il

était, dit Esther. N'est-ce pas dangereux ? Tu vas peut-être te faire tuer, toi aussi.

— Je ne crois pas que cela m'importe beaucoup, dit De Gier en tirant sur le revers du kimono.

A peine endormi, De Gier se réveilla parce qu'Oliver cognait de tout son corps contre la porte vitrée du balcon. Il se leva et découpa un morceau de viande en petits cubes pour la donner au chat. Il se recoucha en évitant de réveiller Esther qui respirait doucement couchée sur le côté. Cette respiration lente et paisible l'excita. Loin de céder à la tentation, il se retourna et considéra les géraniums sur son balcon en s'efforçant de concentrer son attention sur l'arme du crime : la balle élastique garnie de pointes, qui avait arraché la vie au frère d'Esther. Il savait qu'on réfléchit mieux lorsque le corps presque endormi laisse l'esprit fonctionner pour son propre compte. C'est dans ce même état qu'il était arrivé le matin même à conclure que la balle devait être tenue par une ficelle, probablement élastique. Il s'était rappelé avoir vu des gamins jouer à la balle en France. Il les avait observés du vestibule de son hôtel, quelques années plus tôt, pendant des vacances qu'il avait prises avec une secrétaire de la police. Il s'était aperçu qu'elle était exaltée, autoritaire et possessive, ce qui avait transformé le plaisir espéré du voyage en une série de querelles, de ruptures et de réconciliations éphémères. Un jour où il l'avait quittée, exaspéré, il avait aperçu les gamins. Ils frappaient avec des palettes sur une balle attachée à un socle lourd par un cordon élastique. Ils ne pouvaient la perdre car elle revenait sans cesse à eux. Et voilà que des années plus tard, le matin même, alors qu'il n'avait aucune raison de revoir ces vacances gâchées, mais qu'il pensait à l'arme du meurtre, le souvenir des enfants jouant au Jokari était apparu sur l'écran de sa mémoire.

La balle avait été lancée ou tirée sur Abe et n'était pas restée dans la chambre. De Gier était certain que le tueur n'était pas entré dans cette pièce. S'il y était allé, il y aurait eu combat. Esther et Louis se trouvaient à la maison à ce moment-là. Ils auraient entendu la bagarre. Il y aurait eu des cris, les meubles auraient été déplacés, les adversaires se seraient débattus et seraient peut-être tombés. Ensuite, il aurait fallu que l'assassin quitte la maison. Il aurait couru le risque d'être aperçu par Esther ou par Louis. De Gier était convaincu qu'il ne s'agissait pas d'un meurtre mais d'un assassinat prémédité. L'usage même de la machine infernale indiquait la préméditation. De Gier avait vu une exposition d'armes de ce genre au musée de la police : stylos qui crachent du poison, bagues à pointes empoisonnées qu'un ressort fait jaillir du chaton, poids qui tombe sur celui qui franchit le seuil d'une porte. Mais il n'avait pas vu de balles munies de pointes disparaissant d'elles-mêmes après avoir accompli leur méfait. Pourtant, il était certain que la clé de l'énigme se trouvait en lui ; il avait déjà vu un mécanisme capable de projeter la balle meurtrière. Mais où l'avait-il vu ?

Ce devait être un engin d'aspect parfaitement inoffensif, de manière à ne pas éveiller les soupçons des policiers barrant l'entrée du quai de l'Arbre-Droit. Il fallait aussi que son fonctionnement ne fît aucun bruit. Une détonation aurait alerté les agents qui avaient ce jour-là l'esprit en éveil et tendaient l'oreille. Le tueur avait donc porté cela le long du quai en souriant aux agents. Les yeux de De Gier se fermaient. Il lutta contre le sommeil. La réponse était toute proche, il n'avait qu'à tendre la main pour la saisir…

Il s'endormit pourtant et se réveilla deux heures plus tard. Esther n'était plus sur le lit. Il l'entendit remuer dans la cuisine. Un bruit lui indiqua qu'elle touillait quelque chose dans une casserole. Une odeur lui parvint : une bonne odeur qui émut son estomac. Un ragoût. Sans doute avait-elle trouvé la viande et les légumes frais. Il se leva et passa la tête dans l'entrebâillement de la porte. Elle avait aussi mis du riz à cuire.

Ils dînèrent et écoutèrent des disques. De Gier était heureux, il éprouvait un bonheur complet et invraisemblable, car il se sentait en même temps coupable. Il ouvrit une boîte de sardines à l'intention d'Oliver.

CHAPITRE XV

L'Albert Cuyp est une longue rue étroite qui se taille un passage à travers l'un des quartiers les plus laids d'Amsterdam. Les maisons ne sont que de minces entassements de briques, serrés les uns contre les autres, tous semblables, en rangées qui n'en finissent pas. Les arbres y crèveraient. On n'y circule qu'au ralenti. Le marché en plein air est le cœur d'une zone de pierre et de goudron. Ses éclaboussures de couleurs et de bruits apportent un rien de vie dans cet enfer d'ennui où des fourmis humaines passent soixante à soixante-dix années à se lever, à se recoucher et, entre-temps, à s'affairer dans des ateliers ou des bureaux avec en prime un peu de télévision et des beuveries au bistrot du coin. De Gier et Cardozo connaissaient bien ce secteur de la ville, car l'ambiance y engendre délits et crimes, pour la plupart sinistres et peu spectaculaires : des querelles de familles, du trafic de drogue à une échelle minable, des cambriolages, des larcins, tous méfaits commis en général par des bandes de jeunes brutes qui molestent les passants âgés, volent voitures, motocyclettes, vélomoteurs et persécutent les homosexuels solitaires. Ce quartier est condamné par la municipalité. Elle fera sauter les bâtiments à la dynamite pour construire des immeubles de rapport entourés de verdure. Mais la ville travaille lentement et le marché en plein vent fonctionnera encore pendant bien des années, comme un gigantesque grand magasin. On y trouve des vivres à bon compte et à peu près tout ce qui est nécessaire à un ménage. Le marché Albert Gruyp sert de débouché à l'industrie nationale pour les marchandises invendables ailleurs et aussi aux commerçants aventureux qui importent directement, achètent aux contrebandiers et, plus rarement, vendent des marchandises volées.

Cardozo était parvenu à faire monter sa camionnette sur le trottoir et il déchargeait des rouleaux de tissu imprimé aux couleurs vives. De Gier les alignait sur les planches de l'éventaire qui lui avait été assigné pour la journée par le directeur du marché. Quand De Gier était allé montrer sa licence dans son bureau, l'homme avait cligné de l'œil et dit : « Bonne chance. Vous cherchez l'assassin de Rogge, sans doute. Tâchez de l'épingler. Abe Rogge était très populaire ici et il manque à tout le monde. »

— Ne dites rien à notre sujet à qui que ce soit, recommanda De Gier.

Le directeur du marché secoua énergiquement la tête.

— Je me garderai bien d'entraver l'action de la police. J'en ai besoin ici. Vous devriez patrouiller plus régulièrement dans les parages. Deux agents en uniforme ne peuvent surveiller quinze cents mètres de marché.

— Il y a aussi des inspecteurs en civil.

— Je le sais, mais ils ne sont pas assez nombreux. Nous avons toujours quelque désordre ici, surtout quand il fait très chaud. Ce sont les agents en uniforme qui devraient être plus nombreux. La vue des casquettes à visière brillante et des boutons dorés calme souvent les agités. Je ne sais combien de fois j'ai écrit à votre chef. Il répond toujours. Mais sa réponse reste la même : manque de personnel.

— Plaignez-vous, continuez à vous plaindre.

— Vous parlez sérieusement ?

— Continuez à vous plaindre. C'est toujours utile. On finira par vous envoyer plus d'agents.

— Mais ils viendront d'un autre quartier de la ville où ils feront défaut.

— Quelqu'un d'autre se plaindra à votre place.

— En effet, dit le directeur du marché en éclatant de rire. Je ne pense qu'à mes ennuis personnels. Et vous ? Espérez-vous mettre la main sur le criminel ?

— Certainement, répondit De Gier.

En réalité il n'en était pas sûr du tout. Lorsqu'il arriva à l'éventaire, Cardozo se plaignit. Les rouleaux de tissu étaient trop lourds.

— Je vais te chercher du café, dit De Gier.

— Aide-moi plutôt à décharger.

— Avec du sucre et du lait ?

— Oui, mais d'abord aide-moi.

— Non, dit De Gier en s'éloignant.

Il ne tarda pas à rencontrer une fille qui portait des verres et des tasses vides sur un plateau. Elle prit sa commande. Il lui demanda d'apporter aussi des hot dogs.

— Vous êtes nouveau ici, il me semble ? demanda-t-elle. (Elle était jolie.)

Il lui sourit.

— Oui. C'est mon premier jour. D'habitude je travaille sur d'autres marchés. C'est mon premier jour ici.

— L'Albert Cuyp est le meilleur du pays. Qu'est-ce que vous vendez ?

— Des tissus ravissants pour faire des robes et des rideaux.

— Vous me ferez des prix d'ami ? dit-elle en tendant sa main libre pour lui caresser la joue.

— Certainement.

Il sourit de nouveau. Elle fit demi-tour et s'éloigna en jouant de la croupe. Cardozo qui observait De Gier à distance constata qu'il n'avait pas l'air pressé de le rejoindre. Il se mit à brailler en gesticulant.

Ils finirent par installer leur éventaire. Pour bien

faire, ils arrangèrent les tissus en drapé sur les tréteaux et les planches de leur étalage.

— Ça ne va pas, bougonna Cardozo. Le type d'en face a deviné qui nous sommes. Il ne cesse pas de nous regarder. Qui est-ce ?

De Gier jeta un coup d'œil de l'autre côté de la rue et salua de la main.

— C'est Louis Zilver, dit-il. J'ai demandé une place proche de la sienne. Il était associé à Abe Rogge. Il vend des perles, de la laine, de la soie à broder et toute sorte de trucs comme ça.

— Mais il nous a reconnus. Il ébruitera notre présence.

— Non. Pourquoi le ferait-il ?

— Pourquoi ne le ferait-il pas ?

— Parce que c'était un ami de la victime.

— Peut-être est-ce lui le coupable.

De Gier sirota quelques gorgées de café. Embusqué derrière deux rouleaux de tissu, Cardozo le regardait d'un œil féroce.

— Qu'est-ce qui te met dans cet état-là ? demanda le sergent. Si Zilver est l'assassin, nous perdons notre temps ici et il faudra l'avoir par d'autres moyens. Mais s'il est innocent, il se taira. Il sait que nous le soupçonnons et il a donc tout intérêt à ce que nous trouvions le vrai coupable, ce qui le laverait de tout soupçon. En outre peut-être souhaite-t-il vraiment que nous mettions la main sur le véritable meurtrier. C'était un ami de Rogge n'est-ce pas ? Or, l'amitié ça existe.

Cardozo émit un rire méprisant.

— Tu ne crois pas à l'amitié ?

Cardozo ne répondit pas.

— Tu y crois, oui ou non ?

— Je suis juif, dit Cardozo, et les Juifs croient à l'amitié, parce que si elle n'existait pas, ils n'auraient pas survécu.

— Il ne s'agit pas de ce sentiment-là.

— Alors de quoi, s'agit-il ?

— De l'amitié ! dit De Gier. L'amour, tout simplement. Un homme en aime un autre. Il est heureux quand l'autre est heureux, il est triste si l'autre est triste. Il s'identifie à l'autre. Quand ils sont ensemble, ils sont bien davantage que deux individus ajoutés l'un à l'autre.

— Ne perds pas ton temps à me raconter ces sornettes, dit Cardozo. De toute façon, je ne te croirai pas. Je crois que deux hommes peuvent partager le même intérêt et penser qu'à deux ils réussiront mieux que seuls. Ça je le comprends. Mais de là à aller jusqu'à l'amour... Voilà déjà un certain temps que je suis dans la police. Quand nous pinçons un bonhomme, il n'hésite jamais à débiner ou dénoncer ses amis, au bout d'un moment.

— Aime ton prochain, dit De Gier.

— Tu es croyant maintenant ?

— Non.

— Alors pourquoi prêches-tu ?

De Gier toucha légèrement l'épaule de Cardozo.

— Je ne prêche pas, dit-il. « Aime ton prochain » ça tient debout, même si c'est un des commandements de la religion.

— Mais nous n'aimons pas notre prochain ! s'exclama Cardozo en remettant furieusement en place une balle de tissu qui s'était renversée. Nous envions notre prochain, nous cherchons à le déposséder et nous l'exaspérons. Nous nous moquons des autres quand nous ne risquons rien à le faire et nous tuons quand on n'obéit pas à nos exigences. Il suffit de lire l'Histoire. Je suis trop jeune pour me rappeler la dernière guerre mais j'ai vu des documentaires, j'ai entendu raconter des choses horribles, j'ai vu des gens marqués au fer rouge. Nous entretenons une armée pour nous assurer que nos voisins se tiennent tranquilles à la frontière, et nous avons une police pour assurer que nos concitoyens se conduisent bien en deçà des frontières. Essaie d'imaginer ce que serait ce marché sans patrouilles de flics.

— Cesse de flanquer des coups de pied à cette balle, dit De Gier. Tu gâches la marchandise.

— Sans la police, la société serait une jungle, sergent, un combat permanent où chacun se battrait pour soi. Je suis certain que Zilver, ce type qui est là en face, se soucie fort peu de ce qui arrivera à l'assassin de son copain et, s'il s'en soucie, c'est parce qu'il a un intérêt personnel à sa capture.

— Une idée de vengeance, par exemple ?

— Certes, le désir de vengeance est un sentiment égoïste. Mais, dans ce cas particulier, je pense que l'argent est la principale motivation. Il souhaite que nous arrêtions le coupable s'il peut en tirer profit.

— Tu as bu avec Grijpstra, dit De Gier qui s'était enfin décidé à aider Cardozo à mettre la balle en place.

— Non, toi. C'est toi qui as bu avec lui la nuit dernière.

De Gier parut vexé.

— La nuit derñière, mon cher ami, j'étais chez moi. Je ne suis resté que quelques minutes avec Grijpstra au bard de Nellie, où j'ai passé le plus clair de mon temps à téléphoner. Ensuite j'ai bien compris que je les gênais tous les deux et je suis parti.

— Nellie ? demanda Cardozo.

De Gier lui donna des précisions.

— Bigre ! s'exclama Cardozo. Aussi gros que ça ?

— Oui, encore plus gros. Et Grijpstra les voulait pour lui tout seul. Je me suis éclipsé pour aller interroger deux prostituées avec qui Bezuur prétendait se trouver au moment du crime. Après avoir vérifié cet alibi, je suis rentré chez moi ?

— Bezuur ? demanda Cardozo. Qui est-ce ? Je suis censé participer à votre enquête mais ni l'adjudant ni toi ne me racontez rien. Qui est Bezuur ?

Cardozo posa ensuite plusieurs questions, auxquelles répondit De Gier.

— Je vois, dit enfin Cardozo. Et les deux call-girls ? Avaient-elles vraiment passé la nuit avec lui ?

— C'est ce qu'elles ont dit.

— Et tu les as crues ?

— Grijpstra avait repéré six bouteilles de champagne vides traînant dans le salon de Bezuur. Il y avait aussi des brûlures de cigarettes sur les meubles et des taches sur les murs. Une orgie. Qui se rappelle ce qui s'est passé pendant une orgie ? Ces filles ont peut-être dormi la moitié de la nuit sur le tapis, ivres mortes.

— Elles t'ont donné l'impression de s'être soûlées à ce point-là ?

— Non. Elle avaient l'air en forme. L'une des deux était même assez jolie. Mais elles avaient eu le temps de se reposer, de se refaire une beauté, car je leur avais annoncé par téléphone que j'arrivais. Ne connaissant pas leur adresse je ne pouvais pas les surprendre.

— Tu aurais pu te renseigner auprès de la compagnie du téléphone ?

— J'aurais pu, mais ça m'aurait pris du temps. C'était dimanche, ne l'oublie pas. Et puis j'ai peut-être été trop paresseux pour ruser ainsi.

— Et qu'est-ce que tu as fait après avoir vu ces deux prostituées ?

— Je suis allé chez moi, j'ai soigné mes fleurs sur le balcon, j'ai soupé tard avec mon chat et je me suis couché.

Cardozo sourit.

— Tu as de la chance, sergent.

— Ne m'appelle pas sergent ici. Pourquoi ai-je de la chance ?

Cardozo haussa les épaules.

— Je ne sais pas. Tu es plus vieux que moi mais, par moments tu as l'air d'un enfant. Tu t'amuses... toi et ton animal stupide.

— Mon chat n'est pas stupide, et il m'aime.

— Ça te reprend, dit Cardozo en se mettant à tirer sur une autre balle de tissu. L'amour. J'ai vu un poster dans une librairie la semaine dernière. Il représentait l'*amour*. Des filles à moitié nues, aux cheveux bouclés, chantaient en chœur assises sous un bel arbre ; des oiseaux voletaient autour d'elles et des anges les admiraient. C'est insensé ! Quand je portais encore l'uniforme, il y avait un temple de l'amour à deux pâtés de maisons du poste. Chaque nuit nous recevions des plaintes. On volait les sacs à main des filles, les portefeuilles des gars, on trafiquait du haschisch qui, une fois payé, se révélait être de la poudre de perlimpinpin. On y jouait aussi du couteau. Les caves qui fréquentaient cette boîte attrapaient la gale, toutes sortes de démangeaisons et la chtouille. J'ai participé à des douzaines de descentes dans ce claque ; c'était toujours la même chose : une salle enfumée, des gens stupides. Quelques uns se le tenaient pour dit et n'y remettaient plus les pieds. Mais il en venait toujours d'autres, qui n'avaient pas encore compris et faisaient des pieds et des mains pour y rentrer.

— Quand je parle d'amour ce n'est pas de celui qu'on trouve dans les bordels, dit De Gier. Chez Nellie, c'est la même chose, sauf pour Grijpstra et peut-être pour toi si tu lui plais. Mais, en tout cas, l'amour existe.

Il tapota ses poches.

— Cigarettes ? offrit Cardozo.

Il tendit sa blague à tabac et du papier à cigarettes.

— Merci, dit De Gier. Tu vois, tu me donnes quelque chose que je n'ai même pas demandé. Donc tu tiens à mon bien-être.

— Par conséquent je t'aime, dit Cardozo.

De Gier eut l'air gêné et Cardozo ricana.

— Je t'ai offert une cigarette parce qu'il peut arriver, qu'un jour, j'en manque et j'espère que tu m'en donneras une, dit-il. C'est un placement.

— Et si j'étais à l'agonie ? demanda De Gier. Supposons que nous soyons prisonniers, condamnés à être fusillés cinq minutes plus tard. Si je te demandais une cigarette, me la donnerais-tu ? Tu saurais pourtant que je ne pourrais jamais te la rendre ?

Cardozo réfléchit.

— Alors ?

— Oui, je te donnerais une cigarette, mais je suis sûr que j'aurais un motif égoïste, bien que je ne l'entrevoie pas pour le moment.

— Combien ? demanda une vieille femme qui s'était approchée de l'éventaire et tripotait une pièce de tissu.

— 12 florins le mètre, ma chérie, dit Cardozo, et 10 p. 100 de rabais si vous en prenez cinq mètres. Voilà un tissu ravissant pour faire des rideaux. Il égaiera votre intérieur. Garanti bon teint. Il ne fanera jamais.

— C'est cher, dit la vieille dame.

— Très bon marché, au contraire. Un tissu en deux mètres de large ! Dans n'importe quel magasin on vous le vendrait trois fois plus cher et il serait moins solide. Celui-ci vient de Suède et les dessinateurs suédois sur tissu sont les meilleurs du monde. Voyez ces fleurs ! des fuchsias. Quand vous serez chez vous et que vous tirerez les rideaux, la lumière filtrera à travers et vous verrez ces belles fleurs rouges. Avouez qu'elles sont jolies. Regardez, chaque pétale se détache admirablement.

— C'est vrai, dit la vieille dame, l'air rêveur.

— Prenez-en cinq mètres à 10 florins le mètre.

— Je n'ai pas cinquante florins sur moi.

— Combien avez-vous ?

— Trente, et je n'ai besoin que de trois mètres.

— Pour vous, je ferais n'importe quoi, ma chérie. Passe-moi les ciseaux, camarade.

Mais il ne commença à couper que lorsque la cliente eut compté ses trente florins.

— Tu m'avais dit que nous devions vendre ce tissu 8 florins le mètre, me semble-t-il, dit De Gier quand elle fut partie.

— Il faut toujours demander cher pour pouvoir baisser le prix. De toute façon, elle a fait une bonne affaire.

— Je ne voudrais pas de ce tissu chez moi même si tu me payais.

— Assez d'histoires ! dit Cardozo. Elle a choisi son

tissu elle-même, non ? C'est une excellente marchandise, confisquée à un contrebandier de première classe qui essayait de lui faire passer la douane sans payer de droits.

D'autres chalands s'arrêtèrent devant leur étalage. Quelques-uns achetèrent. Cardozo braillait et s'agitait. De Gier maniait les ciseaux. Au bout d'un moment, il se mit à vendre, lui aussi, en plaisantant et en flirtant avec les clientes.

— Nous devrions peut-être nous reconvertir, dit-il pendant une accalmie. (Juché sur une pyramide de caisses, un jongleur attirait l'attention de tout le monde, ce qui leur donnait le temps de respirer.)

— Si nous faisions ce commerce pour notre compte, le peu de temps que nous avons passé ici nous aurait rapporté davantage que le traitement d'une semaine, dit Cardozo. Mais nous avons la marchandise qui convient. Il faut du temps et de l'argent pour se la procurer.

— Nous pourrions sûrement la trouver.

— Pourquoi pas, en effet. Nous deviendrions riches. Tous ces forains gagnent beaucoup d'argent. Abe Rogge était riche. Du moins c'est que tu m'as dit. Toi aussi, tu voudrais t'enrichir, De Gier ?

— Peut-être.

— Il faudrait que tu quittes la police.

— Je le ferais volontiers.

— Bon, dit Cardozo en s'efforçant de lisser une pièce de dentelle faite à la machine. Je m'associe à toi si tu t'installes comme camelot. Mais je crois que tu ne t'y résoudras jamais. Tu étais né pour devenir flic et moi aussi. C'est peut-être ce qu'on appelle une vocation.

Le jongleur vint toucher le prix de ses services. Il avait attiré la foule dans ce coin du marché. Cardozo lui donna un peu de monnaie. De Gier eut la délicatesse d'y ajouter quelques mots de remerciement.

Le vieux bonhomme, à la tête entièrement chauve, aussi hâlée que le visage, sourit en exhibant un assemblage désastreux de dents brisées.

— Inutile de remercier, mon pote, dit-il. Je vais aller opérer à une centaine de mètres et vous aurez moins de badauds par ici. Vous n'y perdrez peut-être rien, parce que je les mets de bonne humeur et que ça les rend plus dépensiers. En tout cas, pressez-vous. Il va pleuvoir dans une minute et tout le monde se dispersera comme des putes à l'arrivée d'un car de police.

Il s'en alla en trottinant.

— Tu as entendu ça ? demanda De Gier. Il a parlé d'un car de police. Crois-tu qu'il sait qui nous sommes ?

— Peut-être.

— Peut-être pas, dit De Gier en regardant le ciel.

Il faisait de plus en plus chaud et la sueur coulant sous sa chemise, le picotait. Nuages bas, couleur de plomb. Les petits marchands étalaient des feuilles de matière plastique transparente sur leur marchandise ou la remettaient dans les emballages.

Les nuages éclatèrent tout à coup et une averse froide noya le marché, saisissant femmes et petits enfants au milieu de la rue et les obligeant à s'enfuir vers tous les abris possibles. La pluie tombait à pleins seaux, aveuglant De Gier, éclaboussant ses souliers et le bas de son pantalon. L'eau qui dévalait de la tente couvrant leur étalage lui tombait dans le cou. Cardozo braillait en désignant l'éventaire voisin mais De Gier ne comprit pas ce qu'il disait. Il vit vaguement un vieux camelot et sa femme qui se démenaient mais il ne saisit pas ce qu'on attendait de lui. Enfin Cardozo le tira par la manche et lui tendit un carton plein de légumes en désignant une fourgonnette arrêtée au bord du trottoir. Le crainquebille avait rangé ses cartons de légumes sous son étalage mais l'eau coulait à torrents dans le ruisseau et risquait de les emporter. Les deux détectives l'aidèrent à remplir son véhicule. Trempé jusqu'aux os, De Gier sacrait comme un charretier. Il lui semblait que pommes de terre, concombres, citrons, bananes et choux se multipliaient miraculeusement.

— Merci les gars, ne cessaient de répéter le bonhomme et son épouse.

De Gier répondait par des grognements et Cardozo arborait un sourire joyeux de singe savant.

— Quel bonheur de te voir travailler, pour une fois, brailla-t-il si fort à l'oreille de son compagnon qu'il l'assourdit.

— Ne crie pas comme ça ! hurla De Gier à son tour

Cardozo ricana, en proie à une joie démoniaque

Dès qu'ils eurent rempli la fourgonnette, la pluie cessa, le soleil reparut et brilla sur un décor calamiteux de cartons, de caisses, de marchandises gâchées, répandues sur la chaussée et le trottoir. Et chacun de s'ébrouer comme un chien en grognant et en jurant.

— Merde alors ! dit De Gier en s'épongeant maladroitement les cheveux et le visage avec son mouchoir. Pourquoi fallait-il que nous aidions ces deux imbéciles ? Ils auraient pu voir comme nous que la pluie allait tomber.

— L'amitié ! dit Cardozo en se frottant les mains. Il accueillit joyeusement la jeune marchande qui arrivait vers eux avec son plateau chargé de verres de café chaud, de sandwiches et de saucisses lourdement tartinées de moutarde. *Aime ton prochain.* Je n'ai pas oublié. Ces vieux zigues ne pourront jamais nous rendre le même service, n'est-ce pas ?

De Gier sourit malgré les gouttes d'eau qui lui coulaient dans le dos jusqu'aux fesses, seule partie encore sèche de son corps.

— Oui, dit-il en hochant la tête. Merci.

— Merci pourquoi ? demanda Cardozo, pris d'une soudaine méfiance.

— Pour la leçon que tu m'as donnée. J'aime m'instruire.

Cardozo scruta le visage de son compagnon, dont le sourire lui parut sincère. Il but son verre de café, et fit passer son tabac et son papier au sergent, qui roula immédiatement deux cigarettes, en glissa une entre les lèvres de Cardozo, et craqua une allumette.

— Non, dit Cardozo. Je n'ai pas confiance en toi, sergent.

— Qu'est-ce qui te prend? De quoi parles-tu? demanda De Giers en souriant.

— Ah! mes gaillards! s'écria Grijpstra, vous voilà en train de fainéanter, comme je l'avais prévu. Vous êtes censés jouer les camelots sur ce marché. Ce n'est pas en sirotant du café et en échangeant les nouvelles de la journée au fond de votre étalage que vous vendrez votre marchandise. Vous n'arriverez jamais à rien.

— Cardozo! s'écria De Gier. Va chercher un bon verre de café et une paire de saucisses pour l'adjudant.

— Ne m'appelle pas adjudant ici, De Gier, et je veux trois saucisses.

— Ça fera 5 florins, dit Cardozo.

— Ça ne fera rien du tout. Prélève sur la caisse. Vous devez avoir récolté un peu d'argent ce matin pendant que je faisais la chasse aux Turcs.

— Des Turcs? demandèrent De Gier et Cardozo à l'unisson.

— Oui. Deux Turcs, abattus tous les deux; je les ai conduits à l'hôpital. J'espère qu'ils ne claqueront pas. L'un des deux a reçu une balle dans le poumon gauche.

— File, Cardozo! dit De Gier. Et toi, raconte-moi cette histoire de Turcs.

L'adjudant s'assit sur un rouleau de tissu et alluma un petit cigare.

— Oui. Des Turcs. Ces pauvres idiots ont envahi une banque, armés de pistolets en plastique. De fort beaux jouets, ressemblant trop aux vrais. Un Lüger et un gros Browning, comme dans l'armée. Il y avait un système d'alerte dans cette banque. Une gamine de seize ans a appuyé sur le bouton tout en souriant aux voleurs. Le directeur était en train de faire dans sa culotte. Je me trouvais à un poste tout près de là et je suis arrivé sur place à pied en même temps que le car. Ces idiots nous ont menacés avec leurs jouets. L'un a reçu une balle dans la jambe et l'autre dans la poitrine. Affaire réglée en deux minutes.

— C'est toi qui as tiré ?

— Non. J'ai dégainé mais je n'ai même pas eu le temps de charger mon arme. Les agents ont tiré en arrivant.

— Ils n'auraient pas dû faire ça.

— C'est vrai, mais n'oublie pas qu'ils ont perdu un de leurs camarades il y a quelques mois. Il avait arrêté une voiture volée et a reçu une balle dans la tête avant d'ouvrir la bouche. Ceux de ce matin étaient ses copains. Ils avaient retenu la leçon. D'ailleurs les jouets des Turcs avaient l'air trop vrais.

— Je croyais qu'on n'avait plus le droit d'en vendre chez nous.

— Ceux-là ont dû être achetés en Angleterre, dit Grijpstra en haussant les épaules. Un heureux petit boutiquier de Londres a gagné quelques shillings et maintenant nous avons deux Turcs en train de perdre leur sang à l'hôpital.

Cardozo reparut et tendit un plat de saucisses. Grijpstra saisit aussitôt la plus grosse et la fourra tout entière dans sa bouche.

— Vrgrmpf, hoqueta-t-il.

— Elles sont chaudes, dit Cardozo. Je t'aurais prévenu si tu m'en avais laissé le temps.

— Rachf, dit Grijpstra.

— Crois-tu qu'il soit venu pour nous aider ?

— Demande-le-lui quand il aura fini de se brûler la bouche.

Grijpstra hochait la tête.

— Eh bien, oui, Cardozo, il est venu nous aider.

— Vous vendez cette marchandise ou vous vous contentez de l'exposer ? demanda une vieille femme au visage maigre et comme taillé à coups de serpe.

— Nous la vendons, ma bien-aimée, dit De Gier en s'approchant.

— D'abord, je ne suis pas votre bien-aimée. Ensuite, je n'aime pas beaucoup cette dentelle. Vous n'avez rien de mieux ?

— Une dentelle superbe, faite à la main en Belgique, madame. Confectionnée à la main, à la campagne, par des femmes qui n'ont rien fait d'autre depuis l'âge de quatre ans. Regardez les détails, voyez, ici.

De Gier déroula la marchandise en la tenant à hauteur de visage de la cliente.

— Ridicule ! dit-elle. Faite à la machine et rudement mal faite avec une mauvaise machine. Combien coûte-t-elle quand même ?

De Gier allait dire un prix, mais un coup de vent souleva la toile de tente qui couvrait leur étalage et la retourna complètement. Plusieurs seaux d'eau glacée s'abattirent sur la vieille dame et ruisselèrent de son chapeau garni de dentelle verte jusqu'à ses souliers aux semelles épaisses.

Grijpstra, De Gier et Cardozo se figèrent sur place. Ils n'en croyaient pas leurs yeux. La chipie agressive à langue de vipère s'était métamorphosée en un paquet de viande trempée qui les regardait d'un air ahuri. La vieille femme s'était outrageusement fardée avant d'aller au marché, et du mascara mélangé de fond de teint se mit à dégouliner sur ses joues en ruisselets rougeâtres bordés de noir qui coulèrent lentement vers ses lèvres minces.

Il y eut un silence gêné.

Le voisin, l'homme aux légumes, regardait lui aussi la victime de cette catastrophe.

— Riez, madame, s'écria-t-il. Pour l'amour du ciel, riez ou nous allons pleurer.

La vieille dame se tourna vers lui et le regarda d'un air furibond.

— Vous...

— Ne dites pas des choses pareilles, madame ! s'écria Grijpstra en bondissant vers elle. (Il la prit par l'épaule et la poussa devant lui. Rentrez vite et changez-vous.

Nous sommes désolés. Mais c'est la faute du vent. On ne peut rien reprocher au vent. Allons, madame, allons, retournez chez vous.)

Elle se débattit mais il continua à la pousser devant lui en lui tapotant de temps en temps l'épaule et en poursuivant son monologue :

— Allons, ma chère, allons ! retournez chez vous et prenez un bon bain chaud. Vous vous sentirez mieux. Vous boirez une grande tasse de thé chaud avec un petit biscuit. Vous verrez comme vous serez ragaillardie. Où habitez-vous, ma chère ?

La vieille dame désigna une rue latérale.

— Je vous conduis.

Elle sourit. Elle s'appuyait contre ce gaillard vigoureux qui s'inquiétait de son sort : le premier homme qui l'eût tenue de si près depuis bien des années ; depuis la mort de son fils, elle vivait seule dans cette ville où personne ne se rappelait son prénom, sans autres ressources que ses économies et sa pension de vieille indigente... en se demandant quand les assistantes sociales finiraient par l'envoyer dans une maison de retraite.

— Vous voilà arrivée, dit Grijpstra devant la porte. N'oubliez pas de prendre un bain chaud maintenant, ma chère.

— Merci, dit-elle. Vous ne voudriez pas monter ? Il me reste du très bon thé dans une boîte que je n'ai pas encore ouverte. Je l'ai depuis des années mais il ne sera pas éventé.

— Un autre jour, ma chère, dit Grijpstra. Il faut que j'aille aider mes camarades. Le soleil est revenu et nous aurons beaucoup à faire sur le marché cet après-midi. Merci quand même.

Quand il arriva à l'étalage, De Gier lui dit :

— Tu nous as sauvés. Cette vieille vache nous aurait tués. Son parapluie me paraissait redoutable.

— Hélas ! elle n'a pas acheté la dentelle, dit Cardozo.

Ils eurent de quoi s'occuper tout l'après-midi et

vendirent la plus grosse partie du tissu qu'ils avaient apporté. De Gier et Grijpstra firent le tour du marché, laissant leur jeune collègue servir les clients. Quand Cardozo, débordé, les appela à l'aide, Grijpstra avait eu le temps de voir Louis Zilver ; De Gier, de son côté, avait fait parler le marchand de légumes. Tout le monde sur le marché discutait d'Abe Rogge et de sa mort. Les policiers écoutèrent mais ne recueillirent aucun renseignement nouveau. Le sentiment dominant était la surprise. Rogge plaisait aux marchands de l'Albert Guyp. Ils racontaient ses exploits en les embellissant, preuve de leur admiration. Nos détectives s'efforcèrent de déceler des indices de jalousie dans ces conversations, mais en vain. Les succès de Rogge, tant auprès des clients qu'auprès des femmes, amusaient. Ils firent allusion à sa bonne éducation et à ses connaissances étendues. Ils évoquèrent les tournées qu'il avait payées dans les bistrots du voisinage et les réceptions qu'il avait données chez lui. Ils avaient perdu un ami : Abe Rogge leur avait prêté de l'argent dans les moments difficiles, avait attiré des clients vers ce coin du marché, avait écouté leurs doléances, les avait réconfortés par ses anecdotes cocasses et ses extravagances.

— Nous devrions lui rendre hommage ce soir, dit le marchand de légumes. Nous pourrions prendre quelques verres ensemble en son honneur. C'est le moins que nous puissions faire.

— Nous ferions peut-être mieux d'attendre l'enterrement, suggéra son épouse.

— La police le gardera pendant un bon moment, intervint Louis Zilver. J'ai téléphoné à la morgue ce matin. On ne lèvera pas le corps avant quelques jours.

— Alors ce sera pour ce soir, dit le marchand de légumes. J'habite tout près. Vous pouvez venir vers 9 heures du soir… si madame y consent. Alors, qu'en dit mon épouse ?

La grosse petite femme acquiesça.

— Nous apporterons une bouteille, dit Grijpstra.

— Très bien. Ce sera aussi en votre honneur, dit le marchand de légumes. Vous nous avez rendu service ce matin. Vous êtes un bon confrère et j'espère que vous reviendrez sur ce marché. Je vais inviter les autres amis de Rogge. Ce sera une fameuse fête ; nous serons quarante ou cinquante.

Sa femme poussa un long soupir. Il se pencha pour lui baiser la joue.

— Je t'aiderai à nettoyer quand nos invités seront partis, ma chérie. Nous resterons chez nous demain. Nous avons liquidé toute notre marchandise et rien ne nous oblige à travailler tous les jours.

— D'accord, répondit-elle en lui tapotant affectueusement la poitrine.

CHAPITRE XVI

Il ne restait plus guère de clients dans les rues vers 16 heures et les marchands satisfaits des recettes de la journée, entreprirent de remballer leur camelote. La pluie n'avait pas duré assez longtemps pour nuire au commerce ; les flaques d'eau avaient disparu ; le soleil avait séché les pavés ; légumes et fleurs s'étaient bien vendus et on était encore assez près d'un jour de paie pour que la demande d'articles durables fût encore forte. Même les brocanteurs, les marchands d'antiquités et d'appareils électroménagers de haut prix n'avaient pas à se plaindre. Chacun souriait donc en chargeant fourgonnettes, camions et remorques, après avoir tâté l'épaisseur de son portefeuille, le poids de la caisse ou du sac de toile dans lequel il emportait sa recette.

— Bravo ! s'exclama Cardozo en manipulant le reste d'un rouleau de tissu avec tant d'exubérance qu'il renversa un verre de café ; le liquide se vida en moussant dans la boîte de fer-blanc où De Gier venait de mettre la recette après l'avoir comptée.

— Oh non ! dit-il écœuré.

— Quel idiot, grogna Grijpstra en se penchant pour évaluer les dégâts. Il y a près de deux mille florins en petites coupures là-dedans. J'ai compté, moi aussi. Cet argent appartient à la police.

— Quel gâchis ! répéta De Gier. Nous ne parviendrons jamais à sécher ces billets et, s'ils s'agglutinent les banques n'en voudront plus. Cardozo, tu es un imbécile.

— Oui, dit Cardozo. Tu as raison. Tu as toujours raison. C'est exaspérant pour ton prochain. Tu devrais t'appliquer à avoir tort de temps en temps.

— Qui a commis le méfait le répare, dit Grijpstra. Emporte la caisse chez toi et sèche ces billets comme tu pourras. Tu vis encore avec tes parents, je crois ?

— Quel rapport avec la caisse, adjudant ?

— Ta mère saura probablement comment sécher les billets. En les accrochant à une corde à linge peut-être, dans la cuisine. Elle peut aussi les mettre dans une essoreuse. Tu as une essoreuse chez toi ?

— L'essoreuse pourrait les réduire en miettes, répliqua Cardozo en fouillant dans le fond de la caisse du bout des doigts. Tout ça, c'est trempé. Dans l'essoreuse ça se mettrait en pâte, ça serait foutu.

— Ça te regarde, dit joyeusement De Gier. Allons, prends cette caisse et va chez toi. Nous nous occuperons de la fourgonnette. A ce soir, à la réception. Et ouste !

— Mais... couina Cardozo comme il le faisait toujours dans les situations désespérées.

— Ouste, dit Grijpstra. Tu as entendu ce qu'a dit le sergent ?

— Il n'est qu'à un grade au-dessus du mien. Je suis agent de première classe.

— Un adjudant confirme mon ordre, dit De Gier et l'adjudant est à deux rangs au-dessus de toi. Ouste !

— Oui, chef, dit Cardozo.

— Et ne rouspète pas, ajouta De Gier.

— Non, chef.

Grijpstra regarda le petit Cardozo s'éloigner dans la foule en serrant la caisse sous son bras.

— Il en fait toujours trop, celui-là.

— C'est vrai. Il n'est pas depuis longtemps dans la police. En général, nous en faisons le moins possible.

— Oui, tant que nous vivrons sous un gouvernement démocratique.

Etonné, De Gier se retourna vers l'adjudant.

— Tiens ! je croyais que tu inclinais secrètement vers le communisme.

— Chut ! dit Grijpstra en regardant autour de lui d'un air rusé. Tu ne te trompes pas. Mais quand la société sera mûre pour le communisme auquel j'aspire, il n'y aura plus besoin de police du tout.

— Et tu y crois ?

— Non, dit Grijpstra. Mais on a le droit de rêver, n'est-ce pas ?

— Et que ferais-tu si ton rêve se réalisait ?

— Je peindrais, dit Grijpstra en soulevant le dernier rouleau de tissu pour le porter à la fourgonnette.

Ils roulaient dans les rues d'Amsterdam toujours embouteillées en fin d'après-midi. Grijpstra toucha le coude de son collègue et dit :

— Là-bas, à droite, près du lampadaire...

Un homme titubait en tendant la main vers le mur. Au moment où De Gier le vit, il s'affala à genoux sur le trottoir. Bien vêtu, il paraissait avoir dans les cinquante ans. Ils étaient tout près de lui à ce moment ; ils virent le dentier de la mâchoire supérieure tomber de sa bouche et entendirent presque tinter l'appareil sur le pavé.

— Ivre ? demanda De Gier.

— Non, dit Grijpstra. Il n'a pas l'air ivre. Je le crois plutôt malade.

De Gier plongea la main sous le tableau de bord pour y prendre le microphone. Il brancha la radio et régla le volume. Le haut-parleur se mit à grésiller.

— Quartier général ?

— Quartier général, répondit une voix inconnue. Parlez. Qui êtes-vous ? Vous n'avez pas de numéro ?

— Non. Nous sommes en mission exceptionnelle dans une camionnette spéciale. Rue Van Wou, numéro 187. Un homme s'est évanoui sur le trottoir. Envoyez ambulance et car de patrouille.

— Ambulance alertée. C'est vous De Gier ?

De Gier éloigna le micro de sa bouche et murmura :

— Bougre d'abruti. Il sait mon nom. Pourtant je n'ai rien à voir avec cette affaire-là. (Puis il dit dans le micro :) Oui, c'est moi.

— Réglez le problème vous-même, sergent. Nous n'avons pas de véhicule en ce moment. Les feux du quartier où vous êtes ne fonctionnent pas et tous les hommes disponibles ont été dépêchés pour faire la circulation.

— Bon, dit De Gier résigné. Nous nous en occupons.

On entendait déjà la sirène de l'ambulance. Ils se rangèrent en double file, bloquant la rue, hués par les cyclistes qui tentaient de trouver un passage.

— Va te garer ailleurs, dit Grijpstra en ouvrant sa portière. Je me charge du type, tu me rejoindras plus tard.

L'inconnu cherchait à se relever. Grijpstra s'agenouilla pour le soutenir.

— Qu'est-ce qui vous arrive ?

— Rien, répondit l'homme d'une voix pâteuse. Un petit malaise, c'est tout. Ça va maintenant. Qui êtes-vous ?

— Police.

— Laissez-moi tranquille. Je n'ai pas besoin de vous.

Il ramassa son dentier et le remit machinalement dans sa bouche. Il essayait d'ajuster sa vue sur Grijpstra mais ne voyait qu'une grosse ombre vague.

— Voyons, voyons, dit l'adjudant en se penchant pour respirer l'haleine du malade. Avez-vous bu ?

— Je ne bois pas, dit l'autre. J'ai cessé voilà des années. Rien qu'un seul verre de vin au repas. Un léger malaise. C'est tout. Je veux rentrer chez moi.

Arrivé avec l'ambulance, l'officier de santé tâta le pouls de l'inconnu en regardant Grijpstra droit dans les yeux.

— Police, dit Grijpstra. Nous avons par hasard avisé cet homme qui titubait et qui est tombé sous nos yeux. Qu'est-ce qu'il a ?

L'officier de santé désigna son cœur et secoua la tête.

— C'est grave ?

L'officier de santé hocha la tête.

— Vous feriez bien de prendre l'ambulance, monsieur, dit Grijpstra.

— Jamais de la vie. Je veux rentrer chez moi.

— Nous ne pouvons pas l'emmener s'il refuse, dit l'officier de santé.

— Zut alors ! dit Grijpstra. Il est malade oui ou non ?

— Très malade.

— Eh bien, occupez-vous de lui.

— S'il accepte, dit l'officier de santé. Et je tiens à voir vos papiers.

Grijpstra tira son portefeuille de sa poche et y fouilla pour prendre sa carte de police.

— Adjudant H. Grijpstra, police municipale, lut à haute voix l'infirmier.

— Qu'arrivera-t-il si nous le laissons là ?

— Il peut mourir sur place ou survivre. Mais il mourra probablement.

— A ce point-là ?

— Oui.

L'homme tenait debout et paraissait parfaitement d'aplomb.

— Vous en êtes sûr ?

— Je suis certain que cet homme est très mal en point.

— Allez, dans l'ambulance, vous, cria Grijpstra au malade. Je vous donne l'ordre de prendre l'ambulance. Je suis officier de police. Pressons.

L'homme le regarda d'un air ahuri.

— Vous m'arrêtez ?

— Je vous donne l'ordre de monter dans l'ambulance.

— Vous entendrez parler de moi, dit l'homme d'un air malveillant. Dès maintenant, je proteste. Je prends cette ambulance contre mon gré. Vous m'entendez ?

Ils le firent monter.

— Suivez-nous pour le cas où il y aurait des complications, dit l'officier de santé. Vous êtes en voiture ?
— A quel hôpital le conduisez-vous ?
— Wilhelmina.
— J'y serai en même temps que vous.

L'ambulance avait à peine démarré que De Gier arrivait. Grijpstra et lui regagnèrent la fourgonnette. Ils arrivèrent à l'hôpital un quart d'heure plus tard. L'inconnu était assis sur un banc de bois dans la salle d'attente des consultations externes. Il paraissait rétabli mais furieux.

— Ah, vous voilà, vous ! Vous entendrez parler de moi. Je vais parfaitement bien. Est-ce que vous me laissez rentrer chez moi maintenant ?

— Quand le docteur vous aura examiné, dit Grijpstra en s'asseyant auprès de lui.

L'homme tourna la tête comme s'il allait parler mais parut changer d'idée. Il porta les deux mains à sa gorge et pâlit.

— Docteur ! brailla Grijpstra. A l'aide ! Un infirmier ! Un médecin !

L'inconnu s'était cassé en deux, le torse sur les cuisses, la tête pendante. Un homme en blouse blanche arriva en trombe par une porte à double battant.

— Ici ! cria Grijpstra.

On releva le malade. Une infirmière le soutint. Le médecin lui arracha sa chemise et lui frappa la poitrine de toutes ses forces. En vain, il essaya de nouveau. L'homme parut revenir à lui, mais un bref instant seulement.

— Trop tard, dit l'homme en blanc en considérant le corps qui s'était effondré dans les bras de Grijpstra.

— Mort ? demanda De Gier, resté à l'autre extrémité de la pièce.

Le médecin hocha la tête. On fit néanmoins une tentative pour ranimer l'inconnu. On le souleva sans ménagement pour le jeter sur un lit. Un gros appareil encombrant apparut, poussé sur un chariot. Le médecin acheva d'arracher la chemise déchirée. Il ajusta les longs bras enrobés de caoutchouc de la machine sur plusieurs points de la poitrine du malade. Puis il tourna quelques manettes. Le corps tressauta. Les membres se démenèrent d'une manière désordonnée. Il sembla pendant un bref instant que la vie revenait sur le visage livide, mais, quand le médecin ramena la manette en arrière, le corps retomba, inerte, les paupières s'immobilisèrent et la mâchoire s'affaissa.

— Inutile, dit l'homme en blanc en considérant Grijpstra. (Il désigna une porte.) Passez par là, s'il vous plaît. Vous aurez des formulaires à remplir pour indiquer où vous avez trouvé cet homme, dans quelles conditions et ainsi de suite. Je m'en vais les chercher. Vous êtes fonctionnaires de la police, je crois.

— Oui.

— J'en ai pour une minute.

Sa minute dura près d'une demi-heure. De Gier fit les cent pas dans la pièce tandis que Grijpstra étudiait une affiche représentant deux hommes dans un bateau à voile. La photographie devait avoir été prise d'un hélicoptère ou d'un avion car on voyait l'embarcation d'en haut : un bateau blanc sur une immense étendue d'eau. De Gier cessa d'aller et venir pour regarder à son tour.

— Il y a des gens qui font de la voile, commenta-t-il, et d'autres qui attendent... ils ne savent même pas quoi.

— Oui, dit lentement Grijpstra. Deux hommes sur un bateau. On a l'impression de les voir au milieu de l'océan. Ils doivent être très liés l'un à l'autre : des amis intimes. Ils ont besoin l'un de l'autre. Ce bâtiment est trop grand pour qu'un homme le manœuvre seul. Un schooner, je crois.

— Ah oui ? demanda De Gier. Monsieur s'intéresse à la navigation ?

— Je m'intéresse à notre enquête, dit Grijpstra. Te rappelles-tu le tableau accroché au mur dans la chambre d'Abe Rogge ? Nous l'avons vu il y a deux jours. Eh bien, ce tableau représentait deux hommes sur un bateau.

— Et alors ?

L'homme en blanc revint avec les formulaires. Les deux policiers les remplirent soigneusement et appposèrent de beaux paraphes.

— C'était un avocat, dit le médecin. Nous l'avons identifié d'après les papiers de son portefeuille. Un avocat assez fameux, ou infâme, si vous préférez : il ne s'occupait que de vilaines affaires qui lui rapportaient gros.

— Mort naturelle ?

— Parfaitement naturelle, répondit le docteur. Faiblesse cardiaque. Le cœur s'est mis à fibriller. Peut-être était-il épuisé : surmenage, trop de plantureux repas et de vins coûteux.

— Des filles aussi, peut-être.

— Ça se pourrait.

CHAPITRE XVII

— Bert, dit le marchand de légumes. Je m'appelle Bert. Voilà quelques années qu'on m'appelle le père Bert, même sur le marché.

Les trois détectives venaient de lui secouer la main à tour de rôle en bafouillant leurs prénoms : « Henk » pour Grijpstra ; « Rinus » pour De Gier ; « Isaac » pour Cardozo. Ils étaient arrivés un peu en retard ; la demeure de Bert était déjà remplie de colporteurs qui allaient et venaient, suant, dans les vapeurs de l'alcool et l'âcre fumée des cigarettes de tabac noir roulées à la main. La maison était située en bordure de l'Ij, en plein centre d'Amsterdam. La coque rouillée d'un énorme pétrolier passa devant les fenêtres ; sa puissante sirène gémit lamentablement comme une baleine mâle se plaignant de sa solitude.

— Vous êtes drôlement bien logé ici, Bert, dit Gripstra. Bien peu d'habitants d'Amsterdam ont une aussi belle vue sur le fleuve.

— Pas mal, en effet. Cette maison est dans la famille depuis que mon grand-père l'a fait construire. Je pourrais en tirer un bon prix, mais à quoi bon la vendre puisque j'en ai besoin ? Le commerce des légumes assure notre subsistance ; ma femme et moi avons un petit peu d'argent à la banque, pas d'hypothèques, pas de soucis ; mes enfants sont tous installés de leur côté. Mais je néglige mes invités. Un verre de bière ?

— Oui, dit Grijpstra.

— A moins que vous ne préfériez un plus gros calibre ? J'ai du genièvre de bonne qualité et bien frais. Il secoue pas mal et vous ne pourrez pas en boire toute la nuit, mais un petit verre vous mettra en forme.

— J'en boirai un petit coup, mais *avec* de la bière.

Bert se frappa la cuisse.

— Voilà ce que j'aime. Vous êtes comme moi. Quand on me donne le choix, je prends toujours tout.

— Si vous le permettez, dit Grijpstra, se rappelant les bonnes manières que sa mère lui avait inculquées à grand-peine.

— Je permets, je permets, dit Bert, qui conduisit son invité vers une table sur tréteaux chargée de bouteilles, de plats : petits concombres verts, oignons blancs brillants, grosses saucisses chaudes et petites assiettes contenant au moins dix sortes de noix.

— Des noix ! s'exclama Grijpstra. J'adore ça. Dès que j'en vois dans un magasin, j'en achète mais elles n'arrivent jamais chez moi : je les mange toutes en route.

— Eh bien ! ne vous privez pas. Toutes celles-là sont à votre disposition et j'en ai d'autres à la cuisine. Des tas et des tas.

Grijpstra mangea et but. Il se félicita d'être arrivé trop tard pour dîner chez lui, ce qui lui avait permis de refuser le repas que lui proposait son épouse : tranche de bœuf et pommes de terre bouillies qu'elle avait fait réchauffer pour ses enfants ce soir-là. Le genièvre de Bert lui brûlait la gorge et les noix gonflaient ses joues.

Il regarda De Gier. Son collègue avait fière allure : complet en toile de coton immaculé et repassé de frais, chemise bleu clair ; le sergent fumait un long et mince cigare ce qui accentuait la courbe aristocratique de son nez et l'insolence de ses moustaches relevées vers les yeux. Quant à Cardozo, il paraissait hypnotisé par l'écran d'un poste de télévision sur lequel une ravissante fille fuyait un grand diable hirsute dans un jardin d'une luxuriance tropicale.

Trop de monde dans une pièce trop encombrée de meubles. Ce fut seulement après le troisième verre de genièvre que le regard de Grijpstra se fit au papier mural : des feuilles d'or ornées de roses grosses comme des choux-fleurs. Aucun doute : le père Bert était à l'aise et il ne payait pas ses impôts. Grijpstra se retourna, étendit la main vers le buffet et ramassa une noix dans chaque assiette. L'opération lui prit du temps. Quand elle fut terminée, il décida qu'il ne se souciait pas des impôts que le père Bert ne payait pas. Il se fourra toutes les noix dans la bouche en même temps et se mit à mâcher.

— Vous aimez la musique ? demanda le marchand de légumes.

Grijpstra hocha la tête.

— J'ai acheté une chaîne haute fidélité, dit le père Bert, en désignant un coin de la pièce où s'empilaient plusieurs boîtes aux innombrables manettes et cadrans, reliés à des haut-parleurs dispersés dans la pièce.

Bert les montra fièrement.

— Je vais mettre un disque, dit-il. Sonorité magnifique. On entend même le chef d'orchestre se gratter les fesses.

— Il ne fait que ça ? demanda Grijpstra.

— C'est ce qu'il fait avant que la musique commence. Il se gratte, gratte, gratte et puis on entend tic. Ça c'est le bâton, la petite baguette qu'il tient à la main. Alors *vrrammm*. Ça c'est le tuba. C'est de la belle musique. Un disque russe. Beaucoup de cuivres et un chœur formidable. Ces Russes chantent des hymnes de guerre. J'aime les Russes. Ils viendront ici un jour et ils nous débarrasseront des capitalistes. Je suis aussi allé six fois à Moscou.

— Et comment est-ce, Moscou ? demanda Grijpstra.

— Superbe, superbe ! dit Bert, convaincu, en étendant les deux mains. Les stations de métro sont aussi belles que des palais et tout ça pour le peuple, les gens comme vous et moi. Les Russes jouent aussi très bien au football et leurs marchés sont meilleurs que les nôtres.

— Mais les commerçants n'y font pas de bénéfices.

Le regard du père Bert perdit sa vivacité et il refusa de laisser cette idée pénétrer son esprit.

— Si, si, bredouilla-t-il sans conviction.

— Non, dit Grijpstra. Ils ne permettent aucun bénéfice à qui que ce soit. Tout le monde doit gagner le même salaire. Pas d'initiatives privées.

— Pourtant les marchés sont mieux qu'ici et les légumes meilleurs. Ecoutez. Je vais mettre ce disque.

Il y avait trop de monde autour d'eux pour qu'ils entendissent le chef d'orchestre se gratter. Mais quand le tuba se déchaîna, ce fut une tempête. Les invités se regardaient et continuaient à remuer les lèvres ; abasourdis par le tohu-bohu, ils se demandaient ce qu'il leur arrivait.

Karoumpf Karoumpf, vociféra le tuba. Cependant le grand diable chevelu de la télé continuait à poursuivre la jolie demoiselle dans un jardin à la végétation trop touffue et trop colorée ; tout ça sur un écran pas plus grand qu'une petite serviette de table. Grijpstra posa son verre et secoua la tête. Il lui semblait que toutes ses vertèbres s'étaient désarticulées et flottaient chacune pour soi sous l'effet combiné de l'alcool trop cru et des explosions de cuivres. Un chœur de voix farouches vociféra un chant à vous glacer le sang : des mots qui paraissaient composés seulement de voyelles réunies par de doux *zili* et *zilas*. Le père Bert dansait tout seul au milieu de la pièce, les yeux clos, souriant d'un air extasié.

— Qu'est-ce ?... commença Grijpstra. (Il se proposa de prendre une bière et de la boire lentement.)

Cardozo tapa si vigoureusement dans le dos de De Gier, que le whisky du sergent tomba, avec les glaçons, dans le corsage de la femme entre deux âges qui s'obstinait à lui parler malgré le tintamarre. Elle poussa des petits cris joyeux en plongeant les doigts entre ses gros seins. Elle continuait à proférer des mots que personne ne pouvait entendre.

De Gier pivota sur lui-même, le poing fermé. Mais Cardozo lui sourit, montra la fenêtre et lui fit signe de le suivre. Ils passèrent devant l'écran de télévision. Le grand diable maigre et chevelu avait enfin rattrapé la belle et ses grosses mains serraient le cou ravissant. Ils étaient encore tous les deux dans le jardin trop luxuriant, près d'une bâtisse en pierre, d'un blanc verdâtre sous les rayons de la lune. La fille se débattit et le monstre ricana hideusement. Le chant des guerriers russes montait en un crescendo incroyable. Tubas, trompettes, bassons et clarinettes encadraient les voix qui taraudaient les oreilles de tout le monde et le satyre mettait en lambeaux le col de la jeune fille.

Ils étaient arrivés près de la fenêtre. De Gier vit deux gros perroquets, l'un gris, l'autre rouge, chacun dans sa cage.

— Ecoute ! brailla Cardozo.

De Gier s'approcha des cages. Les deux perroquets dansaient sur leur petit perchoir de bois. Le gris semblait chanter mais l'autre avait l'air de vomir.

— Il dégueule, le salaud, dit De Gier.

— Non, il imite le bruit d'un vomissement. Le père Bert m'a expliqué qu'il a eu la nausée il y a quelques jours et que, depuis, le perroquet rouge imite le bruit qu'il a entendu. Il y réussit drôlement bien. Ecoute.

Mais De Gier s'était déjà échappé. Il n'avait aucune envie d'entendre vomir un perroquet. Parvenu dans un couloir, il ferma la porte pour ne plus entendre et s'essuya la figure avec un mouchoir.

« Je suis en train de m'enivrer, pensa-t-il. Je ne veux pas être soûl. Désormais je ne vais boire que de l'eau, de la limonade ou du Coca-Cola. »

Il avisa un téléphone au bout du couloir, s'en approcha et composa son propre numéro en s'appuyant au mur pour garder l'équilibre.

— Ici le domicile de M. De Gier, dit le récepteur.

— Esther ? Rinus. Tu as bien fait de venir chez moi. Je suis chez des gens qui boivent et braillent. Je rentrerai aussi tôt que possible. Comment vas-tu ?

— Très bien. Je t'attends. Oliver a vomi dans tous les coins. Il a dû manger des feuilles de géranium. Mais j'ai tout nettoyé maintenant. Il dormait sur mes genoux quand le téléphone a sonné.

— Il fait toujours ça et le résultat est infaillible. Désolé pour les saletés de mon chat.

— Ça ne fait rien, Rinus. Tu en as pour longtemps ? Tu es ivre ?

— Je le serais si je continuais à boire mais je vais être sage. Je m'éclipserai dès que possible. Je ne serais pas venu ici si mon devoir ne m'y obligeait pas.

— Est-ce que tu m'aimes ?

— Oui, je t'aime. Je t'aime plus que je n'ai jamais aimé quoi que ce soit et qui que ce soit. Je t'aime même plus qu'Oliver. Je t'épouse, si tu veux de moi.

Il continuait à s'éponger le visage avec son mouchoir.

— Tu dis ça à toutes les femmes...

— Je ne l'ai jamais dit de ma vie.

— Ça aussi, tu le dis à toutes.

— Non, non. Je ne l'ai jamais dit. Je leur ai toujours expliqué que je ne voulais pas me marier avant d'être vieux. Et, c'était vrai. Maintenant j'y tiens.

— Tu es fou.

— De toi, oui.

— Viens vite.

— Oui, chérie, dit-il, et il raccrocha.

Louis Zilver était arrivé dans le couloir. Il secouait la tête pour chasser le tumulte de ses oreilles.

— Vous parliez affaires ? demanda-t-il en souriant.

— Quelle cohue ! dit De Gier. Ça me rend fou. Est-ce que toutes les réceptions de ces ahuris ressemblent à celle-ci ?

— C'est la première fois que j'assiste à une soirée, si

j'excepte celles que donnait Abe Rogge. Il les organisait mieux. Il y avait toujours de la musique vivante : quelques musiciens de jazz qui jouaient selon l'ambiance de la soirée, pas de la musique en conserve comme celle qu'on débite en ce moment. On y buvait moins rapidement aussi. Ces gens remplissent notre verre quand on a encore la bouche pleine. Je suis ici depuis une heure et je n'y vois déjà plus clair.

— Ils me font peur, dit De Gier. Il a fallu que je m'éclipse une minute pour parler à quelqu'un de sensé.

— Je suis sensé, dit Zilver. Parlez-moi. Vous m'avez dit qu'ils vous font peur. Avez-vous vraiment peur quelquefois ?

— Souvent.

— Et de quoi en particulier ?

— Du sang. Du sang et des rats. Mais je commence à m'accommoder des rats. J'en ai vu un l'autre nuit, quand nous traînions du côté du canal et il ne m'a pas trop effrayé. Une grosse bestiole marron qui a sauté dans l'eau au moment où j'allais mettre le pied dessus. Je n'ai pas eu peur. Mais le sang... ça, non, je ne m'y fais pas. Je ne sais pas pourquoi.

— Ça passera avec l'âge, dit Zilver en souriant à une fille qui passait auprès d'eux pour aller aux toilettes. Moi aussi, certaines choses m'effraient, mais je ne saurais préciser lesquelles. Ça se passe dans mes rêves et, quand je me réveille, je les ai oubliées. Bon, je retourne là-bas, je vais essayer de draguer une nana.

— Eteignez la télé, dit De Gier. Ils passent un film d'horreur. Je l'aurais fait moi-même mais j'ai craint d'être grossier. Vous, vous connaissez le père Bert mieux que moi.

— D'accord. Je changerai le disque aussi. Il faut du rock pour s'occuper des filles. Il vient d'en arriver quelques-unes pas mal. Vous voulez que je vous présente ?

— Non, merci. Je suis ici pour travailler.

— Eh bien, bonne chance. Vous avez déjà une idée ?

— Beaucoup d'idées, dit De Gier, mais il m'en faut davantage.

Zilver s'en alla et referma la porte derrière lui. La jeune fille sortit des toilettes et De Gier l'y remplaça. Il s'enferma méticuleusement, se lava les mains avec un soin exagéré, se peigna et ajusta le foulard de soie si bien accordé à la couleur de sa chemise. Il s'assit sur la cuvette et dégaina son pistolet. Il en retira le chargeur et compta les cartouches. Six. Il remit le chargeur en place, arma et tira la culasse. Une balle luisante était engagée dans le canon. Il fit jouer la culasse et éjecta la cartouche. « Pourquoi est-ce que je fais ça ? se demanda-t-il à mi-voix. Cela ne m'arrive jamais d'habitude. » Il remit la cartouche dans le chargeur, qu'il rajusta dans la crosse du pistolet, et replaça l'arme dans son étui. Il se lava le visage et alluma une cigarette. Deux cadavres en trois jours ! Trois, en comptant l'avocat. Mais ce dernier était mort de sa belle mort ; les autres avaient été dépossédés de leur vie. Un vol. Le vol est un crime, surtout quand on s'empare du plus précieux des biens : la vie d'un homme... Et lui, il était là, assourdi par la musique discordante et électronique de jeunes musiciens chevelus et drogués, au milieu d'une foule de lourdauds se trémoussant en cadence.

L'assassin était peut-être dans cette pièce ; il dansait peut-être avec les autres, buvait du tord-boyaux et fumait un gros cigare en flattant la croupe frémissante de sa cavalière. Ou bien il — elle ? — était en ville, jouissant de son impunité. De Gier n'avait pas vu les deux femmes que Grijpstra et le commissaire avaient interrogées. Il avait questionné l'adjudant à leur sujet, mais ce dernier ne lui en avait donné qu'une description succinte. Il n'avait presque rien dit de leur conversation.

Grijpstra suivait probablement une autre piste ; comme il était encore moins communicatif qu'à l'accoutumée, on pouvait penser qu'elle ne l'avait mené nulle part.

Une balle attachée à un fil. Un fil attaché à quoi ?

Comment cette balle avait-elle pu atteindre son but avec une précision aussi mortelle ?

Et le commissaire ? Savait-il quelque chose ? L'affaire ne remontait qu'à quelques jours. Rien ne pressait. Enquêter selon les règles d'usage. Suivre chaque piste jusqu'au bout. Retourner sur ses pas si elle ne donne pas de résultat.

On frappa à la porte.

— Un instant, dit De Gier qui ouvrit presque aussitôt.

Il se trouva en face de la femme entre deux âges qui lui avait longuement parlé dans le vacarme.

— Ça ne va pas ? demanda-t-elle en lui posant la main sur l'épaule.

Elle eut un battement de cils langoureux.

— Vous me manquiez.

— Je vais très bien, se hâta-t-il de répondre. Prenez les toilettes. Elle sont à vous.

Il retourna précipitamment au salon.

Zilver s'entretenait avec Grijpstra qui, le visage beaucoup trop rouge, tenait un verre de bière à la main.

— Rinus ! brailla l'adjudant. Comment ça va, mon bon ami ? Jolie soirée, et joyeuse ! Mange donc quelques noix. Elles sont délicieuses.

Zilver se fondit dans la cohue.

— Je ne vais pas tarder à m'en aller, dit De Gier. Et toi, restes-tu encore ?

— Oui. Je n'ai rien d'autre à faire cette nuit et ce n'est pas une mauvaise manière de passer le temps.

— Tu bois trop et ça commence à se voir.

— C'est vrai, acquiesça Grijpstra en hochant gravement la tête. Je suis soûl comme une bourrique. Je ferais peut-être bien de m'en aller, moi aussi. Et Cardozo, où en est-il ?

— Il boit de la limonade en regardant des perroquets.

— Des oiseaux dégoûtants, dit Grijpstra avec une solennité d'ivrogne. Le rouge n'arrête pas de dégueuler.

— Je le sais. Qu'est-ce qui est arrivé à la pauvre fille qu'étranglait un vilain bonhomme ?

— La police est intervenue, juste à temps. Elle arrive toujours au bon moment pour arrêter le méchant.

— Oui. Pas toujours quand même. Pauvre Elisabeth.

— Elisabeth ?

— L'ancien flicard devenu vieille femme.

— Ah oui. Le transsexuel, dit Grijpstra, qui eut du mal à prononcer ce mot. Transsexuel, répéta-t-il.

— J'avais fait sa connaissance la veille, dit De Gier en saisissant un verre de genièvre sur la table sans s'en rendre compte. Une honnête personne. En très bons termes avec le commissaire. Elle venait de terminer un cordon de sonnette au point de croix.

— Vraiment ? dit Grijpstra les yeux arrondis et bienveillants. Au point de croix.

— Tu es ivre. Filons. Je vais dire à Cardozo de rester.

— D'accord, dit Grijpstra en reposant son verre si violemment qu'il le brisa. A la maison. Non, pas à la maison. J'irai plutôt chez Nellie.

— Téléphone d'abord. Elle pourrait avoir un client.

Grijpstra forma deux faux numéros avant d'avoir Nellie qui était libre et promit d'envoyer un taxi le chercher. Il retourna au salon l'air heureux. De Gier ébouriffa les cheveux grisonnants de son supérieur.

— C'est bien, c'est gentil, bredouilla Grijpstra, la langue pâteuse. Vraiment gentil.

Cependant De Gier parlait à l'oreille de Cardozo.

— Et toi, que fais-tu ? demanda ce dernier.

— Je vais me coucher.

— Et l'adjudant ?

— De même.

— Alors, c'est toujours moi ! dit Cardozo. Toujours. J'ai passé une heure à épingler les billets de banque sur une corde à linge. Ma mère est restée dans la cuisine pour les regarder sécher ; elle avait peur que quelqu'un ne vienne les voler. Ça l'a rendue furieuse.

De Gier ricana.

— Ce n'est pas drôle, sergent. Et jusqu'à quelle heure dois-je rester ici ?

— Jusqu'à ce que la fête soit finie.

— Pourrai-je boire ?

— Avec prudence. Ne bavarde pas. Ecoute.

Le perroguet rouge recommençait à vomir. Cardozo ferma les yeux.

— Un jour tu seras sergent à ton tour, lui dit De Gier. Ce jour-là, tu pourras toi aussi bizuther les jeunes !

— Je n'y manquerai pas, sois-en sûr !

CHAPITRE XVIII

— Que vous arrive-t-il donc, mon cher De Gier ? demanda le commissaire.

Il paraissait ragaillardi, presque joyeux ; il était d'une élégance étonnante car il avait enfin cédé aux conseils de sa femme et mis un complet neuf et de saison. Elle l'avait fait faire par un très vieux tailleur qui, en son jeune temps, avait habillé les gros négociants assis sur de fabuleuses fortunes accumulées dans le commerce avec ce qu'on appelait alors les Indes Orientales Néerlandaises. Ce costume lui allait à merveille : exactement à sa taille, tout en lui laissant une parfaite aisance de mouvements. Sa grosse chaîne de montre, barrant son gilet, ajoutait encore à cette allure générale de luxe. Le commissaire avait passé la soirée, deux nuits et un jour entier au lit, ne le quittant que pour prendre des bains brûlants ; sa femme avait veillé diligemment sur lui ; elle lui avait servi du café, des jus d'orange et au moins cinq soupes différentes dans des bols avec des rôties bien chaudes ; elle lui allumait ses cigares, en arrachait même l'extrémité avec les dents, la recrachant avec un air dégoûté ; la douleur avait fini par céder ; il pouvait à nouveau trôner derrière son immense bureau, allonger les jambes sans avoir à craindre d'élancements soudains ou de crampes, et faire face aux événements.

De Gier était arrivé à 9 heures précises. Avant cette heure, personne n'aurait osé déranger le commissaire dans son cabinet. Le sergent était bouleversé, livide et d'une nervosité étonnante.

— Que vous est-il arrivé, De Gier? demanda de nouveau le commissaire.

— Un rat. Le cadavre d'un gros rat blanc, le ventre ouvert, les entrailles exposées, couvertes de sang, allongé sur mon paillasson quand je suis sorti ce matin. J'aurais marché dessus si Oliver n'avait pas bondi devant moi affolé. Sa fourrure hérissée, il avait deux fois sa taille habituelle. Comme ça...

Pour indiquer la taille d'Oliver, De Gier plaçait la main à un mètre vingt du sol.

— Vraiment ? demanda le commissaire. Ça me paraît grand pour un chat. Est-ce qu'il faisait des bonds ?

— Non ; le rat non plus d'ailleurs. Il était allongé là, sur mon paillasson. On l'avait posé pendant la nuit pour me faire peur ou m'exaspérer. Nous n'avons pas de rats dans l'immeuble et si nous en avions ils seraient bruns. Celui-ci est blanc, comme ceux dont on se sert dans les laboratoires. Je l'ai apporté dans un carton à chaussures. Voulez-vous que je vous le montre ?

— Plus tard, dit le commissaire qui décrocha le téléphone, composa deux numéros et commanda du café. (Il offrit une cigarette à De Gier, poussant l'amabilité jusqu'à la lui allumer. Le sergent ne le remercia même pas ; les yeux fixés sur le plancher, il était encore hors de lui.)

— Très bien ! dit le commissaire gaiement. Alors pourquoi quelqu'un prendrait-il la peine de se procurer un rat de laboratoire, de le tuer, de l'éventrer, et de le poser sur votre paillasson ? Avez-vous des amis à l'esprit assez dérangé pour imaginer une plaisanterie d'aussi mauvais goût ? Seuls ceux qui vous connaissent bien savent que vous ne supportez pas la vue du sang ni celle des cadavres. Apparemment, seul l'un d'entre nous aurait pu faire ça. Réfléchissez-y.

— Oui, monsieur.

— Peut-être avez-vous agacé quelqu'un ?

— Cardozo, dit De Gier. J'ai pu l'exaspérer hier. Deux fois même. Je l'ai obligé à emporter l'argent récolté sur le marché pour le faire sécher chez lui, parce qu'il avait renversé du café dans la caisse. Plus tard, à la beuverie chez les marchands du Cuyp Albert, je l'ai fait rester après notre départ, à Grijpstra et à moi.

De nouveau le commissaire décrocha son combiné.

— Cardozo ?... Bonjour, Cardozo. Voulez-vous venir ici une minute ?

— Non, dit Cardozo, assis sur l'extrémité de sa chaise. Jamais. Je n'aurais jamais fait une chose pareille. Je n'ai jamais rien tué. Il y a trois ans, il m'est arrivé de tirer sur un homme et de le blesser à la jambe. J'en ai encore des cauchemars. Je ne tuerais sûrement pas un animal. D'ailleurs, j'aime beaucoup le sergent.

De Gier redressa brusquement la tête.

— Est-ce possible ? demanda-t-il d'une voix lasse.

Cardozo ne se tourna pas vers lui.

— J'ai peur des rats, dit De Gier. La vue du sang me bouleverse et celle des rats aussi. Un rat couvert de sang, voilà à peu près la chose que je peux le moins supporter. Or, il était là, sur mon paillasson. Un paillasson neuf, acheté il y a quelques jours. Le vieux perdait ses poils. Maintenant je peux jeter celui-ci aussi.

— Entrez, dit le commissaire, car on frappait à la porte.

— Bonjour, monsieur, dit Grijpstra. (Il referma lentement la porte derrière lui et avança à petits pas dans la pièce en attendant que son chef lui offre de s'asseoir. Le commissaire désigna une chaise. Grijpstra ne s'assit pas, il se laissa tomber. Le siège craqua.)

— Merde ! dit-il.

Le commissaire fronça les sourcils, agacé.

— Vous ai-je bien compris ? demanda-t-il sèchement.

— Merde, monsieur, dit Grijpstra. Mon paillasson en est couvert, complètement couvert. Des crottes de chien. Quelqu'un a dû se donner beaucoup de mal pour rassembler tant de crottes de chien, sans doute avec une petite pelle et un seau. De très bonne heure ce matin, quand l'escalier était désert, un salopard a répandu ça sur le seuil de ma porte. Il y en avait tout un tas. J'en ai eu plein mes chaussures avant de m'en apercevoir. On en avait même poussé sous ma porte mais le corridor est très obscur et je n'ai rien vu. Celui qui a fait ça a tout de même du culot.

— Il y avait un rat couvert de sang sur le seuil de la porte du sergent, dit le commissaire.

De Gier regardait Grijpstra d'un air amusé. Il lui demanda :

— De la merde ?

— Tu trouves ça drôle, toi ? s'indigna Grijpstra en se levant à demi de son siège. Tu es idiot, De Gier. Tu rigoles toujours comme un pauvre idiot chaque fois que je marche dans une crotte de chien. Tu te rappelles quand les mouettes m'ont chié dessus, il y a quelques mois ? Tu as tellement rigolé que tu as failli rouler par terre. Moi je ne ris jamais quand tu t'évanouis quasiment parce que tu vois une goutte de sang. Jamais !

Le commissaire se leva pour s'interposer.

— Allons, messieurs, allons, vous êtes trop énervés. Essayez donc de vous calmer un peu. La journée n'a même pas commencé. Grijpstra, qui soupçonnez-vous d'être çapable de vous faire une farce pareille ? Qui sait qu'une crotte de chien vous met hors de vous ? Attention. Réfléchissez bien ; qui aurait aussi des motifs pour jouer un tour pareil à De Gier ? Les deux incidents se sont produits ce matin. Celui qui a fait ça doit vous connaître très bien, aussi bien l'un que l'autre, et a des raisons de vous en vouloir.

Grijpstra se tourna vers Cardozo en fronçant les sourcils. Il y avait une lueur de rage dans ses yeux bleus, généralement paisibles.

— Non, dit Cardozo. Non. Pas moi, adjudant. Je ne perdrais pas mon temps à ramasser des crottes de chien dans la rue. Ce n'est pas du tout mon genre. Je vous l'assure.

Cardozo s'était levé et gesticulait furieusement.

— Bon. Ce n'était donc pas vous, Cardozo, dit le commissaire toujours d'aussi bonne humeur. Commandez donc du café pour l'adjudant et pour vous. Servez-vous de mon téléphone. Mon percolateur est hors d'usage.

Il fallut vingt bonnes minutes d'interrogatoire patient au commissaire pour établir un rapport entre le sang, le rat, les crottes de chien d'une part, Louis Zilver et la réception de la nuit précédente d'autre part. De Gier, qui s'était tout bonnement soûlé, fut obligé de faire appel à toute sa mémoire avant de se rappeler les questions que Zilver lui avait posées dans le couloir chez le père Bert. Grijpstra ne se souvint avoir eu une conversation du même genre avec Zilver que lorsque le sergent aborda ce détail.

— Oui, dit-il presque à regret. J'avais un coup dans le nez. Je n'aurais pas dû boire autant mais... ce genièvre m'a esquinté dès le premier verre. Il doit provenir d'une distillerie clandestine ; c'est de l'alcool pur qui a failli me brûler les entrailles. D'ailleurs ce jeune type me paraissait inoffensif. Nous parlions du film d'horreur que présentait la télévision et de ce qui effraie les gens en général. J'ai avoué bêtement que j'avais horreur des crottes de chien. Il a ri, ce salopard, il a ri comme un idiot. Il a dit que je n'avais pas à craindre de voir des crottes de chien dans un film de télévision.

— Et alors, toi, tu as répondu qu'on ne voit rien d'autre sur le petit écran, dit De Gier qui paraissait à peu près remis.

— Comment peux-tu savoir ça ? Tu n'étais pas là quand je parlais à Zilver.

— Parce que c'est une réponse qui s'impose !

— Bon ! alors je ne dis que des évidences ? Toi seul,

tu as le droit de soutenir des conversations d'intellectuel.

— Ça suffit, messieurs, coupa le commissaire.

Il choisit un cigare dans la boîte en métal posée sur son bureau. Il se pencha vers Grijpstra qui se sentit obligé de tirer son briquet de sa poche.

— Merci, Grijpstra. Notre idée d'aller flairer un peu sur le marché Albert Guyp a donné au moins un résultat. On vous a invités chez MM. les négociants de coins de rues. Zilver a probablement surestimé votre état d'ivresse hier soir. Il a cru que ce matin vous auriez oublié ce que vous lui aviez dit. Voilà un commencement de preuve sérieuse. Nous pourrions poursuivre dans cette direction.

— Ça ne servirait pas à grand-chose, monsieur, dit Grijpstra. Même si nous pouvions prouver sa culpabilité, ça ne nous conduirait pas loin. Salir un lieu public ou privé n'est qu'une simple contravention. Nous ne pourrions pas arrêter Louis Zilver pour ça. Il a dû faire son mauvais coup aux premières heures du jour après avoir quitté le père Bert.

— Il a fait ça pour vous bouleverser sans doute. Il sait que De Gier et vous êtes chargés de l'enquête sur l'assassinat de Rogge et de la pauvre Elisabeth. Les deux meurtres sont sûrement liés l'un à l'autre. Quand il arrive à se débarrasser des chiens, le renard s'échappe.

— Le renard doit être ce Zilver, dit De Gier.

— C'est possible, dit le commissaire. Mais ça n'a rien de certain. Ce jeune homme déteste la police. Il nous a dit que ce sont des policiers hollandais qui sont allés arrêter ses grands-parents chez lui pendant la guerre pour les livrer aux Allemands, avec les conséquences que nous savons. Il en veut plus à la police municipale d'Amsterdam qu'aux Allemands. Je le comprends. En vous jouant un mauvais tour à tous les deux, il a peut-être eu l'impression de payer une dette contractée envers ses grands-parents.

— J'étais un gamin dans ce temps-là, monsieur.

— Oui, mais votre culpabilité personnelle n'a aucun rapport avec cette affaire. La haine n'est jamais raisonnée, surtout une haine aussi profondément enracinée que celle que le jeune Zilver porte au cœur. Les Allemands m'ont arrêté, emprisonné et torturé pendant la guerre ; aujourd'hui encore, je suis obligé de prendre sur moi pour indiquer leur chemin aux jeunes étudiants allemands qui se perdent dans nos rues. J'associe machinalement leurs façons de parler de se conduire à celles des S.S. qui m'ont cassé six dents d'un seul coup. Il y a quarante ans de cela et les étudiants d'aujourd'hui n'étaient pas nés, eux non plus.

— Mais nous cherchons à identifier celui qui a tué son bon ami Abe Rogge, dit Grijpstra. S'il s'en prend à nous c'est donc qu'il l'a tué.

Le commissaire secoua la tête et éleva magistralement l'index.

— Il était dans la maison des Rogge quand Abe est mort, n'est-ce pas ? Esther Rogge nous l'a dit. Zilver a également dit qu'Esther était dans la maison. Si Zilver a tué Abe Rogge, Esther, sœur de la victime, doit être sa complice. Il me semble que notre enquête nous a amenés à cette conviction : le meurtrier était dehors, très vraisemblablement sur le toit du houseboat en ruine, à l'ancre en face de chez Rogge.

— Zilver aurait pu s'éclipser et revenir tout aussi discrètement ensuite, suggéra De Gier. J'aimerais que vous me permettiez de l'arrêter et de le garder pour interrogatoire. Nous avons de graves raisons de le soupçonner désormais. Nous pouvons le garder à vue six heures si vous le permettez.

— Je suis d'accord avec le sergent, dit Grijpstra.

— Et votre requête se fonde sur une histoire de crottes de chien et de rat éventré ?

— J'ai une autre raison, monsieur, dit lentement Grijpstra.

Tous se tournèrent vers l'adjudant, qui s'était levé et

regardait par la fenêtre, les mains profondément enfoncées dans les poches.

— Parlez, Grijpstra, dit le commissaire.

— Il s'agit du tableau dans la chambre d'Abe Rogge, monsieur. Peut-être vous en souvenez-vous ? On y voit deux hommes sur un petit bateau entouré d'eau écumante. Il doit être tard, le ciel est à peu près aussi foncé que la mer, d'un bleu presque noir ; il y a peut-être un clair de lune... la mer et le ciel se fondent presque l'un dans l'autre, et le bateau est le point central de cette toile.

— Oui, oui, je vois dit le commissaire. Continuez, mais regardez-nous quand vous parlez.

— Excusez-moi, monsieur, dit Grijpstra en se retournant. L'essentiel de ce tableau n'est pas le bateau, ni la mer, ni la lumière mais une impression d'amitié. Les deux hommes sont très proches l'un de l'autre, aussi proches qu'il est possible de l'être. Ils sont représentés par des lignes qui s'entremêlent.

— Et alors ?

— Je ne parle pas d'une relation homosexuelle...

— Non, en effet, dit le commissaire. Je vois ce que vous voulez dire et je crois que vous avez raison. J'ai vu ce tableau, moi aussi.

— Bezuur nous a dit qu'il y figurait en compagnie de Rogge. Il a bafouillé en nous l'avouant. Vous en souvenez-vous ?

— Oui. Bezuur souffrait, c'était évident. Je crois qu'il était sincère.

— Moi aussi, monsieur. Rogge l'avait laissé tomber et s'était disputé avec lui ; en tout cas, il avait rompu leurs relations. Si je me souviens bien, Esther a dit à De Gier que son frère avait tout simplement cessé de voir Bezuur. Cet homme a accepté la séparation, parce qu'il avait largement de quoi s'occuper lorsqu'il a hérité et des affaires et de la grosse fortune de son père. Mais si Rogge l'avait laissé tomber, Zilver, lui, n'aurait rien eu du tout.

— C'est exact, dit le commissaire. Et voici un jeune homme mal équilibré mentalement dépendant de son partenaire à la personnalité plus forte. Mais quelque chose nous indique-t-il que Rogge allait rompre ou avait déjà rompu avec Zilver ?

— Non, monsieur, intervint tout à coup De Gier. Du moins, pas à ma connaissance. Mais s'il en était effectivement ainsi, cela aurait certainement bouleversé Louis Zilver, qui est capable de réactions extraordinaires lorsqu'il est fortement ému. Il nous l'a prouvé ce matin, n'est-ce pas ?

— Tout cela paraît plausible, dit lentement le commissaire. Somme toute voilà ce que vous suggérez : Rogge annonce à Zilver qu'il rompt leur association commerciale. Bon. Esther nous a dit que Rogge laissait tomber les gens dès qu'ils l'ennuyaient. Apparemment, il n'avait besoin de personne et trouvait toujours de nouvelles compagnies. Il avait ainsi autour de lui une cohue d'admiratrices. Il lui suffisait de claquer des doigts pour qu'elles accourent en frétillant. Tilda nous l'a confirmé, l'autre femme aussi : cette Kops, la surréaliste. (Il haussa les épaules.) Une sotte, celle-là... mais peu importe. Donc il aurait dit à Zilver de s'éloigner... de disparaître et l'autre aurait réagi brutalement.

— C'est bien ça, dit Grijpstra. Esther nous a aussi indiqué que Rogge aimait à décontenancer ses interlocuteurs, à les mettre à nu, à leur montrer leur véritable personnalité, à les atteindre dans leur vanité. Il pourrait avoir fait cela à Zilver. Peut-être l'a-t-il fait trop souvent. Alors, tout à coup, sans que personne ne s'en aperçoive... une seule remarque aurait suffi à faire déborder le vase. Apparemment Esther ne soupçonne pas Zilver, car elle ignore que son frère allait rompre avec lui. Zilver doit avoir tué Rogge presque immédiatement après l'incident marquant la rupture.

— Allons, allons ! dit le commissaire. Et l'arme du crime ? Rappelons-nous qu'il s'agit d'une machine infernale, comme nous l'a fait remarquer pertinemment De Gier. Un système ingénieux et extraordinaire. Il aurait eu cet engin dans les tiroirs de son bureau ? Il se serait précipité dans sa chambre dès qu'Abe lui aurait signifié la rupture ? Aussi simple que ça : il se saisit de l'arme, il sort, il s'en sert, il rentre. Et tout ça sans que personne ne le voit ?

— Monsieur, dit De Gier.

— Oui ?

— C'était probablement une chose très banale. Une machine infernale peut avoir l'apparence d'un ustensile ordinaire.

Le commissaire réfléchit et poussa quelques petits grognements.

— Oui, dans ce cas-là il peut être sorti avec cet engin et les policiers qui montaient la garde sur le quai n'auront rien remarqué d'anormal, dit-il lentement.

— Zilver lui-même n'est pas normal, monsieur, intervint Grijpstra. C'est probablement un aliéné. Cette histoire de crottes de chien et de rat éventré le prouve. Aucune personne sensée ne se donnerait tant de peine à une heure pareille de la nuit. Ce pauvre type n'est probablement pas responsable. La guerre, ce qui est arrivé à ses grands-parents et tout ça... Si c'est lui le coupable, il faudra le remettre aux psychiatres. Mais je crois le moment venu de nous saisir de sa personne. Il devinera probablement que nous le soupçonnons. Il sera en état d'alerte, terrifié et prêt à parler.

— C'est vraisemblable, dit le commissaire.

— Alors pouvons-nous demander un mandat d'arrestation, monsieur ?

— Non, dit le commissaire. Je ne suis pas du tout convaincu qu'il ait commis un crime, encore moins *deux* crimes. Celui qui a tué Rogge a également tué Elisabeth. Celui qui a tué Elisabeth est capable de tuer de nouveau. Peut-être êtes-vous dans le vrai, mais j'en doute.

— Alors nous oublions l'incident, monsieur ?

demanda Grijpstra d'un ton indiquant que cette hypothèse ne lui plaisait pas. Il se frottait les poils du menton.

— Certainement pas. Nous allons revoir Louis Zilver.

— Excusez-moi, monsieur, dit Cardozo.

— Parlez.

— Une simple suggestion, monsieur. Pourquoi ne m'envoyez-vous pas voir Zilver ? Je ne lui dirai rien du tout, ou plutôt je me contenterai de lui signifier que je viens le chercher pour l'amener ici. Peut-être me parlera-t-il en chemin. Il n'a rien à me reprocher jusqu'à présent et nous avons à peu près le même âge. Mieux encore, nous sommes de la même origine.

— Très bien, acquiesça le commissaire. Amenez-le ici par les transports en commun mais faites-vous suivre. Tenez-le à l'œil. Nous ne savons pas dans quel état d'esprit il est actuellement. Peut-être l'interrogerons-nous ensemble. Grijpstra serait capable de déclencher une nouvelle tirade contre la police. Allez-y, Cardozo. Amenez-le directement dans cette pièce à votre arrivée.

— Ça vaut mieux, convint Grijpstra. Vous avez raison, monsieur. J'aurais été capable de lui tordre le cou. Et toi aussi, ajouta-t-il en interrogeant De Gier du regard.

— Absolument, admit ce dernier. J'ai encore le rat mort dans un carton sur mon bureau. Je vous le montrerai.

— Jamais de la vie ! s'exclama Grijpstra. Fous-moi cette boîte aux ordures. Moi je n'exhibe pas mes crottes de chien !

— Allons, messieurs, allons ! intervint le commissaire. Je suis certain que vous avez mieux à faire que de vous disputer ainsi. Trouvez où est votre devoir et acquittez-vous-en. Quant à moi, je vous tiendrai au courant si j'apprends quoi que ce soit.

CHAPITRE XIX

— Suis-je en état d'arrestation ? demanda Louis Zilver assis dans un profond fauteuil, près de la fenêtre du bureau du commissaire. (Il fumait fiévreusement une cigarette qu'il avait tirée de son propre paquet après avoir refusé le petit cigare que le commissaire lui offrait. Cardozo était assis auprès de lui et le commissaire faisait face aux deux jeunes gens. Il s'était hissé sur le bord de son bureau et ses pieds se balançaient au-dessus du tapis.)

— Non, dit-il.

— Alors je peux m'en aller si je le désire ?

— Sûrement.

Louis se leva d'un bond et alla vers la porte. Cardozo le suivit du regard. Le commissaire considéra l'extrémité de son cigare.

Louis s'arrêta à la porte.

— Alors ? Vous ne partez pas ? interrogea le commissaire au bout d'un moment.

Louis ne répondit pas.

— Si vous restez, autant vous asseoir.

— D'accord, dit Louis qui revint à son fauteuil.

— Très bien. Vous avez bouleversé deux de mes hommes ce matin et je voudrais savoir pourquoi vous avez pris tant de peine afin d'arriver à un résultat aussi lamentable. Parlez-moi du rat, d'abord.

— Le rat ? demanda Louis d'une voix suraiguë.

— Oui, le rat, répéta le commissaire. Les crottes de chien ne manquent pas dans nos rues. Il y en a même beaucoup trop, malgré tout le mal que nous nous donnons pour apprendre aux propriétaires que leurs animaux doivent faire leurs besoins dans le caniveau : je me rends facilement compte de la manière dont vous avez rassemblé les crottes de chien. Mais le rat m'intrigue.

— Je n'ai pas tué ce rat. Je l'ai trouvé dans la cour. C'est le chat d'Esther qui l'a apporté. Je crois que ce rat appartenait au gamin de la maison voisine. Je l'ai trouvé dans la cour en rentrant de chez le marchand de légumes et je me suis rappelé ce que le sergent m'avait dit au sujet de ces animaux. Je l'ai ramassé et j'ai pris la voiture d'Abe pour aller chez le sergent. L'adresse figure dans l'annuaire du téléphone et j'ai constaté en arrivant que je ne me trompais pas car j'ai reconnu la bicyclette d'Esther.

— Esther Rogge ?

— Oui. Ça marche bien entre eux. Je crois que le sergent cherche à lui tirer les vers du nez en se servant de son charme. C'est un très bel homme.

Cardozo émit un petit ricanement, le commissaire se tourna vers lui et l'agent prit un air grave.

— Oui, dit le commissaire. De Gier se débrouille bien avec les dames. Mais ça ne le mène nulle part. Le seul être avec lequel il s'entende vraiment, c'est son chat, je crois. Mais revenons à nos méfaits. Pourquoi vous en êtes-vous pris aussi à l'adjudant ? Je crois comprendre pourquoi le sergent vous déplaît. Mais l'adjudant ne vous a donné aucune raison de...

Zilver éclata de rire.

— C'est très simple, il se trouve que pendant la soirée d'hier chez Bert, tous deux m'ont parlé de leurs fantasmes. Etant donné que j'avais commencé avec le sergent et le rat j'ai jugé bon de terminer convenablement mon œuvre.

— Eh bien ! vous avez réussi !

Zilver se pencha en avant pour écraser sa cigarette dans le cendrier.

— Quelle suite allez-vous donner à cela ? Si vous me poursuivez, je paierai très volontiers l'amende.

— Non, dit le commissaire en rajustant sa chaîne de montre sur son gilet. Non, je n'en ai pas l'intention. Nous enquêtons sur deux assassinats et je continue à croire que vous pouvez nous être utile.

— Vous, vous êtes la police, remarqua Zilver en considérant le tapis de Perse qui occupait le centre de la grande pièce. Je ne vois pas pourquoi j'aiderais la police.

— Je comprends votre point de vue. Eh bien, vous êtes libre de vous en aller, comme je vous l'ai déjà dit.

— Où étiez-vous, pendant la guerre ? demanda Zilver tout à coup en se rasseyant dans le fauteuil.

— Pendant trois ans, j'étais en prison.

— Où ?

— A Scheveningen.

— C'est là qu'on enfermait les résistants, n'est-ce pas ?

— Exact. Mais en réalité je n'appartenais pas à la résistance. J'étais accusé d'avoir désorganisé un transport vers l'Allemagne et d'avoir assisté des déportés.

— Des Juifs ?

— Exactement.

— Et aviez-vous vraiment désorganisé ce transport ?

— Oui. On n'a rien pu prouver mais, dans ce temps-là, on se souciait peu d'avoir des preuves.

— Et vous êtes resté trois ans en cellule ?

— Oui.

— Seul ?

— Pendant à peu près sept mois.

— Sept mois, c'est long.

— Assez long oui, et la cellule n'était pas confortable. J'y pataugeais dans l'eau et c'est de là que me viennent mes rhumatismes, je crois. Mais tout ça ; c'est fini, maintenant.

— Non, dit Zilver. Ce n'est pas fini et ça ne finira jamais. Vous souffrez encore de vos rhumatismes. J'ai remarqué que vous vous frottiez les jambes lors de mon premier interrogatoire. Souffrez-vous encore ?

— Pas aujourd'hui. Et quand je mourrai, cette douleur s'en ira avec moi.

— C'est possible.

— Je ne vous ai pas fait venir ici pour parler du rhumatisme de monsieur le commissaire, intervint Cardozo d'un ton irrité. Votre ami Rogge a été assassiné et une vieille dame inoffensive aussi, probablement par le même homme.

— Ah oui ? demanda Louis.

— Oui, dit le commissaire. On commet peu de crimes ces temps-ci et ces deux-là sont sûrement liés. Vous connaissiez bien Abe. Vous connaissiez aussi les gens qu'il fréquentait. Vous connaissez donc l'assassin.

— Vous n'exposez que des suppositions, vous savez.

— Nous ne sommes absolument sûrs de rien, avoua le commissaire. Voudriez-vous une tasse de café ? L'esprit humain est incapable d'arriver à des certitudes absolues. Vous avez étudié le droit, vous le savez donc. Mais parfois nous pouvons arriver à un certain degré de certitude, comme dans ce cas.

— Oui, je prendrai volontiers du café.

Le commissaire regarda Cardozo qui se leva aussitôt pour saisir le téléphone.

— Trois tasses de café, s'il vous plaît. Dans le bureau du commissaire.

— Bon, alors, dit Zilver. Je connaîtrais donc l'assassin. Vous aussi vous le connaissez. Je sais comment Abe a été tué mais je ne l'ai découvert qu'hier et par hasard.

— Vraiment ?

— Il a tué avec une canne à pêche : à l'extrémité de la ligne se trouvait un poids.

Cardozo claqua des mains et Zilver se tourna vers lui.

— Vous n'y aviez pas pensé, n'est-ce pas ?

— Non, dit le commissaire. Nous avions seulement

envisagé une boule élastique garnie de clous et attachée à une ficelle. C'est le sergent De Gier qui a eu cette idée-là. Il s'est rappelé avoir vu des gamins pratiquer ce jeu : ils frappaient avec des petites raquettes en bois une balle liée par un cordon élastique à un poids de telle sorte qu'elle revenait toujours vers ceux qui la frappaient. Comment en êtes-vous venu à penser à une canne à pêche ?

Un agent apporta le café et Zilver fit fondre son sucre avec application.

— C'est un nouveau sport, répondit-il. Un de mes amis amateur de pêche m'a annoncé récemment qu'il avait adhéré à un club où l'on joue ainsi avec des cannes à pêche. Ils attachent une flèche à l'extrémité de leur ligne et la lancent sur une cible posée à bonne distance. Ce sport est devenu assez courant et il donne lieu à des compétitions officielles. Mon ami assure qu'il y est déjà assez adroit.

— Je n'en avais jamais entendu parler, dit le commissaire.

— Moi non plus jusqu'à ce que mon ami le mentionne et c'est ce qui m'a permis de résoudre l'énigme. L'assassin devait se tenir sur le houseboat en face de chez nous. Il feignait de pêcher, et les policiers de garde pendant l'émeute, n'ont pas fait attention à lui. Il y a toujours des pêcheurs sur le quai de l'Arbre-Droit et il y en avait même pendant les manifestations. Quand il a senti l'occasion favorable, il s'est retourné et a lancé sa balle qui a atteint Abe. Ce dernier ne l'avait peut-être pas remarqué. Quand bien même, il l'aurait vu, il ne l'aurait pas reconnu : l'assassin devait porter un ciré informe avec un chapeau assorti. Ainsi vêtu et vu de dos il devait être méconnaissable : un pêcheur comme tant d'autres.

— Alors Abe connaissait cet assassin ?

— Evidemment.

— Qui était-ce ?

— Klaas Bezuur.

— Vous en êtes vraiment sûr ?

— L'esprit humain est incapable de posséder une certitude absolue, dit Zilver. Mais parfois nous pouvons arriver à un certain degré de certitude. C'est le cas.

Le commissaire sourit.

— Oui, admit-il. Mais pour affirmer cela vous devez avoir des renseignements que nous ne possédons pas. Vous nous avez dit — Esther, Bezuur, et vous — que Bezuur et Abe étaient amis intimes.

— Ils l'avaient été, rectifia Zilver.

— Que s'est-il passé ?

— Rien de précis. Abe a laissé tomber Bezuur parce que ce dernier avait renoncé à sa liberté. Il quittait Abe pour devenir milliardaire dans une affaire de travaux publics. Il avait une grande villa, une Mercedes, une femme, des amis et passait des vacances coûteuses dans des hôtels quatre étoiles ; bref il menait la grande vie. Il cessait de passer et de s'interroger.

— Ils se sont querellés ? Ont-ils au moins discuté ?

— Non. Abe ne se querellait jamais avec personne et ne discutait pas davantage. Il cessait de voir ceux qui ne l'intéressaient plus, un point c'est tout. Il continuait à emprunter de l'argent à Bezuur pour financer ses plus grosses transactions. Il remboursait et empruntait de nouveau. Mais il ne s'agissait plus d'amitié, seulement de relations d'affaires. Bezuur comptait un fort intérêt. A part ça, il n'y avait plus de contacts entre eux. Bezuur essayait de renouer. Abe lui riait au nez en lui disant qu'on ne peut pas tout avoir. Rogge n'enviait nullement la fortune ni les grosses dépenses de Bezuur, mais il lui reprochait sa faiblesse. Ils avaient quitté l'université ensemble parce qu'ils avaient constaté qu'on les dressait uniquement à accepter une société incroyablement sotte et mal faite. Ils allaient trouver de nouvelles manières de vivre, mener ensemble une existence d'aventuriers. Ils avaient l'intention de faire des choses folles : naviguer en pleine tempête dans un bateau qui prenait l'eau, parcourir les déserts de l'Afrique du Nord à dos de chameau, lire des livres étranges pour en discuter et parcourir les pays de l'Europe de l'Est dans un vieux camion. Abe m'a raconté un jour qu'ils avaient perdu leur camion lors de leur premier voyage. Ils avaient appris qu'une manufacture tchécoslovaque vendait des perles de fantaisie à bon marché et ils y étaient allés en plein hiver. Ils avaient donc acheté toutes les perles que pouvait contenir le véhicule. Mais l'usine les avait mal emballées, dans de mauvais cartons fermés par de la ficelle en papier. Sur la route du retour, la chaussée était verglacée, le poids lourd a dérapé et s'est renversé. Abe m'a raconté que les perles se sont répandues à perte de vue, et qu'elles scintillaient au soleil couchant. Bezuur et lui sautaient de joie en riant et en braillant devant un aussi beau spectacle.

— Et après ? demanda le commissaire.

— Eh bien, ils avaient perdu leur marchandise, et le camion aussi. Ils sont revenus en auto-stop. A l'époque, Bezuur disait que cet instant avait joué un grand rôle dans sa vie. Il l'avait éveillé à l'absurdité des efforts humains et à la beauté de la création. Il disait aussi qu'une telle sensation ne pouvait s'exprimer par des mots.

— Hum, grogna le commissaire, dubitatif. J'ai fait la connaissance de Bezuur, vous savez. Il ne m'a pas donné l'impression d'un homme de cette qualité. Je ne le vois pas en train de sauter dans un décor couvert de neige même si des perles fausses y reflètent le soleil.

— Non, en effet, dit Zilver. Cette qualité, il l'a perdue. Abe disait que Bezuur s'était éveillé, un instant, mais rendormi, et il le considérait comme un cas désespéré.

— C'est pour ça qu'il a rompu avec lui !

— Oui. Bezuur revenait voir Abe qui le chassait sans pitié. Il ne le laissait même pas entrer et ne le recevait que sur le seuil de la porte. Abe était capable de se montrer extrêmement dur. Peut-être Bezuur a-t-il eu d'autres mobiles. Il aimait Esther. Il avait essayé de la séduire. Je les soupçonne d'avoir couché quelquefois ensemble, mais elle ne tenait pas à lui, surtout depuis qu'il essayait de l'impressionner avec ses grosses voitures, sa belle villa et tout le reste. Il a épousé une des amies d'Esther, qui n'a pas tardé à le prendre en grippe. Elle vit actuellement quelque part en France, dans une communauté de hippies, je crois.

— Mais pourquoi Bezuur n'aurait-il pas tué Esther ?

— Il ne pouvait l'atteindre plus cruellement qu'en tuant son frère.

Abe était le soleil dans la vie d'Esther.

— Elle a un autre soleil dans sa vie maintenant, dit Cardozo.

— Le sergent ?

— Ça m'en a tout l'air et c'est vous qui me l'avez appris, dit le commissaire.

— Un flic ?... demanda Zilver.

Les deux policiers étudièrent attentivement le visage du jeune homme qui se crispa.

— Peu importe, dit le commissaire. Quand avez-vous découvert que l'assassin devait être Bezuur ?

— La nuit dernière, chez Bert, le marchand de légumes. L'ami qui m'a parlé de ce nouveau sport travaille aussi sur le marché. Il est venu à la réception et m'a incidemment appris que Bezuur fait partie de leur club et qu'il est même un champion. Il est aussi très bon tireur. Abe avait un vieux fusil dans son bateau et son ami faisait des cartons sur les bouteilles qui flottent sur le lac. Moi aussi j'aime ça. Abe disait tout le temps que Bezuur était le meilleur tireur qu'il eût jamais connu.

— Actuellement la possession d'une arme à feu est un crime, dit Cardozo.

— Est-ce possible ? demande Zilver. Ma foi, je n'en savais absolument rien.

— Auriez-vous dénoncé Bezuur spontanément ? demanda le commissaire.

— Non. Mais maintenant je l'ai fait. Je vous avais dit

que je n'aiderais jamais la plice, sûrement pas de manière délibérée.

— Bezuur a déjà tué deux fois, dit le commissaire. Sa seconde victime était une vieille femme. Nous pouvons supposer qu'il l'a vue traînailler sur le quai de l'Arbre-Droit peu de temps après l'assassinat d'Abe. Bezuur est probablement revenu sur les lieux du crime pour voir ce que faisait la police. Il s'était même donné la peine de s'assurer un alibi : deux call-girls, saoulées au champagne et qui dormaient chez lui comme des brutes. Elles ont juré qu'il était resté toute la nuit avec elles. Peut-être retournait-il là-bas pour assassiner Esther... voire vous-même : vous avez pris sa place. Laisser circuler en liberté un individu aussi dangereux c'est s'exposer à de graves ennuis. C'est un homme redoutable, extrêmement intelligent, adroit de bien des manières extraordinaires et arrivé au bord de la folie.

— Les Allemands circulent encore, dit Cardozo en souriant. Il y en a des millions. Ils sont extrêmement intelligents et très adroits. Ils ont déclenché deux guerres mondiales et ils ont massacré tant d'innocents que je ne peux même pas imaginer leur nombre. Les Hollandais eux aussi ont massacré bon nombre d'innocents indonésiens. L'assassinat semble être une tendance naturelle de l'être humain. Abe avait peut-être raison lorsqu'il disait que nous ne sommes pas maîtres de nos actes mais mus par des forces extérieures, peut-être des rayons cosmiques... A moins que les planètes ne soient à l'origine de ces crimes, auquel cas, il faut les arrêter, les détruire !

Le commissaire remua les pieds ballant à trente centimètres du plancher. Cardozo sourit. Son chef avait l'air d'un gamin juché sur le mur d'un jardin, jouant tout seul à balancer ses pieds.

— C'est intéressant, dit le commissaire, et peut-être pas aussi absurde que cela paraît. Notre propre discipline est logique et — si elle n'est pas toujours efficace — elle a le mérite de nous permettre d'être utile, surtout lorsque nous agissons au mieux.

Le silence régna dans la pièce. Le commissaire remuait les deux pieds.

— C'est ça, dit-il. Il nous faut aller arrêter M. Bezuur. Où croyez-vous qu'il soit en ce moment, M. Zilver ?

— Dans une douzaine d'endroits possibles. Je peux vous en donner une liste. Il pourrait être à son bureau, chez lui, dans n'importe lequel des quatre parcs où il gare ses machines, à moins qu'il n'erre de nouveau Quai de l'Arbre-Droit.

— Voulez-vous venir avec nous ? demanda Cardozo, quêtant du regard l'approbation du commissaire, qui hocha la tête.

— Oui. Je n'aurais rien dû vous dire, certes. Mais maintenant c'est fait et j'assisterai volontiers au dénouement de l'affaire.

Le commissaire avait déjà décroché son téléphone. Il appela d'abord Grijpstra puis le garage de police.

— Nous y allons dans deux voitures, dit-il. Vous et Cardozo prendrez la Citroën. Grijpstra et De Gier suivront dans la V.W. Vous êtes armé Cardozo ?

Cardozo entrouvrit son veston et la crosse de son FN brilla.

— N'y touchez pas, sauf en cas d'absolue nécessité, dit le commissaire. J'espère qu'il n'aura pas sa canne à pêche sous la main. La précision et la portée m'en semblent à peu près équivalentes à celles de nos pistolets. Monsieur Zilver ?

Louis redressa la tête.

— Vous pouvez venir avec nous à condition de vous tenir à l'écart.

— D'accord, dit Zilver.

CHAPITRE XX

Les deux voitures quittèrent le quartier général vers 11 heures ce matin-là et se séparèrent presque immédiatement car l'agent qui conduisait la Citroën franchit un feu juste avant qu'il ne passe au rouge, laissant De Gier jurer dans la vieille VW coincée derrière le triporteur d'un invalide.

Grijpstra grogna.

— Tu devrais conduire cette voiture de temps en temps, persifla De Gier, augmentant le volume de la radio.

— Allô ! Ici Central radio.

De Gier donna son numéro et dit :

— Mettez-moi en relais et donnez-nous une autre fréquence. Votre troisième canal est libre ?

— Le quatrième est libre, répondit la radio. Je vais demander au commissaire de se brancher dessus.

— Allô ! dit au bout d'un instant le chauffeur de la Citroën.

— Ne conduisez pas d'une manière aussi spectaculaire, grinça De Gier. Nous sommes encore rue Marnix et vous êtes déjà hors de vue. Dans quelle direction allez-vous ?

— Vers l'est, par Weteringschans. Nous nous dirigeons vers un parc à voitures de la zone industrielle de l'autre côté de l'Amstel.

— Attendez-nous. Je vais essayer de vous rattraper, mais ne vous enfuyez pas à notre approche.

Ils rejoignirent la Citroën et la suivirent. Bezuur n'était pas dans ce parc. Il n'était pas non plus dans le suivant. Ils allèrent à son bureau, puis vers le sud, mais il n'était pas chez lui non plus. La patience initiale de De Gier s'évanouissait. Assis auprès de lui, Grijpstra fumait ses petits cigares noirs et ne disait rien. Il resta tout aussi impassible quand une Mercedes venant de leur gauche leur refusa le passage et obligea De Gier à freiner en catastrophe.

La radio crépita. La voix de Cardozo les atteignit, étrangement neutre. Il annonça l'heure.

— Et après ? demanda De Gier.

— Le commissaire a envie de déjeuner.

Grijpstra rompit le silence en saisissant le microphone des mains de De Gier.

— Excellente idée, Cardozo ! s'exclama-t-il. Dis au chauffeur de tourner à droite, au carrefour suivant, et ensuite de prendre la deuxième rue à droite.

— Pour aller où, adjudant ?

— Dans un petit restaurant turc où l'on sert des sandwiches chauds garnis d'une espèce de ragoût avec des tomates et des oignons.

La radio grésilla pendant un moment, puis on entendit la voix du commissaire.

— Ces sandwiches turcs dont vous parlez, Grijpstra, de quoi ont-ils l'air ?

— De sandwiches. Ils sont délicieux, monsieur, mais un peu exotiques.

— Epicés ?

— Pas trop, monsieur.

— Comment s'appelle ce restaurant ?

— Il porte un nom turc que je ne saurais pas prononcer, en admettant que je m'en souvienne. Mais vous ne risquez pas de le rater. Il y a un âne empaillé sur le trottoir devant la porte et une Turque est assise dessus. Elle porte un voile, des pantalons très larges et une multitude de colliers.

— Vraiment ? demanda le commissaire. Elle passe toute sa journée assise sur cet âne empaillé ?

— C'est un mannequin, monsieur. De ces mannequins que l'on met dans les vitrines. Elle n'est pas vivante.

— Je comprends, dit le commissaire.

Ils déjeunèrent sur la terrasse du restaurant. Le commissaire complimenta Grijpstra pour son heureuse initiative et commanda un second plat. Zilver se mit à parler à De Gier, qui parvint à prendre une attitude cordiale après avoir respiré profondément. Cardozo contemplait la femme à califourchon sur l'âne. Elle lui parut sur le point de tomber et il allait se lever pour la remettre en place quand le commissaire demanda l'addition.

— Où allons-nous, maintenant, M. Zilver ?

— Il y a encore un autre parc, à Amstelveen, où il gare les plus grosses pelles mécaniques ainsi que quelques bulldozers et des tracteurs. J'y suis allé une fois et j'ai l'impression que lui n'y est pas souvent. C'est pour ça que j'avais classé cet endroit en fin de liste.

— Pourquoi donc y êtes-vous venu ? demanda le commissaire. Vous n'étiez pas en si bons termes avec Klaas Bezuur, me semble-t-il ?

— C'est exact, dit Louis. En réalité, je n'avais rien à lui reprocher. Il nous prêtait de l'argent avec largesse. J'ai visité ce parc une fois avec Abe. Bezuur nous avait téléphoné au sujet d'un nouveau bulldozer qu'il avait acheté et qu'il voulait nous montrer. J'ai cru d'abord qu'Abe ne s'y intéressait pas ; bien au contraire, il est parti immédiatement et il m'a emmené avec lui. Corin Kops, une amie d'Abe, nous accompagnait. Nous nous sommes amusés tout l'après-midi. Il nous a laissé conduire quelques-unes de ses machines. Nous avons même organisé des poursuites au volant de ces engins formidables.

— Vous étiez en quelque sorte des enfants à bord d'auto-tamponneuses ?

— Humm !... ces engins ne sont pas du même gabarit. Certains d'entre eux doivent peser plusieurs tonnes. Je conduisais une benne preneuse dont l'ouverture était aussi large que la gueule d'une baleine.

— Vous dites que ce parc est situé à Amstelveen ? C'est un faubourg d'Amsterdam, une ville hors de notre rayon d'action... Ma foi nous pourrons toujours prétendre qu'il s'agit d'une arrestation en fin de poursuite.

Grijpstra fit une moue dubitative.

— Nous ne devrions peut-être pas faire cela. Si M. Zilver nous donne l'adresse précise, nous pouvons alerter la police d'Amstelveen. Elle enverra un car. Nous leur ferons valoir qu'ils sont dans le coup.

Malheureusement, Bezuur les vit arriver. Le parc mesurait cinquante mètres sur cent, il était entouré d'un haut mur de briques partiellement couvert de plantes grimpantes. Bezuur se trouvait en plein milieu de cet espace quand Grijpstra et De Gier franchirent le large portail.

— Bonjour ! brailla De Gier.

Bezuur allait lui répondre lorsqu'il vit Louis Zilver descendre par la portière arrière de la Citroën. Il aperçut aussi le capot blanc du car que les agents d'Amstelveen garaient de l'autre côté de la rue. Il pivota sur lui-même et s'enfuit en courant.

— Halte ! vociféra Grijpstra. (Bezuur grimpait déjà dans la cabine d'un bulldozer. Dès que le diesel de l'engin se mit à ronfler Gripstra dégaina son pistolet.)

— Halte !... Police !... Nous tirons !

Le commissaire les avait rejoints. Son chauffeur l'accompagnait mais il se retourna et courut vers la Citroën quand il vit approcher le bulldozer. Il ouvrit le coffre et s'empara d'une carabine. Il la chargea et s'agenouilla auprès de la portière. Grijpstra avait pointé son pistolet vers le ciel. Il tira. L'agent tira aussi. Mais la grande lame du bulldozer s'était levée, faisant office de bouclier. La balle la heurta, ricocha et alla s'enfoncer dans le mur de briques en froissant les plantes grimpantes dont les fleurs rouges s'agitèrent comme pour protester. De Gier tira aussi. Ses balles ratèrent le bulldozer qui s'était mis à tourner sur lui-même. Près du portail, les agents en uniforme d'Amstelveen gênés par les personnes qui étaient devant eux, hésitaient à utiliser leurs armes. Le bulldozer rugissait et continuait à tourner sur lui-même. Sa lame de fer brillait montait et descendait. Elle s'arrêta soudain à l'horizontale, nue, menaçante, et la machine se précipita en avant. De Gier sentit une sueur froide lui couler dans le dos. La lame du bulldozer visait le commissaire, petite silhouette perdue sur le vaste parc. Il rechargea son pistolet et tira de nouveau. Il vit la grosse masse de Bezuur sursauter quand une balle l'atteignit mais la machine continua à avancer, implacable, sur le commissaire, qui s'enfuyait vers le coin le plus proche en soufflant. Il espérait se réfugier dans l'angle des murs de briques.

De Gier sentit une main lui taper le genou et se retourna. Cardozo, accroupi auprès de lui, désignait un autre coin du parc. Un second engin s'était mis à vivre : une grande benne preneuse qui approchait en écrasant le gravier sous ses énormes chenilles.

— Zilver ! hurla Cardozo.

— Quoi ?

— Zilver. Il est dans la cabine. Je lui ai demandé de nous tirer d'affaire. Il avait dit qu'il savait conduire cette pelle.

De Gier hocha la tête mais cela ne l'intéressait guère. Il se retourna vers le commissaire qui avait atteint l'angle du mur et paraissait s'enfoncer dans le feuillage des plantes grimpantes dans le vain espoir d'échapper à la lame du bulldozer. Ce n'était pas une mauvaise tactique car l'engin était trop long pour atteindre le coin. Ses deux extrémités se heurtaient au mur, arrachaient les plantes grimpantes dont les fleurs rouges, orange et le feuillage vert tombaient sur la lame ainsi que sur la cabine du bulldozer. L'engin recula, obliqua et repartit en avant mais, cette fois, en rasant le mur, ce qui obligea le commissaire à abandonner son refuge. Quand le bulldozer pivota pour reprendre sa poursuite, De Gier eut la tentation de fermer les yeux pour ne pas voir cette scène atroce. Sur terrain découvert, le commissaire n'avait aucune chance d'échapper à son poursuivant. De Gier tira. Il vida son chargeur. Les balles atteignirent la machine mais ne touchèrent pas celui qui la conduisait. Quand son arme fut vide, De Gier se tourna vers Cardozo.

— Tire, imbécile, tire donc ! cria-t-il indigné.

Cardozo secoua la tête.

— Grijpstra est là-bas derrière, regarde !

La pelle excavatrice fonçait sur le bulldozer, sa gueule aux énormes dents d'acier pointée sur la silhouette de Bezuur. Son moteur ronflait. Les deux policiers virent Zilver qui, dans sa cabine vitrée, à l'arrière de la machine, manœuvrait frénétiquement les leviers. Bezuur sentit le danger et fit bifurquer son bulldozer. De Gier bondit vers le commissaire qui s'évanouit dans ses bras. Il ramassa le vieil homme et courut au portail. Un agent ouvrit la portière de la Citroën et le sergent déposa le commissaire sur le siège arrière.

— Ça va, dit le commissaire. Retournez-y, sergent. Bezuur est déjà blessé. Il ne faut pas le tuer. Voyez si Zilver ne pourrait faire basculer le bulldozer.

— A vos ordres, monsieur, répondit De Gier en repartant à toute vitesse. (Il vit alors les dents de la pelle atteindre la nuque de Bezuur. Zilver manœuvra vivement un levier et continua à avancer. Mues par toute la puissance du moteur Diesel qui ronflait sous la cabine, les dents pointues arrachèrent la tête de Bezuur. Elle vola à travers le parc, heurta le mur de pierre dénudé, et éclata. Les jambes de De Gier se dérobèrent sous lui. Cardozo se releva en le tirant par l'épaule, car le bulldozer continuait à avancer lentement vers eux.)

Hébété, De Gier obéit et s'éloigna. Grijpstra sauta sur le bulldozer au moment où le corps de Bezuur basculait sur sa selle et tombait sur le sol, et coupa le moteur. Zilver avait fait de même sur sa benne preneuse. Alors on n'entendit plus rien sur le parc, que les moineaux qui gazouillaient furieusement dans les plantes grimpantes arrachées du mur.

— Des moineaux... dit De Gier. Ils ont perdu leurs nids.

— Les moineaux ? demanda Grijpstra. Quels moineaux ?

De Gier montra le coin du mur. Vrilles et sarments emmêlés s'étalaient par terre. Une bonne partie avait été broyée par les pneus des engins.

— Des moineaux ! Qu'est-ce que ça peut nous foutre ? L'assassin a vraiment perdu la tête cette fois.

Grijpstra montra du doigt la grosse carcasse de Bezuur allongée par terre. Le sang continuait à gicler du cou dans lequel on entrevoyait des muscles noueux.

De nouveau les jambes manquèrent à De Gier. Grijpstra le retint par l'épaule.

Un agent en uniforme arriva en courant.

— C'est vous le responsable de cette arrestation ? demanda-t-il.

— Le commissaire est dans la voiture, agent, dit Grijpstra. Dans la Citroën. C'est lui qui dirige l'opération mais je crois que vous devrez vous charger du rapport puisque nous sommes sur votre territoire. Vous y avez d'ailleurs assisté, n'est-ce pas ?

— L'opération... bougonna l'agent. L'opération ! Je n'ai jamais rien vu de pareil de ma vie. Qu'est-ce que nous allons faire de la tête de ce type-là ?

— Grattez la terre et le mur et mettez les restes dans une boîte, dit Grijpstra. Celui qui conduisait l'excavatrice n'est pas des nôtres. C'est un civil. Nous avons son nom, son adresse et toutes ses coordonnées. Ne l'inculpez pas. Il a sauvé la vie du commissaire. Nous pouvons lui en être reconnaissants. Tenez, j'ai aussi le nom du défunt pour vous.

Grijpstra tira son calepin de sa poche, l'ouvrit et griffonna quelques mots. Il arracha la page et la donna à l'agent.

— Si vous avez besoin de moi, vous pouvez me joindre à l'Hôtel de police d'Amsterdam. Je m'appelle Grijpstra. Adjudant Grijpstra.

— J'aurai sûrement besoin de vous, dit l'agent. Je serai sur votre dos pendant le reste de la semaine. Quel spectacle ! Si nous procédions à une arrestation comme celle-là, nous aútres, nous en aurions pour notre vie à en entendre parler.

— Nous venons d'une grande ville, agent, dit Grijpstra. Félicitez-vous d'habiter en province.

Un autre agent arriva.

— Prends un couteau, procure-toi une petite pelle et une boîte, lui dit le premier policier. Ramasse tout ce qui reste de la tête.

— Merde alors, soupira le nouveau venu.

Cardozo sourit. Le premier policier avait trois galons et le second, deux seulement. Grijpstra sourit aussi.

— Pauvre diable, dit Cardozo.

Les moineaux gazouillaient encore quand ils quittèrent le parc.

CHAPITRE XXI

— Tes douleurs t'ont donc repris, mon chéri, dit la femme du commissaire lorsqu'il entra chez lui en boitant. Quand tu es parti ce matin, je t'aurais cru tout à fait d'aplomb. Tu paraissais littéralement rajeuni en montant en voiture.

Le commissaire bredouilla une phrase indistincte contenant le mot « thé ». Enfin, il parvint à ajuster sa voix.

— Je vais bien mais je me suis cogné. C'est tout. Je voudrais du thé.

— Tu l'auras dans une minute. Oh ! ton *complet !*

Le beau complet neuf était taché et — bien pis — déchiré. Un sarment de plante grimpante s'était fiché dans une manche au moment où le commissaire s'échappait pour fuir le bulldozer. Il chercha puérilement à dissimuler la déchirure avec sa main quand elle l'attira près de la fenêtre.

— Et ça ? Mais c'est... du sang !

Il se rappela qu'avant de partir il avait examiné le cadavre de trop près.

— Oui, dit-il, c'est du sang, ma chère, mais il est facile à nettoyer. Je suis certain, en outre que le vieux tailleur réparera mon complet. Je voudrais du thé et un bain très chaud. Peux-tu m'apporter un plateau ?

— Bien sûr. J'espère que tu ne t'endormiras pas dans la baignoire. Tu te rappelles que ma sœur et son mari viennent dîner ce soir. Ils ont téléphoné ce matin et je leur ai dit que tu étais tout à fait rétabli.

Le commissaire s'arrêta net au milieu de l'escalier, se retourna et s'assit sur une marche.

— Tu ne m'en voudras pas, j'espère, continuait son épouse. Ils sont toujours tellement gentils. Lui veut nous parler de l'entreprise dont il a pris la direction. Il s'agit d'une usine quelque part dans le Sud. Il déborde d'enthousiasme, paraît-il.

— Si. Je t'en voudrais s'ils me prenaient ma soirée, dit le commissaire. Téléphone-leur et dis-leur que je suis malade. Je souhaite vivre en paix, fumer un cigare dans le jardin et je te veux auprès de moi. Nous écouterons les tourterelles. Ma tortue aussi est très gentille, et ne prends jamais la direction de quoi que ce soit.

— Tu sais que j'ai horreur de mentir.

Le commissaire se releva et poursuivit l'ascension de l'escalier. Sa femme soupira et décrocha le téléphone. Depuis le vestibule elle entendait l'eau chaude couler dans la baignoire.

— Allô, Annie ? Je suis désolée, mais les jambes de Jan ont recommencé à le faire souffrir. Il est dans un piteux état et je crois qu'il vaudrait mieux remettre...

L'adjudant Grijpstra arracha avec les dents l'extrémité d'un petit cigare noir et la cracha dans la direction du grand cendrier de cuivre posé sur la table du corridor. Il rata son objectif d'un bon pied.

Mme Grijpstra sursauta d'horreur et s'écria d'une voix dangereusement aiguë :

— Nous empester ne te suffit donc pas. Il faut que tu salisses la maison. Je t'ai dit mille et mille fois...

— Suffit, dit tranquillement Grijpstra.

— Et tu es en retard. Tu n'arriveras donc jamais à l'heure ? J'ai fait frire les pommes de terre bouillies d'hier. Il en reste dans la poêle. En veux-tu ?

— Oui et donne-moi aussi du pain et du café, ajouta-t-il à mi-voix.

Elle alluma la lumière pour voir le visage de son mari.

— Tu es très pâle. Tu n'es pas malade, j'espère ?.

— Non.

— Tu en as l'air.

— C'est mon métier qui me rend malade, expliqua Grijpstra en se redressant, les bras ballants, les traits affaissés.

Le visage bouffi de sa femme se plissa en ce qui, vingt ans plus tôt, eût été un sourire de compassion.

— Va te raser, Henk, dit-elle. Tu te sens toujours mieux quand tu es rasé de près. J'ai acheté un nouveau bâton de savon à barbe hier et j'ai trouvé un paquet de lames derrière la table de nuit. Ce sont de très bonnes lames, de celles que nous n'avons pas pu nous procurer l'autre jour au supermarché.

— Bon, dit Grijpstra. J'en ai pour dix minutes.

Il la regarda se diriger vers la cuisine, en traînant la savate.

« Horrible boule de graisse, marmonna-t-il tout bas en entrant dans la salle de bains. Il souriait.

— Ah ! Te voilà enfin, dit Mme Cardozo en voyant son fils entrer dans la cuisine. As-tu remis l'argent au bureau ?

— Oui, maman.

— Est-ce qu'on l'a compté ?

— Oui, maman.

— Il n'en manquait pas ?

— Non, maman.

— Tu auras du poisson et des betteraves amères pour dîner.

— Zut alors, dit Cardozo.

— Ton père aime ça et ce qui est bon pour ton père doit te suffire.

— J'ai horreur des betteraves amères. Tu n'aurais rien d'autre ? Une jolie salade ?

— Non. Tu as passé une bonne journée ?

— Nous avons essayé d'arrêter un homme qui

conduisait un bulldozer mais il a eu la tête coupée par une pelle excavatrice.

— Ne me raconte pas d'histoires. Tu sais que je déteste t'entendre raconter des horreurs comme ça.

— C'est vrai. Tu le verras à la première page du *Telegraph* demain matin.

— Je ne lis pas le *Telegraph*, dit sa mère. Va te laver les mains. Ton père va arriver d'une minute à l'autre.

Cardozo se lava les mains dans l'évier de la cuisine. Sa mère ne le quittait pas des yeux.

— Un homme qui conduisait un bulldozer, et quoi encore ?

Cardozo se raidit mais ne se retourna pas.

— Tu es en retard, remarqua Esther. Il faut que j'aille donner à manger à mon chat chez moi. Louis oublierait certainement de le faire.

De Gier l'embrassa en écrasant Oliver qu'elle tenait les pattes en l'air sur sa poitrine et qui ronronnait en somnolant.

— Tu reviendras, n'est-ce pas ? demanda-t-il.

— Oui, mais j'en aurai au moins pour deux heures, car c'est assez loin ; ma bicyclette est en bas.

— J'achèterai une voiture, dit De Gier. Il vaudrait mieux que tu t'installes chez moi. Tu ne serais pas obligée de faire constamment des aller-retour.

Elle lui rendit ses baisers.

— Si tu y tiens... mais cet appartement est terriblement petit pour deux personnes et deux chats qui ne s'entendraient peut-être pas. Pourquoi ne viendrais-tu pas t'installer chez moi ?

— Comme tu voudras.

Esther rompit leur étreinte, recula d'un pas et baissa la tête.

— Tu consentirais vraiment à quitter cet appartement, Rinus ? Tu te sens si bien ici. Il vaudrait mieux que je continue à venir te voir.

— Epouse-moi, dit De Gier.

Elle releva la tête en riant et redressa ses lunettes, qui avaient glissé le long de son nez.

— Comme tu es vieux jeu, mon chéri. Personne ne se marie plus de nos jours. Les gens qui se plaisent vivent ensemble. Tu ne l'as pas remarqué ?

— Nous aurions un enfant, dit De Gier. Un fils ou une fille, comme tu voudras, ou bien des jumeaux : un de chaque.

— J'y penserai, mon chéri, mais ne me bouscule pas. Et je m'en vais. As-tu passé une bonne journée ?

— Non.

— Que s'est-il passé ?

— Tout. Je vais avec toi. Je te raconterai ça dans l'autobus. Laisse ta bicyclette ici ; comme ça je suis sûr que tu reviendras.

Elle posa Oliver par terre et De Gier le ramassa. Il l'allongea sur sa nuque en le tenant de chaque côté de son cou par les pattes. Oliver poussa un cri de rage, chercha à le mordre mais s'emplit la bouche de cheveux et feula furieusement.

— Une très mauvaise journée, dit-il, je t'expliquerai ça. Mais ce sera la dernière fois que je te parlerai de mon métier. Les policiers ne doivent jamais discuter boutique chez eux.

— Tu as raison, chéri, dit-elle en lui ébouriffant les cheveux.

— Parfaitement.

Il lâcha Oliver qui, dans sa colère, oublia de se retourner et tomba sur le plancher avec un bruit sourd.

— Ce chat est stupide, dit De Gier.

RIVAGES/MYSTERE

1. Rex Stout : *Le Secret de la bande élastique*
2. William Kotzwinkle : *Fata Morgana*
3. Rex Stout : *La Cassette rouge*
4. John P. Marquand : *A votre tour, Mister Moto*
5. John Dickson Carr : *En dépit du tonnerre*
6. Rex Stout : *Meurtre au vestiaire*
7. Josephine Tey : *Le plus beau des anges*

RIVAGES/NOIR

1. Jim Thompson : *Liberté sous condition*
2. Charles Williams : *La Fille des collines*
3. Jonathan Latimer : *Gardénia rouge*
4. Joseph Hansen : *Par qui la mort arrive*
5. J. Van de Wetering : *Comme un rat mort*
6. Tony Hillerman : *Là où dansent les morts*
7. John P. Marquand : *Merci, Mister Moto*
8. John P. Marquand : *Bien joué, Mister Moto*
9. David Goodis : *La Blonde au coin de la rue*
10. Mildred Davis : *Dark Place*
11. Joan Aiken : *Mort un dimanche de pluie*
12. Jim Thompson : *Un nid de crotales*
13. Harry Whittington : *Des Feux qui détruisent*
14. Stanley Ellin : *La Corrida des pendus*
15. William Irish : *Manhattan Love Song*
16. Tony Hillerman : *Le Vent sombre*
17. Hugues Pagan : *Les Eaux mortes*
18. John P. Marquand : *Mister Moto est désolé*
19. Donald Westlake : *Drôles de frères*
20. Jonathan Latimer : *Noir comme un souvenir*
21. John D. Mac Donald : *Réponse mortelle*
22. Jim Thompson : *Sang mêlé*
23. William McIlvanney : *Les Papiers de Tony Veitch*
24. William McIlvanney : *Laidlaw*
25. Diana Ramsay : *Approche des ténèbres*

26. Donald Westlake : *Levine*
27. James Ellroy : *Lune sanglante*
28. Harry Whittington : *Le diable a des ailes*
29. John D. Mac Donald : *Un temps pour mourir*
30. J. Van de Wetering : *Sale temps*
31. James Ellroy : *A cause de la nuit*
32. Jim Thompson : *Nuit de fureur*
33. J. Van de Wetering : *L'Autre Fils de Dieu*
34. J. Van de Wetering : *Le Babouin blond*
35. Tony Hillerman : *La Voie du fantôme*
36. W.R. Burnett : *Romelle*
37. David Goodis : *Beauté bleue*
38. Diana Ramsay : *Est-ce un meurtre ?*
39. Jim Thompson : *A deux pas du ciel*
40. James Ellroy : *La colline aux suicidés*
41. Richard Stark : *La Demoiselle*
42. J. Van de Wetering : *Inspecteur Saito*
43. J. Van de Wetering : *Le Massacre du Maine*
44. Joseph Hansen : *Le petit chien riait*
45. John D. Mac Donald : *Un cadavre dans ses rêves*
46. Peter Corris : *La Plage vide*
47. Jim Thompson : *Rage noire*
48. Bill Pronzini : *Hidden Valley*
49. Joseph Hansen : *Un pied dans la tombe*
50. William Irish : *Valse dans les ténèbres*
51. John D. Mac Donald : *Le Combat pour l'île*
52. Jim Thompson : *La mort viendra, petite*
53. J. Van de Wetering : *Un vautour dans la ville*
54. James Ellroy : *Brown's Requiem*
55. Jim Thompson : *Les Alcooliques*
56. W.R. Burnett : *King Cole*
57. Peter Corris : *Des morts dans l'âme*
58. Jim Thompson : *Les Arnaqueurs*
59. J. Van de Wetering : *Mort d'un colporteur*

HORS COLLECTION :

Joseph Hansen : *Le Noyé d'Arena Blanca*

Achevé d'imprimer le 17 octobre 1988
sur les presses de l'Imprimerie «La Source d'Or»
63200 Marsat
Dépôt légal Octobre 1988
Imprimeur N° 3195